THE CTHULHU CASEBOOKS 1

SHERLOCK HOLMES AND THE SHADWELL SHADOWS

克蘇魯事件簿1

福爾摩斯與沙德維爾暗影

James Lovegrove
詹姆斯・洛夫葛羅夫 著
李函 譯

目錄

本書與其續集謹獻給米蘭達·朱維斯（Miranda Jewess），她不只策劃了這些書，也下了工夫修訂它們

——或是將地獄編進裡頭？

導讀

當邏輯理性遇上無可名狀的恐怖

——譚光磊（奇幻文學評論者）

二十多年來，「克蘇魯神話」對台灣讀者而言始終是個「只聞樓梯響」的概念：明明受其影響的動漫、遊戲和影視作品很多，洛夫克拉夫特的原著卻付之闕如。唯一的譯本錯誤百出且早已絕版，更為這套作品增添一種神祕（幾乎是禁忌）的色彩，彷彿那些故事無可名狀、太過恐怖，以致於「不可翻譯」。

直到二〇二一年，群星終於運行到正確位置，我們終於迎來了「克蘇魯元年」，市場上不僅出現好幾個譯本，還有田邊剛改編的漫畫版，就連對洛氏影響深遠的《黃衣國王》也有了中文版。

然而洛氏的原作詰屈聱牙、甚少對話，也不以情節取勝，而是用大量文字堆砌出真假難辨的知識體系，並營造出一種逐漸走向瘋狂的恐怖氣氛，若是毫無心理準備，讀者有很高機率會覺得不耐煩，或者不得其門而入。

所以每當有人問我該從何入門，我總是絞盡腦汁也想不出答案。直到我讀了英國作家詹姆斯・洛夫葛羅夫的《克蘇魯事件簿》三部曲。

這套作品巧妙結合了「福爾摩斯探案」和「克蘇魯神話」兩大故事體系，以偵探小說為外殼、宇宙恐怖（cosmic horror）為內裡；初入門者能看得津津有味，內行讀者也會發現各種彩蛋，不僅適合克蘇魯入門，當成福爾摩斯入門也沒問題。

小說一開頭，作者就說明他某日收到一位美國律師來信，代表剛去世的亨利．洛夫克拉夫特先生，處理其價值五萬英鎊的遺產。作家看了大喜，覺得天降橫財，不料再往下看，律師說「現金遺產通通留給一位遠房的姪孫女」！

那麼找作家幹嘛呢？原來死者還有幾份手稿，姪孫女沒興趣接收，律師花了一番功夫，發現洛夫葛羅夫先生乃死者遠親，故希望致贈。對呀，他姓「洛夫葛羅夫」（Lovegrove），跟「洛夫克拉夫特」（Lovecraft）有點關係，好像也很合理嘛！

作家收到稿子打開一看，竟是約翰．華生的三份未公開手稿，完整交代了他和福爾摩斯「真正」的冒險故事。由於內容太過駭人，不宜公諸於世，因此寫好以後便束之高閣，也就是我們現在手中的《克蘇魯事件簿》。

這種「我寫的才是真正的福爾摩斯故事」手法並不新奇，把福爾摩斯和克蘇魯神話結合也不是第一次（例如尼爾．蓋曼的經典短篇〈綠字的研究〉），但如此野心勃勃，將兩個故事體系穿鑿附會融為一體，而且還寫得這麼維妙維肖，堪稱史無前例。

先說「維妙維肖」，早在《克蘇魯事件簿》之前，洛夫葛羅夫就寫過五本福爾摩斯仿作，被公認是捕捉柯南道爾「原著文風」的高手。某天編輯打電話給他，問他有無人選能寫「福爾摩斯X克蘇魯」的故事，兩人聊得欲罷不能，洛夫葛羅夫才恍然大悟：編輯想找的人根本就是他！

洛夫葛羅夫大膽接下重任，從「裡．福爾摩斯」的角度切入，分別將三部曲設定於一八八〇年福華初遇、一八九五年福爾摩斯「重出江湖」、以及一九一〇年神探退休後「終極一案」三個時間點，用克蘇魯元素重新梳理名偵探的一生。原著的要角如莫里亞蒂教授、葛雷格森警探和邁克羅夫特一個沒少，而洛氏筆下的無可名狀恐怖也紛紛登場：印斯茅斯的魚人、幻夢境、奈亞拉托提普、克蘇魯，甚至還有作者自創的全新外神。

首部曲《沙德維爾暗影》描寫東倫敦貧困的沙德維爾區接二連三發生命案，死者都是社會邊緣人，華生發現自己昔日醫學院的同學似乎與命案有關，一路追查到祕密經營鴉片館的華人仕紳公孫壽，但公孫其實也只是受人指使，幕後還有更可怕的藏鏡人和神祕邪教。

第二集《米斯卡托尼克怪物》設定在一八九五年，福華兩人歷經十多年與古神勢力的鬥爭，都傷痕累累、身心俱疲。某天他們聽說一間瘋人院裡出現無名患者，口中喃喃自語，說的正是恐怖的拉萊耶語（**R'lyeh**）。原來該人原是（洛氏筆下虛構的）米斯卡托尼克大學的科學家，因為一場失控的自然考察行動，墜入瘋狂與黑暗的深淵。米斯卡托尼克明明在美國，福華二人要如何查案？別忘了《血字的研究》有一大半劇情都發生在「那個遙遠蠻荒的美國」，把猶它州的摩門教軼事寫得無比獵奇，本書運用了同樣手法，再合理不過。

到了完結篇《蘇塞克斯海怪》，已是一九一〇年，世界大戰即將爆發，歐陸局勢風雲詭譎；福爾摩斯歸隱田園，在蘇塞克斯醉心養蜂。某日第歐根尼俱樂部驚傳血案，多名重要成員在同一天暴斃，而他們都隸屬於一個更神祕的「達貢會」（The Dagon Club），亦即知曉古神威脅，多年來暗中相助福華二人的各界有力人士。是誰有能力一舉殲滅「達貢會」成員？線索指向德國大使，以及一個遠在南太平洋小島的陰謀……。

除了「主線」寫得好，洛夫葛羅夫更為柯南道爾的原著提出諸多「克蘇魯式」的解釋，讓人恍然大悟「哦原來背後是這樣啊」（當然一切都跟超自然因素有關）。當莫里亞蒂那本《小行星動力學》出現在故事裡，你一定會和我一樣會心一笑：講什麼小行星又很高深沒人看得懂，理所當然是在講「外神」（Outer Gods），對吧？

* * *

「洛氏後人」詹姆斯．洛夫葛羅夫可說是英國幻想文壇的一個異數。他早早立志寫作，牛津大學英文系畢業後給自己設定目標：兩年內要賣出第一本小說，結果兩個月就圓夢，然後把為數不多的稿費拿去環遊世界，又成為後來創作的養分。

出道三十年來，洛夫葛羅夫已經發表五十多部作品，橫跨科幻、奇幻、推理、恐怖各類型，多次入圍大獎。他最膾炙人口的作品是《諸神世紀》（*Pantheon*），一套以各國神話譜系為想像基礎，結合科幻、架空歷史、軍事諜報和社會批判的大系，每集故事獨立，卻又彼此關連，目前已經出版十多本。

除了原創作品，洛夫葛羅夫也寫各種衍生小說（tie-in），包括福爾摩斯仿作和電視劇《螢火蟲》的故事。《克蘇魯事件簿》是他衍生與仿作書寫的一次重大突破，佈局縝密、結構完整，把兩大故事體系融合得天衣無縫。按理說福爾摩斯講究理性，而克蘇魯神話無可名狀，正好位於理性的光譜兩極，如何能共治一爐？但別忘了洛氏筆下的主角很多是學者或科學家，本著追根究底的科學精神，探尋未知事物，才會知道了「不該知道（也無法理解）的事」。主角越理性，這個反差就越大，最終的崩潰也更駭人。

福爾摩斯會否步上洛氏主角後塵，陷入瘋狂與譫妄呢？而洛夫葛羅夫這位當代作者膽敢挑戰這個禁忌的題材，他又會有什麼下場？

這一切就要等你來親自發掘了，如果你敢的話。

譯者序

懸疑劇情與克蘇魯神話之間的恐怖平衡

——李函（本書譯者）

一八八〇年的倫敦，是維多利亞時代的黃金時期。英國得到「日不落帝國」的名號，將勢力拓展到全世界，影響力在全球無遠弗屆。科學技術與國力的演進，使得大英帝國彷彿已征服了人類社會與自然界中的一切，登上人類文明的高峰。但在文明的煤氣燈光芒下，卻滋生出人們避之唯恐不及、也不願開口提起的陰影。開膛手傑克等真實兇手、與彈簧腿傑克這類都市傳說，加上工業革命帶來的霧霾汙染，使倫敦蒙上另一層陰鬱氣氛。在這個進步與頹廢交織而成的時代中，亞瑟．柯南．道爾筆下的夏洛克．福爾摩斯，則以通俗易懂的方式，讓市井小民理解邏輯思考的重要性，也使他成為推理小說中的代表性人物。他以在當代相當獨特的推理演繹法，破解故事中一樁樁奇異謎團，並用理智思維瓦解看似受到超自然因素影響的案件，諸如《巴斯克維爾的獵犬》。即使身陷危機，福爾摩斯的冷靜態度與精闢推論，總能讓讀者看得入迷不已。時至今日，福爾摩斯除了依然穩坐最知名虛構偵探的寶座外，也依然能看到與他有關的大量後世仿作以及改編作品。十多年來，由小勞勃．道尼主演的電影版本，與班尼迪克・康柏拜區演出的BBC影集版，和網飛拍攝的電影《天才少女福爾摩斯》（*Enola Holmes*），證明儘管隨著時代而受到大量不同詮釋，福爾摩斯的人氣依然不減。現代作品中的福爾摩斯，已不再純粹是道爾筆下那名抽著煙斗的淡定偵探，反而隨著不同創作者的手法，化為儘管核心性格大致相同、表現風格卻各有不同的角色。而無論經過幾番詮釋，福爾摩斯始終是理智與邏輯的代表。

那如果夏洛克・福爾摩斯碰上克蘇魯神話呢？

二〇〇三年，英國作家尼爾・蓋曼（Neil Gaiman）就曾將福爾摩斯與克蘇魯神話結合，寫下短篇故事《綠字的研究》（*A Study in Emerald*）。福爾摩斯的邏輯思考與對超自然因子的排斥，乍看之下與洛夫克拉夫特筆下的妖魔們充滿強烈衝突感；然而在奠基於超自然的克蘇魯神話作品中，原本就有著偵探類型的調查性角色存在。不少故事的主角，在逼近無從解釋的怪異事件時，也堅守著理性心態。加上洛夫克拉夫特的故事年代大多為一九二〇年代前後，與福爾摩斯生存的維多利亞時代只有約莫二十多年的差距。兩者的部分故事中，也都描繪出對第一次世界大戰的恐慌，與世界大戰為不同文化帶來的影響。洛夫克拉夫特宛如報導文學般的冷靜文筆，似乎也與福爾摩斯的心態有所應和。有趣的是，福爾摩斯的作者道爾本人，卻對通靈與超自然事件相當著迷，甚至曾與當代的知名魔術師胡迪尼合作過，對當時盛行的降神會（séance）進行研究；胡迪尼也與洛夫克拉夫特共事過，洛夫克拉夫特甚至以胡迪尼為主角，寫下了《與法老同囚》（*Imprisoned with the Pharaohs*）。在作品風格截然不同的道爾與洛夫克拉夫特身上，都巧合地出現了理性思考與未知恐懼之間的反差。

從二〇一三年開始，詹姆斯・洛夫葛羅夫就為泰坦圖書撰寫了不少福爾摩斯仿作。他以貼近道爾敘事風格的筆法，建構出全新的福爾摩斯故事。而於二〇一七年出版的《福爾摩斯與沙德維爾暗影》，則是他混合了道爾與洛夫克拉夫特筆下人物的跨界作品。作為《克蘇魯事件簿》三部曲的第一集，《沙德維爾暗影》透過華生之口，講述了他與福爾摩斯於一八八〇年首度見面時的真實狀況，並帶出潛藏在大偵探名氣後的祕史。融合各路維多利亞時期虛構人物的作品早已屢見不顯；金・紐曼（Kim Newman）的《德古拉元年》描繪出受到德古拉統治的大英帝國，《綠字的研究》讓福爾摩斯的宿敵莫里亞蒂與助手莫蘭中校調查與舊日支配者有關的謀殺案，艾倫・摩爾的《非凡紳士聯盟》（*The League of Extraordinary Gentlemen*）則以化身博士（Dr. Jekyll and Mr. Hyde）與尼莫船長（Captain Nemo）等人加入英國的特務機關，宛如十九世紀的復仇者聯盟（Avengers）般對抗大英帝國的敵人。和《綠字的研究》較為相近的是，《克蘇魯事件簿》聚焦於福爾摩斯案件與克蘇魯神話中的各類人事物，以福爾摩斯真正故事的角度出發，講述他與華生如何周旋於舊日支配者帶來的威脅中，並對正典裡的不同事件做出帶有宇宙恐怖風格的詮釋。但與其他福爾摩斯仿作不同的是，洛夫葛羅夫並沒有將福爾摩斯描繪為全能的天才，各路邪神們也不會只因擅長推理的偵探而敗亡。《克蘇魯事件簿》在懸疑劇情與克蘇魯神話間維持著微妙的恐怖平衡。讀者仍然會看到福爾摩斯向華生慢條斯理地解說破案關鍵與各種佐證，舊日支配者使人類感到的渺小感也絲毫不減，使人性理智和宇宙瘋狂在分庭抗禮下產生激烈火花。

身為跨界作品，《克蘇魯事件簿》自然充滿了各式彩蛋，能為熟悉道爾與洛夫克拉夫特作品的讀者提供大量驚喜。《克蘇魯事件簿》不只能滿足道爾與洛夫克拉夫特的老書迷，對新讀者也相當友善。即便是只看過一方作品的讀者，也能透過本書一窺另一位作家的作品風格，可能也會想進一步閱讀雙方的原著。第一集《沙德維爾暗影》為讀者介紹了福爾摩斯與克蘇魯神話的跨界世界觀，而在接下來的續集《米斯卡托尼克怪物》和《蘇塞克斯海怪》中，洛夫葛羅夫則將進一步合併道爾與洛夫克拉夫特的寫作風格與敘事方式，打造出理智偵探與太古神明共存的三十年冒險過程。

序

詹姆斯・洛夫葛羅夫著

二〇一四年春季，我突然收到了一封電子郵件，這封信來自某家位於羅德島普羅維登斯（Providence）的律師事務所。剛開始我以為是垃圾郵件，還差點刪了它，不過，當我讀完那封信時，才明白它出自善意，於是我便好奇又備感困惑地繼續讀下去。

寄件人是梅森・K・雅各布斯三世（Mason K. Jacobs III），他是拉芙林・雅各布斯・崔佛斯律師事務所（Laughlin Jacobs Travers LLP）的資深合夥人。信件主旨是「遺產」，因此我才對這封信抱有疑心，以為可能是某種詐騙信件：有個奈及利亞王子想用你的銀行帳戶，暫時存放數百萬美金；為了補償，你可以從中得到一部分金額（還保證你的帳戶細節完全不可能被偷）。

信件開頭如下：

親愛的洛夫葛羅夫先生，

你可能不清楚亨利・普羅賽羅・洛夫克拉夫特（Henry Prothero Lovecraft）於近日過世，享年八十二歲。他終生都住在普羅維登斯，是拉芙林・雅各布斯・崔佛斯律師事務所的長期客戶，也稱得上是常客。他未婚且膝下無子，並在去年秋天因心臟病去世，留下價值約莫七萬五千美金的遺產。

由於我們得就遺囑認證盡責查證，便不斷找尋能繼承部分或全數遺產的親屬。洛夫克拉夫特先生是個獨居男子，過世時沒有留下遺囑。他住在位於史密斯丘（Smith Hill）的一座簡樸獨棟公寓，你或許不清楚，那裡是本市較不受歡迎的區域之一。他的遺產大部分來自賣掉公寓所取得的款項，金額是九萬五千美金。扣掉遺產稅與其他稅額，並去除我們的酬勞後，便剩下上述的七萬五千美金。

此時我的心跳開始加速。我開始推論，自己可能會得到相當於五萬英鎊的意外之財。這封電子郵件肯定會往這方向發展，發財啦！

但我對新車、降低貸款和加勒比海假期的期望，在下一段遭到粉碎。

我們成功找到了洛夫克拉夫特先生位在緬因州肯納邦克波特（Kennebunkport）的曾姪女。這位蓉達・拉雪茲（Rhonda Lachaise）小姐會得到遺產，我們也已將款項支付給她。

該死的梅森・K・雅各布斯三世和他的律師陳規。他從來沒打算誤導我，只是依序列出事實，沒有察覺我這名讀者可能會完全誤解他前言的方向。他不經意地帶我踏過花園小徑，卻在我面前用力關上前門。

不過，拉雪茲小姐放棄了洛夫克拉夫特先生某些遺物的繼承權。他似乎是位積習已深的收藏家，收集了書本、文件、異國用品與各種雕像和手工藝品，似乎有宗教目的，但難以判斷根本原因，我們也百思不得其解。

我們已經把這些物品處理掉了，因為它們沒有明顯的實用功能，在某些狀況下還帶來了公共衛生上的疑慮。根據公立圖書館和布朗大學的約翰・海圖書館（John Hay Library）的代表人員所說，書本和文件的價值不高，而大部分物品（人偶、人像與神像等等），都由諸如獸皮與毛髮這類有機材料製成，不只骯髒，也遭受嚴重蟲蛀。如果這些東西是洛夫克拉夫特先生自行製作出來的，我也不會感到意外，它們有種樸素的粗糙感。

不過，有項特殊物品特別引人注目，看起來也值得保存。我聯絡你的原因，便與它有關。

在我們的調查研究中，我們確定你，洛夫葛羅夫先生，是已故的洛夫克拉夫特先生的遠親。你們的血緣關係相當薄弱，可追溯回約莫三百年前，但真實性毫無疑問。

再者，我們公司內一位初級合夥人熱愛閱讀類型小說，也熟悉你的作品。就是他認為，你應該是接收此異議物品適當的候選人。

你肯定希望我透漏該物品的底細：它是份書稿。更精準地說，是三份打字書稿，共同講述了一篇故事。它們有些古老，或許有一百年的歷史，而在粗略檢視後，便發現這些書稿的作者自稱是約翰・華生醫生（Dr. John Watson），由你近來的出版物判斷，你相當熟悉這位文藝人士的全套作品。我們在洛夫克拉夫特先生臥房後頭的櫃子中找到書稿，它們被放在一只生鏽的保險箱中。

我的心跳再度加速，不過這次則混雜了興奮與懷疑。

長話短說，我們相信這些書稿只是贗品，頂多是某種仿作。由於作者自稱的身分，書稿內容自然圍繞著夏洛克・福爾摩斯（Sherlock Holmes）。不過，稿件中敘述的冒險，完全不像熟識這人物的讀者所習慣的故事。事實上，由於書稿強調怪誕事件，似乎完全違背了我（承認相當有限的）認知中的福爾摩斯正統故事，也就是理性主義的精神。

洛夫葛羅夫先生，你應該收下這些書稿，因為你與亨利・洛夫克拉夫特有親戚關係。我們覺得，你也是最適合判斷它們的品質與真實性的人，因為你在奇異文學領域與「福爾摩斯學」上擁有專業經驗。

因此我透過國際快遞將書稿寄給你，兩週內應該就會抵達。如果你能釐清其中的頭緒，或許還能以某種方式出版它們，我們自然也願意擔任你的法律代表或執行人。

梅森・K・雅各布斯三世敬上

那一整天，我都在拜訪族譜網站，焦急地企圖理解亨利・洛夫克拉夫特和我究竟有什麼關聯。我心想，這名洛夫克拉夫特肯定是知名作家霍華德・菲利浦斯・洛夫克拉夫特（Howard Philips

Lovecraft，一八九〇至一九三七年）的後代，他的恐怖小說影響深遠，也歷久不衰。巧合的是，這兩人的姓名縮寫一模一樣，更有關連性的則是普羅維登斯，那裡是更為知名的洛夫克拉夫特的出生地，也是他大半輩子的家。

我很快就發現，我們三人確實有血緣關係。結果，我們的族系來自巴伐利亞貴族馮·路夫特葛拉夫家族（Von Luftgraf）。「路夫特葛拉夫」在德語中大略代表「高等伯爵」。馮·路夫特葛拉夫家族在上法蘭克尼亞行政區[1]擁有一大塊地，直到一七六〇年代，他們經歷了某種財務浩劫，因此失去了資產與城堡。根據我的研究，家族中有位後裔和一批崇拜惡魔的黑魔法施行者教團扯上關係，接著發了瘋，將自己的萬貫家財全數交給其餘信徒，之後則在瘋人院度過餘生，成了眾所周知的叨唸瘋子。

為了逃避這件事帶來的恥辱與貧窮，也打算找尋新開始，剩餘的少數馮·路夫特葛拉夫家族成員往兩個方向搬遷，有些人搬到大不列顛北部，其他人則前往美國。一抵達新家園，兩派人便縮短了姓氏，並將之英文化，英國支脈採用洛夫葛羅夫的拼法，美國支脈則使用洛夫克拉夫特。亨利·普羅賽羅·洛夫克拉夫特和霍華德·菲利浦斯·洛夫克拉夫特的家族支脈不同，後者的支脈來自十八世紀中期第一批抵達新英格蘭的移民。不過，他和親戚似乎對神祕學與祕術抱有相同的濃烈興趣。

這代表，我其實是霍華德·菲利浦斯·洛夫克拉夫特本人關係極度遙遠的親戚，我在青少年時期曾大量閱讀他筆下的故事。我可以告訴你，這是令人興奮的消息。洛夫克拉夫特描述古老怪誕事蹟、以及寫出陰森恐怖感的能力無人能比，他也採用了冷靜又理性的報導式文體／回憶錄／日記式寫法，

1 譯注：Upper Franconia，德國巴伐利亞邦的七個行政區之一。

有時還有稍縱即逝的黑色喜劇感。我首度發現他的作品時，並未發現他較不討人喜歡的個人特質，主要是他的種族主義心態。他在自己撰寫的新聞報導與私人通信中，經常表達出對非盎格魯薩克遜文化所感到的不齒。得知這些言論後，或多或少影響了我對他作品的觀點，加上他文筆中經常出現謬誤和過頭的怪誕感，當我已屆中年，並成為作家時，後者的問題就變得更加明顯，我也認為，自己清楚哪種文筆才稱得上良好。

無論如何，他依然是**霍華德‧菲利浦斯‧洛夫克拉夫特**。他和我擁有親戚關係，這點比我們倆都靠寫作維生還更有關聯。這人探索並分類過眾多古神、禁忌知識、邪惡超自然力量與冷漠宇宙，這一切的總和，成了所謂的克蘇魯神話（Cthulhu Mythos）——他還是我的家人。我們有同樣的DNA，我甚至察覺到我們之間外型的相似度，特別是雙眼周圍。

書稿於兩週後抵達我家，我立刻拆開包裝，並開始閱讀。紙頁泛黃又脆弱，不少地方的文字也變得模糊，但依然可供閱讀。

簡而言之，內容相當驚人。

我不會多作贅述，這些書應該足以證明自身的品質。我將紙頁交由專家檢驗，他告訴我，上頭的浮水印和棉紙成分，代表它確實是一九二〇年代的人可能會使用的裝訂用大裁紙。另一位專家則由字體、字元行距寬度與字母的印刷深度進行判斷，確認製作書稿的打字機型號是帝國牌五十號（Imperial Model 50）。那種打字機在兩次世界大戰之間的英國相當常見，根據華生的前言，那正是他寫下這些書的時間。換句話說，從表面看來，這些書稿似乎是真品。

在此同時，我不禁想知道，它們是否只是怪誕的贗品（我刻意使用了這個形容詞）。人們很容易就能買到大量正確紙張，以及恰當的骨董打字機，我已經在eBay上找過了，只要花幾百英鎊，這些東西就屬於你了。除此之外，只要再加上一點文筆仿效技巧，就能讓騙局充滿信服力。

我斷斷續續花了一年研究書稿，重新閱讀內文，評估它們的價值，並盡力判斷，它們是否確實是知名的華生醫生的作品；用他的話來說，便是呈現了「夏洛克・福爾摩斯職業生涯的異史」。

為了自身理智著想，我心裡有一部分希望它們並非真品，也希望作者是華生以外的人，或許是亨利・普羅賽羅・洛夫克拉夫特，而這些書稿只是一些深奧玄妙的玩笑，用於迷惑和愚弄世人，僅此而已。

假若事實並非如此，我們對這位大偵探所知的一切（他的一生、事業、手法與成就）就只是場大騙局，是為了掩蓋更黑暗深邃的恐怖真相，所捏造出的假象。

我將這三份書稿以《克蘇魯事件簿》（*Cthulhu Casebooks*）的總稱出版。每一冊都使用華生醫生賦予它們的名稱：《福爾摩斯與沙德維爾暗影》（*Sherlock Holmes and the Shadwell Shadows*）、《福爾摩斯與米斯卡托尼克怪物》（*Sherlock Holmes and the Miskatonic Monstrosities*）與《福爾摩斯與蘇塞克斯海怪》（*Sherlock Holmes and the Sussex Sea-Devils*）。每本書的核心事件都間隔了十五年，分別發生在一八八〇年、一八九五年與一九一〇年。當我將原稿掃描進電腦後，只修改了幾處謬誤與文法錯誤，並解決作者知名（有些人則說惡名昭彰）的劇情連續性問題，並三不五時加入一兩句解釋，以便輔助晦澀不明的影射。

我希望讀者能自行對這些書做出判斷。你可以決定它們是否有效重寫了福爾摩斯正典，並透過洛夫克拉夫特作品的扭曲稜鏡進行重新詮釋；或它們只是某個遺世獨立的無名作家，利用當代兩名經典人物的名氣，所寫下的瘋狂作品。

稱它是跨界合作；稱它是大雜燴；稱它是藉機獲利。

或稱它為啟示。

由你決定。

詹姆斯・馬修・亨利・洛夫葛羅夫寫於英國

二〇一六年十一月

前言

約翰・華生醫生著

我是個老人，一名疲勞又害怕的老人。我活了很長一段期間，做過許多事，也見過諸多光景。現在我的視力減弱，身體老邁又衰弱，也感到生命力一天天地消逝。我是訓練有素的醫生，清楚衰老的跡象，鏡子也經常讓我見證鬢角灰白的老化跡象，畫面模糊且令人感到哀傷。

此時，我才敢正視鏡子。鏡中倒影不只顯示出無情的肉體衰敗，也可能暴露出藏匿在角落的物體，與潛伏在視野邊緣的東西；一旦瞥見它們，那些東西就會開始竊笑或低語，有時則無聲地呆坐，並繼續觀看。

我曾在大量作品中，寫下關於自己所認識最優秀、也最睿智的人的故事，我自豪於能稱他為朋友，也同樣被他視為朋友。我說的自然是夏洛克・福爾摩斯先生，而我描寫他冒險過程的數十篇故事，全都廣受好評。我詳述過他的演繹能力、推理能力，與無人能敵的刺探真相能力，不只揭露了種種惡行，也使罪犯遭到制裁。在我的幫助下，他的分析手法傳遍了全世界，也被好幾種國際警察組織的代表採用與仿效。由於讓大眾注意到他的經歷，我驕傲地認為自己為偵檢科學做出了莫大貢獻，並改善了各地守法公民的生活，且削減了非法人士的勢力。

到了垂暮之年的我，可以坦承自己並沒有講出完整故事了。一切恰好相反，我描述那種故事，是為了讓另一類故事不受到注意，後者與大多數普通人從沒聽過的領域有關，人們最好也不要得知這種事。我在漆黑腐爛的核心外頭，打造了用謊言構成的外殼，以便保護文明不受特定真相傷害，那將使文明社會由舒適的自信生活，落入從不停歇的激烈混亂之中。

我該卸下重責，講出自從夏洛克．福爾摩斯過世後，我守護多年的祕密了。在他的急切懇求下，我埋藏了真相，但墳墓並不平靜，從墳中傳出的騷動，也使我徹夜難眠。在我入土前，我得挖出真相那從未腐敗的屍首，並將它公諸於世。

因此，我決定寫下最後三本關於福爾摩斯的書，我將在這最終三部曲中，揭開他真正的作為，以及他這一生中真正達到的成就。無論是好是壞，這些書將構成他職業生涯另一段截然不同的歷史，其中涵蓋了無懈可擊的真相。

我不認為有人會出版這些書，相反的，它們最好永遠不見天日。我打算將它們託付給一位名叫洛夫克拉夫特的美國作家，他的著作在大西洋彼端所謂的「通俗」雜誌中累積了不少名聲。那種刊物是廉價恐怖小說與低級驚悚作品的分支，內容同樣渲染無比，卻經常成為別出心裁作品的溫床，這點彷彿出於意外，更重要的是，他似乎相當熟悉這些書籍涵蓋的邪門知識，內容有時相當病態。洛夫克拉夫特和我近來經常通信，他的信件長而詳細，我也無法追上他回信的速度。他非常熟稔書中的深奧知識（不過他有幾位同儕對此也同樣熟悉，包括羅伯特．霍華德[2]和克拉克．阿什頓．史密斯[3]）。他和我興趣相仿，都身為旅行者，其作品彰顯出與我相同的理解，此外，他也清楚懸浮在現實邊緣、試圖突破屏障的異常力量。

洛夫克拉夫特會知道該如何處置這些書：將它們鎖進保險箱，並丟掉鑰匙。我甚至不需要他閱讀內容，只希望將這些書脫手，宛如被外科醫生摘除的患病器官。在我死前，我希望擺脫這份日漸累積的重擔，它們的存在，已成了我靈魂中的瘟疫，這算是某種帶有文學性質的驅魔行為。

我的手指因關節炎而腫大，並如同扭曲的鳥喙般敲著打字機按鍵，打字很痛，非常痛，但我必須動筆。我從不關閉書房中的電燈，以便驅除外頭倫敦的黑暗。我也得驅離陰影，有東西可能潛伏在黑影之中，對此我再清楚也不過了。

福爾摩斯，我往昔的夥伴，無論你在哪，即使這違背了你的建議，我相信你會原諒我內心這項脆弱之舉。至少，你會用那雙銳利的灰色眼睛望著我，發出充滿喜悅的輕笑，並聲稱我是個愚蠢的莽夫，不只智力低下，還缺乏敏銳觀察力，而且，從你口中說出的這些話，等於赦免了我的罪。

約翰・H・華生寫於派丁頓

一九二八年

2　譯注：Robert E. Howard，知名作品為《蠻王柯南》（*Conan the Barbarian*）。

3　譯注：Clark Ashton Smith，二十世紀美國作家，曾撰寫過多部克蘇魯神話作品，其中不少邪神皆出自他的筆下。

第一章 疤痕的研究

A Study in Scar Tissue

「我想，世上最慈悲的事物，便是無法將所有事物聯想在一起的人心。」

名叫霍華德．菲利浦斯．洛夫克拉夫特的作家如此寫道，而我約翰．H．華生醫生，則比大多數人更能體會這種感受。的確，當我於一八八〇年秋季從阿富汗回到英格蘭時，身心狀況都非常惡劣，但我從未對無法理解某些經驗感到如此慶幸。我在坎達哈省（Kandahar Province）某座失落城市的冒險中受到的傷，以及與當地居民的衝突，就已經夠不愉快了，但更糟的地方，則是我心靈遭受的創傷。那場事件的回憶，化為無比炫目的惡夢不斷侵擾著我。為了淡化那些記憶的力量，並保有自己僅剩的理智，我縮進一種瘋狂狀態：也就是所謂的自我否認。我對自己盲目地發誓說，那幾天裡的事件從未發生，也認為自己受到幻覺宰制：那是某種大腦發燒引發的異常狀況，一切都不是真的。

這種信念使我感到解脫，並讓我免於踏入納特利醫院（Netley），兩年前我曾在該機構接受擔任軍隊外科醫生的訓練。那座位於漢普郡（Hampshire）的軍方醫院中有間特殊病房，位於建築側翼的隱密處，特別設計給那些從戰場歸來後，身體上沒有受重傷、卻因戰場上的恐怖景象而遭受心理創傷的人居住。床鋪設有約束設備，當床上的人鎮靜劑藥效消退時，經常發出語無倫次的胡言亂語，有時還會尖叫。要不是我半有意識、半直覺地做出決定，拒絕接受自身感官顯示的證據，就可能成為他們之中的一員。

因此，我總是無法將自己想接受的事物，視為明顯的真相。無論我想出任何不同的狀況，或試圖將之邏輯化，都無法解釋諾森伯蘭第五步兵團（Fifth Northumberlands）中六名成員的死亡。我和他們一同踏入阿汗達布河谷（Arghandab Valley）最偏遠的地帶，成員包括羅德里克．哈洛比上校

（Rodrick Harrowby），他是那不幸行程的發起人，也是第一位受害者。我也難以忘記當士兵們遭到那座地底城市的居民攻擊時，口中發出的痛苦叫喊，以及帶著魔鬼般愉悅的居民，屠殺一整支武裝部隊時，所發出的嘶嘶嚎叫。

我能做的，只有對所有人維持偽裝，聲稱自己在邁萬德戰役[4]遭到傑撒伊火槍（Jezail）的子彈所傷，不過，在這場戰役，我其實是少數毫髮無傷的幸運英國作戰人員。當我在白沙瓦（Pashawar）的基地醫院休養時，首度想出這個藉口，使我躲過交談對象進一步的追問，他們敬佩我對祖國的服務，並說我驍勇善戰，但我幾乎不認為自己配得上這份殊榮。隨著時間過去，以及一再重複這個理由，使我幾乎相信了這段故事。

無論如何，回到倫敦數週後，我依然只是個失魂落魄的空殼。我擁有殘缺老兵的低沉憔悴，也領著微薄的臨時撫恤金；眼神中帶有陰森的知識，早晨也鮮少願意在刮鬍鏡前面對自己的目光：那種知識與平常無法觀察到的事物有關，沒有人應該得知那類事物的底細。

同一面鏡子也讓我看到另一個更具體的記號，我也得終生背負著這道疤痕。那是我左肩上方被割下一塊肉後，所留下的醜惡挖痕，在某些光線角度下，它看起來像是步槍子彈造成的槍傷，相同的是，它也像是彎爪抓傷我的三角肌、鑽進肌肉並將它從骨骼上完全扯離時留下的痕跡。傷口持續帶來痛楚，也害我無法順暢使用那條手臂，不過，我清楚自己逃出生天的代價十分輕微。我待在白沙瓦時，傷口曾受到感染，外科醫生們也爭論是否要切除手臂。幸運女神眷顧了我，敗血症消退得和出現

4　譯注：Battle of Maiwand，第二次英國—阿富汗戰爭的主要戰役之一。

時一樣快，但當時確實是生死關頭。

我一再檢視起皺的疤痕組織，試著不去想留下傷口的噁心生物。「那是子彈。」我會用吟唱般的方式對自己說。「是傑撒伊火槍的子彈，只是顆子彈。」於是，就像迷惑他人的催眠師一般，我企圖將這個想法埋入自己的意識，以便壓制另一股念頭。

那年又冷又濕的天氣逐漸到來，我的資金也危險地短缺，此時我碰到了一位老熟人史坦福（**Stamford**）。如同我在《血字的研究》（*A Study in Scarlet*）中所述，我在巴特醫院[5]服務時，這人曾在我手下擔任裹傷員。我對這場會面與後續事件的說法都是假的，以下是真實版本。

史坦福與我並沒有在皮卡迪利圓環（Piccadilly Circus）外的克萊提利昂餐廳（Criterion Restaurant），那環境高尚華麗的長吧（Long Bar）碰見彼此，而是在較不宜人的飲酒場所，那是後巷的一間酒吧，位於商業路（Commercial Road）上迷宮般的貧民窟中，我不會在書中提到它的名字，免得它太過出名。簡而言之，在那種酒館中，那些阮囊羞澀的人，會想盡辦法把錢揮霍在各種傷風敗俗之事上，也會碰見諸多道德觀低落的人物，這些人揮霍時，標準甚至還要更低。人們在沙龍中玩骰子、骨牌與撲克牌遊戲，後頭房間中的人則在鬥雞，地下室有不帶拳套的搏擊賽，以及更多活動。屋內四處可見社會中的渣滓，大口痛飲艾爾啤酒中的酒渣，人群中經常同時高聲唱起的歌曲，也低俗無比。

我上那去的原因，主要是由於它的門窗中散發出的光線與噪音。在十二月一日，對漫步在首都中冷冽小路的人而言，踩在因前晚下雪而深及腳踝的雪泥中時，這裡看起來就像充滿暖意與生機的避難所。一踏進室內，我就被吸引到一張桌子邊，群眾們正在上頭玩拿破崙牌[6]，桌子則靠近一座熊熊燃燒的火堆。從以前到現在，我都是個老賭徒，喜歡找莊家玩一把，當我看到一手牌，就想加入試試手氣，這是我唯一的惡習。我看著賭局進行時，贏得金錢的誘惑對我產生了無可抵抗的吸引力，使得我很快就加入了賭局，並把僅剩的撫恤金都押了下去，我也賭得相當不錯，至少開頭是如此。在令人印象深刻的一手，我下了威靈頓注（Wellington），並成功照自己的宣告贏得了五次牌，用我點數最低的非王牌紙牌贏得優勢，這並非輕鬆之舉。但可惜的是，後續的手牌就沒這麼幸運了，約莫一小時後，我就輸光了所有獎金，甚至還虧了幾英鎊。我這才驚覺，其他玩家可能已聯合起來對付我，但他們是群氣質蠻橫的人，滿嘴都是充滿威脅的考克尼方言[7]，用語也相當粗鄙，因此我沒有說出自己的疑慮，我只是找了藉口從桌邊起身，準備離開酒館。

要不是當我起身走向門口時，史坦福剛好與兩名東印度水手展開激烈爭辯的話，我可能完全不會在這座悶熱又擁擠的酒館中注意到他，他正與對方就一位他想僱用的女孩價格進行談判。簡單來說，東印度水手是女孩的經紀人，而一開始的談判也轉變成爭執。

酒館裡顯然經常發生激烈爭吵，因為其他客人對這股騷動幾乎沒產生興趣，就連酒館老闆（他是位脖子粗壯、蓄著濃密落腮鬍的男子，臉孔充滿厭世倦意，也見過人們各種粗俗舉止）也忙著用抹布擦拭玻璃杯，對爭執不理不睬。每個人似乎都認為，他們很快就會吵完；如果沒有，人們也只會低下

5　譯注：Barts，全名為聖巴多羅買醫院（St. Bartholomew's Hospital）。
6　譯注：Nap，改良自橋牌的牌類遊戲。
7　譯注：Cockney，倫敦工人階級的俗稱。

頭不插手，以便忍受那股喧鬧。

史坦福憤怒地聲稱，自己最後的開價是兩先令，也認為這是慷慨的價格，東印度水手要不接受，要不就拉倒。對方則要求五先令，一毛錢都不能少。

「我不喜歡你們的態度。」史坦福宣稱。「你們這種人該注意禮貌，你們在海上什麼也沒學到嗎？白人下命令時，你們就得乖乖聽話，態度也得放尊重點。」

較為高大黝黑的東印度水手咧嘴一笑後回答，笑容混合了興致與輕蔑。「噢，我們當然聽話。」他用濃厚的印度次大陸口音說道，「我們聽到這個程度，就不會再聽了。」一邊把手舉到鼻子的高度。「水手長用鞭子教會我們尊重。」另一個人也接話，他的兩顆門牙尖端都鑲了黃金。「大副的拳頭也是，加上其他人的靴子。東印度水手是船上的狗，船長把東印度水手交易到別艘船去，跟烈酒桶沒兩樣，東印度水手什麼也不是。我們清楚白人怎麼對待我們，所以我們也這樣對待白人，這才公平。」

第一名東印度水手舉起五根手指。「她要五先令。付錢，不然就滾蛋。」

討論中的「她」是個面帶害怕表情的蒼白流浪兒，身上的衣服宛如破布，不過從上頭的荷葉邊與褶飾看來，這件衣服原應流露出嬌媚風情，我估計她頂多十三歲。她消瘦的臉龐沾滿泥濘，雙眼周圍也有黑眼圈，外翻的雙腳和些微彎曲的脊椎，顯示她在嬰孩時期曾受佝僂病所苦。顯而易見的是，生活與其他人從一開始對這女孩就不好，即使在如此骯髒又滿布塵埃的環境中，她看起來依然十分可憐，宛如一朵發育不良的玫瑰，注定永遠無法開花。

「整晚的話，」史坦福說，「三先令。」

不過，東印度水手們堅持要五先令。

此時我打算介入。我記得史坦福是個樂觀和藹的人，也具有醫護人員（特別是每天在手術室中處理鮮血與內臟的人）常見的陰森幽默感，但他似乎再也不是那種開朗的人了，反而像是處於某種緊張狀態，冒著冷汗，臉色蠟黃，還睡眼惺忪。我害怕他會惹出麻煩，也不想看到任何人雇走那不幸的女孩，更別提對方是讓我抱有良好回憶的人，不該做出如此墮落的行徑。

「天啊！」我驚呼道，彷彿自己才剛走進酒館並注意到他。「你是史坦福，對吧？」

史坦福顫抖了一下，接著轉身盯著我。「先生，我認識你嗎？」

「你對我的印象可能不深，但你一定知道我是誰。我是約翰．華生，我們在巴特醫院一起當過學生。」

他的雙眼透露出一抹認出我的眼神，以及一絲閃避的神情，我認為那出自於羞愧。「不。」他撒謊道，「抱歉，你認錯人了。你和我互不認識。」

「對，走開，先生。」高大的東印度水手對我說，聽起來甚至有點禮貌。「這位紳士和我們在做生意，這種生意不干你的事。」

「好了，好了，史坦福。」我堅持道，不理會東印度水手。「別傻了，別開玩笑，跟我走吧。我們可以去舒適一點的地方，喝一兩杯敘敘舊。」

我用一隻手臂環住他雙肩，後來想想，這是個策略性失誤。這不只讓史坦福憤怒地態度強硬起來，也讓東印度水手明確感覺到，我準備搶走他們的客戶，如果他們丟了生意，自然會責怪我，而不是他。日後回想起來，我應該更有手腕地處理這個情況，但如我先前所說，當時自己的神智也不夠清晰，近來的事件使我產生了魯莽心態，感到文明只是脆弱又毫無意義的產物，永遠受制於邪惡暗流，不然我為何會到那間骯髒的酒吧去，還碰上那些同樣骯髒的客人？我相信人類天性蠻橫，離動物祖先只有一步之遙，在這裡，可以看到全人類的污穢榮光，並浸淫其中。

但我無法忍受看到史坦福墮入無可饒恕的惡行之中，或許，企圖拯救他脫離卑劣衝動時，我同時也希望能拯救自己。

儘管如此，史坦福並不想得救，還甩開我的手臂，在此同時，東印度水手則對膽敢插手管閒事的我感到憤怒。金牙水手從水手短外套口袋中掏出一把水手折刀，刀鋒收納起來時有五英吋長，打開時則會變為雙倍長度，上頭除了切割用的刀刃外，還有用於解開繩索的解索針。他訓練有素地迅速甩了一下，打開刀刃並將尖端指向我。

「後退，朋友。」他建議道，而「朋友」這詞鮮少聽起來如此缺乏本意。「現在就走，趁你還能走時快離開，不然你不會有好下場。」

「我也會對你說一樣的話。」我說，一面握緊雙拳。

我理解到，這種狀況（或類似情形）正是我不斷追尋的目標，也是我在這種落魄狀態下出外閒晃想找的事。我並不是在飲酒與賭博間找尋解脫，而是尋求某種衝突，以作為宣洩憂慮與怒氣的方式，這些問題已掌控了我的人生，使它變得難以忍受。我先前在拿破崙牌桌上的怯懦似乎成了遙遠的記憶，儘管我赤手空拳，東印度水手則恰好相反，而他和同伴人多勢眾，高大水手也比我重上三十磅，這些狀況都沒有令我退縮。我可以戰鬥，或許還可能會贏。

接著那名老人出現了。

他從遙遠的角落現身，原本坐在隱密的酒館小房間中，喝著一瓶琴酒。他手中握著那只酒瓶，抓著瓶頸，當他跌撞地走向我們時，酒液在瓶中歡騰地翻攪，如同典型的酒鬼般走得歪七扭八。

我猜他大約六十歲。他駝背且滿頭灰髮，身材肥胖，蓄著雜亂長鬍，套著一件破舊的粗花呢夾克，頭戴扁帽，身穿無領襯衫與骯髒的藍色圍巾。他看起來像是個早已失去年輕氣勢的人，依舊停留在悔恨之中，也耗盡了一生的運氣。他臉頰上由破碎的毛細血管形成的紅網紋路，象徵了他對酒精的喜愛程度，遠遠超過他歪扭的步伐所示；他滿布凹洞的球狀鼻子，也說明了他長年酗酒的習慣。

「欸，搞啥呢？」他用濃厚的約克郡（Yorkshire）口音含糊不清地說。「你們這些小鬼該冷祭點，吵架解結不了啥事。別對人大估小叫，大夥冷靜一下，客氣一點，你們結得呢？」

鑲了金牙的東印度水手將刀尖轉向新來者。「你在說什麼話？那是英語嗎？」

「是道道地地的英語呀。」約克郡男子說。

「隨你說，你最好照我剛剛對這傢伙說的話做。」他指的傢伙是我。「滾開，這和你無關。」

「口能有關，口能無關，但行行好，把刀晃下吧，我恰好不喜翻喝醉小果子拿刀指著我的臉。」

東印度水手顯然氣急敗壞，寧可用武器刺向老人，而不是將之收入刀鞘。

接下來發生的事，無論是發生過程與出乎意料的程度上，都令人驚愕無比。約克郡男子躲過了攻擊，同時則以不符他年齡與酒醉程度的高速與敏捷發動了反擊。抓住琴酒酒瓶的手往上甩了一圈，將酒瓶用力砸在金牙水手的太陽穴上，玻璃碎裂開來，琴酒也四處飛濺，鮮血噴湧而出，東印度水手則踉蹌地搖晃。男子的另一隻手抓住東印度水手握刀的手，並將之往旁用力一扭，迫使印度人放開刀子。於是，在短短數秒內，東印度水手就失去武器，也失去了行動能力，刀子掉到地板上時，他便半昏厥地摔倒在地，鮮血從他頭皮上的深邃傷口流出。

他更高大的同伴衝向老人，一面發出老虎般的憤怒吼聲，並立刻發現自己的右手被扭到身後，還從肩膀以莫大角度旋轉，使他彎下身來，幾乎無法動彈。敏捷地迴避攻擊的老人，現在徹底壓制了東印度水手，讓對方像頭被套索困住的公牛。無論東印度水手如何掙扎，都無法轉身或脫離控制，他罵出只有水手能說出的骯髒話語，並用上英語和他的孟加拉母語，但他的謾罵和身體反抗一樣毫無助益。

約克郡男子接著往東印度水手的腹部揮出猛烈一擊，他的手指半曲且僵硬，與其說像拳擊手，他的拳頭還更像有鈍緣的斧頭。拳頭打在對手肋骨右側，正好在肝臟上端，我看得出這絕非意外，他精確地攻擊了自己瞄準的位置，而肝臟受到的衝擊使東印度水手喘不過氣來，全身作嘔又無力。他昏了過去，倒在同伴身邊，兩人臉色蒼白，幾乎失去意識，明顯無法反擊了。

「好，」短暫格鬥的勝利者說，一邊挺直身子。「解決這兩人了。」他的嗓音聽起來再也不像約克郡當地人了，反而帶有倫敦周圍各郡居民受過良好教育的特質，清脆且充滿抑揚頓挫。「至於妳呢，小女孩。」他對東印度水手不幸的活商品說，而我們周圍曾短暫受到騷動吸引的酒館客人們，已紛紛回去做自己的事。「快走，趁妳的虐待者們還無法動彈，妳不會有比這時更好的逃跑機會了。白教堂區（Whitechapel）的漢伯里街（Hanbury Street）上有間救世軍[8]收容所，去那裡躲躲，妳還很年輕，能拋下悲哀的童年，讓自己成為有用的人。」他把半克朗塞到她手中。「來，這應該夠妳上路了。」

女孩把硬幣藏進裙子口袋裡。「願上帝保佑你，先生。」

「別謝我。快走。」

她轉身走向門口，其中一名東印度水手虛弱地抓向她的腳跟，但她閃了開來，接著消失在門外。

「至於你，」約克郡男子說，一面轉身並用灰色雙眼直視我，那雙閃爍的明亮眼睛和飽受摧殘的臉龐形成強烈對比。「只要幫我追你朋友史坦福，你就能將功贖罪。你害我追丟了他，所以你得和我一起找到他。」

「追丟……？」

我四處觀看，史坦福已不見蹤影。他肯定是趁老人（顯然不只是個普通老人）痛擊東印度水手們時逃之夭夭。

「對，追丟了。我偽裝成可憐人來到這座不法巢穴的理由，正是史坦福醫生，要不是因為你，我可能還能在不被發現的情況下，觀察他的行動，他也不會察覺到我的蹤影。好了，來吧，如果我們想再度找到他，就得加快速度了。」

老實說，這就是我首度遇見夏洛克．福爾摩斯的經過。

8 譯注：Salvation Army，成立於英國的宗教性國際慈善組織。

第二章　私人四輪馬車

A Private Clarence

當我跟著假約克郡男子離開酒館時，腦袋裡閃過萬千思緒。當下我完全不曉得他是誰，也不清楚他的計畫，或是他為何喬裝打扮，更不明白他為何要跟蹤史坦福。他甚至沒有報上自己的名字，或是詢問我的姓名。

我感到好奇。我覺得被扯進了自己無法理解的狀況，也該卻步不前，但這名陌生人有某種吸引人的特質，他的態度充滿權威，使我無法抗拒。我怯懦地與他同行，但並非不情不願。我甩掉垂頭喪氣的麻木之情，並首度忘卻自己在阿汗達布河谷遭遇的不祥事件，心中思緒再度變得清晰，眼前還有明確的具體目標：追上史坦福，其他事都不重要。

儘管如此，我依然無比關切自己手下往昔的裹傷員：比起我記憶中的年輕人，史坦福似乎更為焦慮且心煩意亂，他拒絕認出我，也不願接受我的援手。這名充滿魄力與機智的人監視著他，對方還假扮成來自約克郡谷地的老人。我不禁感到好奇，是什麼讓他墮落到這種地步？他的人生究竟出了哪種戲劇化的大錯？

我們衝出酒館，踏入冰冷的夜晚空氣之中。除了那女孩外，巷內空無一人，當她消失在街角時，我們匆匆瞥見她最後一眼，史坦福則下落不明。由於酒館中與相連建築中的喧囂，我甚至沒聽見任何遠去的腳步聲。

假約克郡男子單膝跪下，並開始檢查雪泥中的諸多鞋印。隨著他頭部有如鳥類的探索動作，他的目光接連掃視著不同鞋印，直到他的注意力最後落在一道印記上，他宣稱那腳印屬於史坦福，全然不畏懼遭到反駁。

「你怎麼能這麼確定？」我問。

「史坦福醫生的鞋號是十吋半，這是種腳裸上繫著鬆緊帶的尖頭短靴，也正是史坦福穿的靴子。如果你仔細看，就會發現鞋跟上有個洞，史坦福的靴子也是如此，再加上腳印整體相當模糊，邊緣並不明顯，腳趾端也比後跟深，顯示穿鞋者並非走路，而是在奔跑。看到了嗎？這裡有另一個相符的腳印，約莫在一步的距離外。我們因此找到了史坦福的走向，也確定他正快步前進。走這裡！沒時間浪費了。」

他迅速沿著巷弄向前跑，我也跟在他身邊。

「你跑得很快。」我們抵達巷弄盡頭的路口時，他說。

「如果路途更平穩的話，我會跑得更快。」腳下的雪泥十分危險，很容易滑倒並扭傷腳踝。

「不管怎樣，你的行動方式散發出軍人的無畏與敏捷，也隨時準備行動。」

「我從軍過。」

「我知道，你也因此付出了代價。你偏好使用其中一側肩膀，動作也十分僵硬，那是戰場上的舊傷。」

「你很會觀察。」

「我至少有那項優點。你在阿富汗當軍醫？」

「天啊！」我脫口而出。「你怎麼判斷的？」

「很簡單，我聽到你對史坦福醫生說的話，並提醒他你們在巴特醫院共事的時光，加上你的從軍經驗，這是最合邏輯的推理。從你皮膚的黝黑程度看來，你最近在熱帶地區待了段時間，那是曬傷，因為範圍沒有超過你蒼白的手腕。地點一定是阿富汗，因為你的外表有種根深蒂固的辛酸感，而世上只有那個國家，能使英國人變成這樣。」

我們在衝過迷宮般巷弄的過程中，他便解說了這一切。他完全沒有喘不過氣的狀況，目光也同時搜索並辨識我們的獵物在雪泥中留下的足跡。

「如果你給我一個私人物品，並讓我研究一兩分鐘的話，」他繼續說。「我就能說出更多和你有關的事，比如說一只懷錶，但此時此刻不適合示範我的手法。快跟上，華生醫生！」

我開始感到疲勞。我的肩膀感到疼痛，我在白沙瓦臥床的那幾週、和之後在由喀拉蚩（Karachi）開往樸茨茅斯（Portsmouth）的奧龍特斯號（Orontes）上的慵懶航程，都對我的體力造成影響。

「你知道我的名字。」我喘著氣說。「當然了，我對史坦福表明身分時，你肯定也聽到了。但先生，我不曉得你的姓名。」

「福爾摩斯，夏洛克．福爾摩斯。見到你是我的榮幸，如果在更舒適平靜的狀況下，也會和你握手。就當作我們已經正式會面過了吧，之後我們可以——」

他停止說話，雙眉也皺了起來。我們在煤氣燈下停了下來；路燈在倫敦這塊宛如迷宮的陰森區域中相當罕見。透過燈光，我能看出讓福爾摩斯流露老邁蒼白臉色的油彩，現在則留下道道汗痕。他的假鬍鬚一角從臉頰上剝落，動作產生的熱度，也使化妝用的快乾膠失去黏性。我還能察覺他酒鬼般的鼻子，只是用油灰製作的精巧道具。

「史坦福醫生比我想得還聰明。」他憤恨地說。「你看，我們位於主要幹道，他的足跡則消失在此處的走道上，靠近馬路上的車轍。」

「是台出租馬車。」我說。我彎腰將雙手靠在大腿上，一面喘氣，一面慶幸自己能休息一下。我深怕自己無法繼續追蹤下去。「他招了台兩輪馬車。」

「不。」福爾摩斯回答。「不是兩輪馬車。泥巴中有兩道平行的車轍，顯示來的是四輪馬車，而非兩輪馬車。從輪軸的狹窄尺寸看來，能推論出這是裝有玻璃窗口的四輪馬車，而不是輕型四輪馬車。」

「那依然可能是出租馬車，很多嘈雜車[9]都會被當作出租車輛。」

「但沒有二輪馬車夫會在深夜往返於城裡這個區域。低廉的車資使他們不願花時間過來，人數眾多的四輪馬車夫則使他們更為卻步，因為那種馬車夫會搶奪他們的錢箱，還會搶生意。不，這是台私人四輪馬車，你也可以稱它為『嘈雜車』；史坦福醫生雇來或借來這台馬車，為了盡快將他和原本企圖雇用的年輕女孩載走。」

「那只是臆測而已，」我說。「瞎猜出來的。」

「我從來不猜！」福爾摩斯生氣地駁斥道，雙眼在燈光下閃爍。「如果你想了解我，醫生，就得清楚這點。我透過分析做出推理，當我說史坦福搭四輪馬車逃逸時，是因為他確實這樣做了。他步行前往酒館，我知道，因為我用同樣的方式跟蹤他。沿路上，那台馬車一直都停在附近的策略性位置，以便讓他及時迅速逃走。」

「隨你怎麼說吧。」

「那是當然。」福爾摩斯沿著街道拋出絕望的眼神。「總之，我們現在沒機會逮住他了，如果他一

9　譯注：growler，此處指的是四輪馬車（clarence），因其在路上發出的噪音所得的俗稱。

開始沒奪得先機，結果可能會截然不同。就目前而言，史坦福醫生已經躲過我們了，但今晚並非毫無收穫。」他補充道。「除非我搞錯了，否則那可憐女孩已躲過了駭人命運。」

「我可以請問，你為何對史坦福有興趣嗎？」我謹慎地說出問題，深怕又引來一陣責罵。「你為何要假扮成約克郡老人跟蹤他？」

「啊，華生醫生，這點說來話長。如果你只是出自好奇而問，我就不確定自己想花時間解釋，反過來說，如果你真心想知道答案，那我相信自己能夠解答你的疑惑。」

福爾摩斯仔細端睨我，我也感到自己受到考驗，彷彿正經歷某種面試。他似乎評估著我的正直品行，而如果我通過測試，就能面對更廣大的謎團。

我大為光火，對這種惡作劇感到不齒。我覺得面前這位夏洛克．福爾摩斯，喜歡自覺優於其他人，即使只是透過喬裝打扮和佯裝地方口音來隱藏自己的身分，但他樂於握有無人知曉的祕密。我感到他偏好讓別人覺得難以忍受，而無論是今晚或尋常生活，我都沒心情忍受擁有這種性格的人。

但使我感到訝異的是，自己居然說：「其實我非常想知道答案，先生。」我不只是單純開口，還全心全意地回答。

「那麼，」他說，「我便會提供解答，但不是在這裡。我們可以去更溫暖乾燥的地方休息，有個離這裡約莫四十五分鐘腳程的地點：貝克街（Baker Street），我在那裡租了幾個房間，才剛搬進去而已。老實說，我付不出房租，現在很難在倫敦找到價錢合理的好住處了，你願意和我同行嗎……？」

第三章　前往二二一號B

To 221B

於是我們前往位於貝克街二二一號B的租屋處，一八八〇年冬天，那裡和我在其他故事中描繪的場景一模一樣。日後房間變得更雜亂骯髒，宛如雜亂的鵲巢、書本多到無法擺到架上、裝在活頁夾中的大量羊皮紙、古怪的卷軸，和許多用皮革裝訂的古老搖籃本[10]，一回想起上頭的拉丁書名，便使我打起冷顫。與堆積如山的物品競爭存放空間的，是描繪驚恐神情的部落面具、雕工複雜的上鎖木盒（福爾摩斯總是隨身攜帶它們的鑰匙）、描繪出一群恐怖物體的大理石半身像與黏土淺浮雕，以及滿是避邪物、護身符與圖騰的展示櫃，加上諸多手工製品，最好不要猜測它們的起源與本質。福爾摩斯嚴格禁止我們的房東哈德遜太太（Mrs. Hudson）碰觸這些東西，連用雞毛撢子都不行，更別提用雙手摸了。

讓我最後一次回憶這間客廳，並回想這房間在單純時期中的樣貌。福爾摩斯的化學實驗台裝設在原處，上頭已經有強酸留下的腐蝕痕跡，但各種設備看起來品質良好，尚未經歷大量使用，也還沒容納過各種在容器中留下永久汙垢的恐怖物質，主要是有機液體。壁爐上擺了塞滿煙草的波斯拖鞋，他最喜歡的兩根煙斗則放在拖鞋兩側，煙斗分別由黏土與櫻桃木製成，俯視著他用來存放雪茄的煤斗。他的百科全書、辭典、地名字典與其他參考文獻整齊地成排擺好，沒有遭到過多的魔法書與類似的神祕學典籍所取代。他的剪貼簿和剪報收集才剛起步，因此沒有佔據太多空間。他將斯特拉迪瓦里琴（Stradivarius）驕傲地擺放在前窗旁的桌上，壓著一疊孟德爾頌[11]的藝術歌曲樂譜。房內還有舒適的老舊家具，以及火爐前的熊皮地毯，還有酒櫃，熟悉我在《岸濱月刊》[12]中的文章與佩吉特先生[13]筆下插圖的讀者們，必然對這些平淡無奇的居家光景感到熟悉。

福爾摩斯和我穿越一樓門口，走上十七道階梯後，我就進入屋內。從許多層面看來，我偏好記得當時的光景，而不是日後事件將它轉變成的雜亂博物館。後來裡頭擺滿陰森的奇異物品、禁忌文本和詭異古物。

至於福爾摩斯本人，他從臥房回來時，已經卸掉了化妝與假鼻子，並換上縫有襯芯的菸裝夾克[14]，此時他的外型，已成為我多次描寫過的那位和藹又瘦削的紳士。一八八〇年的他年僅二十六歲，有著光滑皮膚與結實的下顎輪廓，美人尖還不像日後那麼明顯，但他的鷹勾鼻與飽滿的前額則始終顯眼。他灰色的雙眼閃爍著嚴肅又崇高的智慧光芒，舉手投足也散發自信氣度。

他在壁爐中生了火，並給了我一杯干邑白蘭地，酒精和房裡的火焰則對我產生了同樣的效果。

「我答應給你答案，華生醫生。」他說，一面坐下並啜飲了干邑白蘭地。「很好，你對史坦福了解多少？」

「那是問題，不是答案。」

「跟我說說吧。」

10　譯注：incunabula，泛指十五世紀印刷術首創時期到該世紀結束之間的出版品。

11　譯注：Felix Mendelssohn，十九世紀德國作曲家。

12　譯注：*The Strand*，一八九一年七月至一八九二年六月之間，亞瑟・柯南・道爾（Arthur Conan Doyle）於此月刊上刊載日後集結成《福爾摩斯冒險史》（*The Adventures of Sherlock Holmes*）的各篇短篇小說。

13　譯注：Sidney Paget，十九世紀插畫家，他塑造出福爾摩斯頭戴獵鹿帽的經典形象。

14　編注：Smoking Jacket，較休閒的裝扮，特點為圓駁領，翻領弧線圓潤，給男士在飯後休閒吸菸時穿的，後來也衍生為正裝的變化。

「嗯，我能說什麼？我知道他精於為病灶敷藥與包紮傷口；我知道他在醫院裡會跟一群吵鬧的同輩鬼混，那批兄弟會成員的共同點，就是家境富裕；我知道他喜歡惡作劇，也會在大廳中的賀加斯[15]壁畫上，貼上粗鄙的漫畫式言語氣球，內容挖苦了醫院的主要贊助人哈德威克家族（Hardwick）的正直名譽；他還曾讓警衛室裡的亨利八世（Henry VIII）雕像穿上護士制服，不過從來沒人逮到或指責過他鬧出這兩樁搗蛋事件。我知道他的教名是瓦倫坦（Valentine），除此之外，我所知不多。」

「你知道他是鴉片成癮者嗎？」

我嚇了一跳。「不，我不知道。不過，那就能解釋我今晚在他神色中注意到的鐵青感，還有兩眼的發紅情況，下場真糟糕。他總是很吵，但我覺得他其實有著沉穩的內心，也應該會成為負責任的公民，但我想過了幾年後，很多事都會改變。」

「沒錯。」福爾摩斯說。「史坦福醫生成了罌粟花的奴隸，他的惡習也經常驅使自己前往位於萊姆豪斯（Limehouse）的一間鴉片館，那裡由一位名叫公孫壽（Gong-Fen Shou）的中國人經營。這件事本身就是場悲劇，但從各個角度看來更可怕的是，我發現你的前同事與一連串謀殺案有關。」

我大吃一驚。「聽好了，福爾摩斯先生，這可是嚴重指控。」我說。「你到底是誰？你的職業是什麼？你表現得彷彿像是警察，但卻搞了喬裝打扮的花招，假扮成約克郡人，更別提你那不尋常的打鬥方式，還有你聲稱的『推理』，你完全不像我見過的警察。」

「那是由於我比你見過的任何警察都更高明，未來也沒有警察比得上我。」福爾摩斯平靜地說，彷彿這並非自誇，而是明確的事實。「親愛的醫生，我是截然不同的存在，我喜歡自稱為世上第一個諮詢偵探。」

「世上第一個什麼？」

「諮詢偵探。不只是第一個，我猜也是唯一一個。」

他開始對演繹法發表長篇大論，我的讀者們肯定對此相當熟悉，所以我就不贅述了。我承認，自己聽到一半就有些呆滯了，但當我日後將這些言論寫在《血字的研究》時，福爾摩斯曾協助過我，他自行重寫了小說中那篇段落，並調整了許多句子，使他在闡述自己進行犯罪調查所用的經驗式手法時，話語讀起來流暢又充滿說服力。

諷刺的是，等到我七年後開始撰寫《血字的研究》時，他的世界觀已徹底改變，因此他在書頁上提倡的，是他在生活中再也不仰賴的思想。在我出版過與他冒險有關的所有故事中，情況都是如此。歷經五十六篇短篇故事與四本小說後，福爾摩斯和我共同串通，營造出華麗的誤導計畫，以便讓大眾感到安心，並緩解人們對他手中案件的不祥本質可能抱持的疑心。我對此毫不感到愧疚，這是權衡後的決定，也是為了大眾福祉所營造出的騙局。

「你肯定聽過近來在東區發生的大量死亡事件。」當我完全了解他獨特職業中的複雜性質後，福爾摩斯便這樣說。我們已經喝了第三杯酒，我也發現自己不情願地對坐在對面的男子產生好感，儘管他魯莽又討厭，我卻直覺地感到，有顆高尚的心在那結實體格中鼓動，也清楚自己面對的是強大的善良力量。不只如此，由於我們喝的是布特洛酒（Bouteleau），可以看出他提供了相當優秀的干邑白蘭地。

---

15 譯注：William Hogarth，十八世紀英國版畫家。

「可惜的是，我並不清楚近來的事件。」我坦承道。「我最近……很忙。」

「黃色新聞[16]對此大作文章，你可以自己看看。」

他從椅子旁一小疊報紙中拿起一份，並將它拋給我。那是一個月前的《警察新聞畫報》（*Illustrated Police News*），一看到頭條，我就發出輕笑。

「我永遠想不到你會讀這種無稽之談，福爾摩斯先生。最低階的讀者才會喜歡這種刊物，他們對血腥事件與醜聞抱有無法滿足的渴求。」

「但《警察新聞畫報》、《知名犯罪報》（*Famous Crimes*）與《警方預算報》（*Police Budget*）等類似刊物，對像我這樣的人提供了絕佳的資訊來源。偏好嚴肅題材的報刊，通常會避開這種對犯罪與惡行的報導。在許多層面上，比起尋常報刊，它們詮釋出更寫實的英國生活：暴力粗鄙，有時還凶險無比。而且，一週只需花一便士，這是我願意接受的投資。請翻到第二頁，看看第二篇頭條。」

是一則短篇文章，標題是〈有人發現另一具乾癟屍體！〉。

十一月三日早上，倫敦塔林街（Tarling Street）的居民們見證了駭人的血腥場面。這條路上有通往某棟寄宿公寓的小道，而在小道盡頭的後院中，有人發現了一具男屍。屍體乾癟且萎縮，顯示出曾嚴重挨餓過，一開始看到屍體的鄰近區域居民，也說那是當地某位惡名昭彰的猶太裔流浪漢，綽號是傻西蒙（Simple Simeon），沒人知道此人其他的名字。

警方認為，西蒙的死因是出自慢性營養不良導致的心肌梗塞，這點似乎符合他的流浪生活，以及缺乏正常工作的狀態，但和可靠消息來源並不一致；有人聲稱幾天前他的健康狀況相當良好，以他的貧困狀態而言，他的營養相當充足，這多虧了當地某位同為猶太人的麵包師，對方經常好心地施捨麵包給傻西蒙。

這樁死亡案件，使得附近的屍體數量增加到四人，它們都顯示出同樣的異常瘦削狀態。再來，死者臉上都流露出令人不安的驚恐表情，且不只一名目擊證人將這種神情形容為「不幸恐懼」。

除了諸多受害人的嚴重肉體萎縮狀況外，它們之間沒有其他關連。不過讓人好奇的是，這些死亡案件是否與沙德維爾地區（Shadwell）古怪「暗影」的目擊事件有關，這現象主要出現在凱波爾街（Cable Street）、聖喬治街（St. George Street）與坎農街（Cannon Street）。過去幾個月來，該區居民都聲稱在晚間看過一大團黑暗，黑暗似乎以怪異方式移動，使任何靠近它們的人感到虛弱與恐懼。儘管這些故事怪異且令人難以置信，卻不可能立刻駁斥它們，因為所有人對「暗影」的描述、和「暗影」對目擊者的影響，說法上都相差無幾。

先前提過的暗影，難道是某種惡勢力，不只潛伏在沙德維爾街道與周圍區域，還奪走了當地居民的性命？對此我們只能發表臆測。

附在文章旁的，是一張印刷精緻的圖片，上頭描繪出傻西蒙遺骸可能的外型。畫家把他描繪得瘦骨嶙峋，就像一堆樹枝纏在破爛衣物上，也沒有忘掉畫出對方臉上露出「不幸恐懼」的神情。背景中

16 譯注：yellow press，現代八卦小報的前身。

一小批旁觀者的臉孔與姿態，也同樣反映出這種情緒：他們雙眼圓睜，嘴巴大張，往後退縮，散發出陰森的入迷神情，卻也瀕臨昏厥。

「如何？」福爾摩斯說。「你怎麼想？」

「個人而言，我覺得這只是場無趣悲劇：流浪漢死在晚秋夜間的冷冽街頭。這位傻西蒙的體力不會太好，他確實可能忽然心臟病發，我確定任何和他過著相同生活的人，在國內任何夜晚都可能碰上一樣的事。」

「我同意，但乾癟狀況呢？」

「那怎麼了？」

「屍體居然如此萎縮，你不覺得很怪嗎？特別的是，據說西蒙死前的身體狀況相當良好。」

「我們只有一兩位當地人的話能佐證那點，再說，你認為這名記者文章中的劣等文筆、和刊登他文章的報紙，擁有絕佳精確度。拿『驚恐表情』來說好了，那是人們對屍體經常產生的錯誤印象。我見過許多看似露出驚懼神色的遺體臉孔，即使我知道對方在睡夢中平靜地過世，張嘴是常見的屍僵現象，有時會讓人以為屍體要發出慘叫。而且，死後的皮膚會因乾燥而緊繃收縮，這代表嘴唇會從牙齒旁往後縮，眼瞼也會從眼球上縮回去。對門外漢而言，這可能象徵了死者臨終前的恐懼，但一切相當正常，相信我。那只是腐敗前的初始過程而已。」

「我得致敬你的專業，醫生。」福爾摩斯說。「我想，你也不認同最後幾個段落。」

「至於那點，」我回答，「很容易就可以將陰森的『移動暗影』傳言視為迷信流言。」

「我發現你的話中帶了點猶豫。」

「不。沒有，你錯了。」

「真的嗎？」

他質疑地看著我。「『很容易……』這並非徹底駁斥。你講的彷彿是我該聽到的話，而不是你的真心話。」

「那你就嚴重誤會我了。」

福爾摩斯沉默了一下，接著點點頭。「我不會繼續追問，這個案例，我也認為和你的說法一樣，只是迷信流言。東區的環境孳生了傳說與虛幻謠言，吸血鬼在屋頂上徘徊，鬼魂流連在曾有罪犯被吊死的十字路口，長有發光雙眼的人形生物像袋鼠般跳躍，都是諸如此類的荒謬故事。彷彿少了一絲幻想，人們的生活就不再完整，而諸如你手中的報紙，則助長了對這種謬聞的狂熱，並使這類刊物的發行量倍增，也增加了這類報導的說服力與篇幅。不，世界對我們來說夠大了，華生。」他以言盡於此的口氣說，「不需要考量鬼魅的因素。」

我注意到他沒有稱呼我的頭銜，反而直接說出我的姓氏，這象徵我們的關係已變得友好許多。我自動回答：「福爾摩斯，如果我們跳過這件事之中的超自然元素，那還剩下什麼？四個人在倫敦某處死於表面上相似的狀況，當地不僅人口過多，還肆虐著疾病與衰敗氛圍。我依然認為，這只是不祥的巧合，而史坦福恰好和這一切有關？」

「你還沒聽完整件事。」福爾摩斯說。「好好聽我說，耐心點，然後再做判斷。」

第四章　四人死亡

The Four Deaths

福爾摩斯坐滿整張椅子，開始講述來龍去脈。

他說，第一樁死亡事件和自己錯身而過，且即使他在三年前成為諮詢偵探時，就已相當勤奮地閱覽報紙，找尋無人能解的不尋常死亡事件，卻沒有發覺這件事。等到後續死亡事件發生時，他才回溯早期報刊，找尋符合同種模式其他事件的相關報導。第一具屍體是位販賣香料與果乾的街頭小販，遺體被丟在刺柏街（Juniper Street）某處門口前，有份警方聲明提到它的「危急狀態」，但並未詳述他發生了如同傻西蒙般的瘦削狀況。

當時是八月。第二具屍體在一個月後出現，對方是名道路清潔工，還只是個尚未脫離青春期的男孩。有人認為他是受肺癆病所苦，或是某種會導致瘦弱與肌肉萎縮的疾病。由於他只是清潔工，不可能找醫生診斷或治療自己的疾病，而他堅忍不拔且毫無怨言地忍受自己的症狀，直到最後倒地不起。

第三具屍體是個賣火柴的女孩，人們則認為她死於磷中毒。這種問題經常影響在火柴製造廠工作的人，讓他們產生「磷毒性頷骨壞死（phossy jaw）」，這種下頷骨的腐爛狀況會先造成牙齒脫落，接著產生膿瘍和不斷蔓延的壞疽，如果沒有接受治療，絕對會致命。即使是單純販賣火柴、與製造過程無關的人，也無法避免染上此病。因此當這名女孩瘦骨嶙峋地死去，全身遭病魔掏空時，整件事並不令人訝異。

「是什麼讓這三起不幸事件產生關聯呢，華生？」福爾摩斯說。「是哪條線將它們連結起來的呢？」

「除了他們都悲慘地獨自死去這點嗎？」

「沒錯，還有呢？」

我思考著。「他們三人都不是社會上的中流砥柱，恰好相反。」

「沒錯，沒錯！」福爾摩斯拍起手來，明顯對我流露出的些許智慧火花感到開心。「他們是無名小卒。街頭小販、道路清潔工與賣火柴的女孩，全是無名人士，普通市民完全不會注意他們。我不認為有任何每天看到這三個人的倫敦人，會知道他們的姓名。」

「傻西蒙也一樣，除了名字以外。」

「但沒人知道他的姓氏，他唯一的稱謂來自有些難聽的綽號。沒人會注意這四個人，而且……」他的眼神變得狡猾起來。「也不會有人發現他們死去。」

我思考了一陣子，他肯定希望我這麼做。他很享受領導交談方向，一面拖著我走，讓我擔任他這位蘇格拉底身邊的柏拉圖，但我覺得，滿足他沒什麼壞處。

「你是說，有人特別選他們作為謀殺目標，因為兇手知道沒人會在意他們的死。」

「簡而言之，那就是我的意思。證據也證明了我的推測。」

福爾摩斯繼續說道。四名死者都被埋在市立墓園中無墓碑的貧民墳墓，死後只得到最低的敬意與權益，就和他們生前一樣。沒人想對這些遺體進行驗屍，無論該病症特殊與否，沒人認為每樁案件中有疾病以外的死因。如果受害者是某種有力人士或享有盛名，狀況便會截然不同，但誰會在乎少了一個道路清潔工？誰會懷念賣火柴的女孩？

就連警方都沒有將這些死亡案件連結起來，倫敦警察廳的官員似乎都樂於將這些案件視為沒有連結的獨立事件，也忽視了重要細節：四具屍體顯然都經歷了不尋常的飢餓狀況。

「他們為何不注意呢？」我說。「我們知道這四個人都相當貧窮，健康狀況也很差。」

「沒錯。」

「事實上，唯一和你得出同樣結論、認為死者有共通點的人，就是《警察新聞畫報》那篇文章的無名作者。」

「如果你想聽的話，我可以把他的身分告訴你。他就坐在你面前。」

「你？我可能跟你不太熟，福爾摩斯，但我敢賭一千英鎊那不是你。」

「那你會輸，而且經歷過今晚在牌桌旁的惡運後，你已經付不出那筆錢了。」對方說，一邊露出諷刺的微笑。「我以榮譽擔保，我就是那位文筆與精準度遭到你嚴厲譴責的記者。我假裝成新手記者，並刊登了那篇文章，而《警察新聞畫報》這類報紙不太在意投稿人的身分，只要內文符合他們的編輯宗旨，也就是提供最具渲染性的話題即可。」

「你為什麼要刊出這篇文章？又為何要把死亡事件和與暗影有關的怪事連在一起？你自己也說那是無稽之談。」

「我很快就會提到那點。在此同時，讓我再多說些故事。」

* * *

福爾摩斯坦承，自己的諮詢偵探生涯開始得並不順利。目前只來了幾個有些「小問題」的零星客戶，像是塔勒頓謀殺案（Tarleton murders）、葡萄酒商范伯里（Vamberry）的案件、鋁製拐杖的特殊事件，與彎腳瑞可列帝（Ricoletti）和他可怕老婆的案件[17]，還有一件更有趣的謎團，此事與瑞金納德・墨斯葛雷夫（Reginald Musgrave）有關，他是福爾摩斯大學時期的同學，以及被稱為墨氏家族成人禮的古怪儀式。他又怎麼能忘掉在格洛斯特郡（Gloucestershire）那座閣樓中找到的乾枯斷手呢？這些案件讓他取得足夠收入，維持身心靈的需求，使他感到自己追求的維生方向是正確的。每件成功結案的案件都成了他的經驗，也讓他得以面對更重大的案件。

但中間依然有無趣的空窗期，有時數週或數月過去，卻沒有任何訪客拜訪他先前位於蒙塔古街（Montague Street）的住處。他不忙時，便深入鑽研科學領域，並加強自己對各種實用技巧的理解，像是木劍術與一種名叫巴流術[18]的東方武術，同時持續找尋值得調查的異常事件。如果客戶沒來找他，他就擔任自己的客戶，要求自己解開沒人有興趣的犯罪事件。這一切都是練習，是讓他淬鍊技巧的肥料。

因此，當他在九月讀到道路清潔工的死亡，下個月又得知賣火柴女孩的死亡時，福爾摩斯便將這兩樁案件與八月的街頭小販死亡事件做交叉比對，並推測出三樁案件之間可能的關聯，以及藏匿於幕後的人為因素，這促使他更深入研究這件事。

除了少數簡短的新聞報導外，證據少得可憐，因此他認為最好的辦法，就是找出三具遺體的確

17 譯注：以上皆為福爾摩斯在《墨氏家族的成人禮》（*The Adventure of the Musgrave Ritual*）中向華生述說的早期案件。

18 譯注：baritsu，此處引用《空屋》（*The Adventure of the Empty House*）中，福爾摩斯用於擊敗宿敵莫里亞蒂教授的日本武術。但原文中的baritsu與史實上的巴頓術（Bartitsu）拼法不同，而道爾採用此拼法的原因不明，目前的解釋包括拼錯單字、版權問題，或道爾特意將該詞改為日式拼法。

切發現位置，然後在鄰近地區找尋線索，並訪問當地居民，盡可能從他們身上取得資訊，他也這麼做了。

得知死亡事件都發生在沙德維爾區後，福爾摩斯更確信這三樁事件互有關連。他發現案件發生時間有一個月的規律間隔後，察覺到這與某個對曆法有興趣的對象有關。查出每個人的死亡時間都準確地在新月夜時發生，他也發現犯人的估算方式擁有某種儀式性。

「每個月最黑暗的夜晚。」我說。

「適合隱藏惡行。」他說。

「這種時機，有可能與據說符合月相時期的瘋狂症狀有關聯嗎？」

「據說滿月時，某些瘋狂症狀會達到高峰。這現象的時間點恰好相反，狀況截然不同，是冷靜又熟練的理性行為。」

此時是十月下旬，月亮正迅速進入虧缺，預計於十一月二日在夜空中消失。福爾摩斯清楚那天便是下次死亡事件的發生日，從各種觀點來看，那天都算是大限之日，於是福爾摩斯付出了更多努力，他喬裝成不同模樣，在沙德維爾的巷弄與落後地區中遊走。從大學時，他就積極參與了業餘戲劇，不少劇評都曾讚賞他投入角色的能力，不只改變了自己的臉孔與嗓音，還在姿態與各項行為上產生變化，讓演出看起來生動又寫實。

「之後的學期，我演出了外表年輕的哈姆雷特、蒼老的李爾王，和狂暴的奧賽羅。」他告訴我。「每個角色都截然不同，我被稱為舞台上的變色龍。」

在沙德維爾，他連續五晚分別喬裝成老水手、法國工人、義大利神父、和藹的非英國國教派牧師與無害的老婦。他在當地滯留遊蕩，盡他所能地找出潛在受害者，並保護他們。

「但我失敗了，」他說。「這點顯而易見。」

「傻西蒙。」

「他躲過了我的羅網。」

「別責備自己，你只有一個人，卻得觀察上千人，你不可能看顧所有人。」

「我知道，但儘管如此……」他陰沉地吐出一口氣。「當晚我沒有看見任何可疑跡象。造成死亡案件的主犯躲過了我的監視，並再度下了殺手，精確地照他的預定時間表進行，我則無力阻止。」

「請問，你為何不報警呢？你沒有把自己關於死亡事件的理論告訴他們，並請他們幫忙嗎？幾十名員警肯定會讓你的『羅網』變得更廣也更緊密。」

「啊，警方。」福爾摩斯說。「我確實認識兩名蘇格蘭場的警察，但我們之間的關係還不穩固：托拜亞斯．葛雷格森（Tobias Gregson）與G．雷斯垂德（G. Lestrade）。我相信G代表加百列（Gabriel），所以他偏好用縮寫這點，並不讓人感到意外。我打算培養和他們的關係，以便為我增加優勢，這兩人的智慧明顯比同僚高，不過這也不算什麼，普通警察太駑鈍了，他們彼此也有強烈的競爭關係，我覺得這很有趣。但我得回答你的問題：我嘗試報警過，但遭到駁斥。我知道自己沒錯，但就如你所說，對警方而言，我似乎只提出了一個理論。缺乏明確證據的理論，就和妖精的薄翅一樣空虛無稽。」

不過一切並非徒勞無功，因為隔天，傻西蒙的遺體被尋獲與移除，大眾喧囂也逐漸平息後，福爾摩斯造訪了事發現場，並進行徹底搜索。他趴在地上檢查後院、小路和寄宿公寓周圍，帶著不亞於獚犬的韌性，仔細檢查一切。看呀，他找出了自己確定是兇手留下的證據：一只遭人踏入泥濘中的金袖扣，它卡在兩顆鵝卵石之間。他清楚袖扣被留在該處的時間，只可能在十二小時內，因為之前一週以上的天氣都很乾燥。三日凌晨下了雨，但在那之前，泥土必然十分堅硬，袖扣也不會深陷其中。它會掉在顯眼位置，而由於它是黃金製品，幾乎是二十四K金，因此不可能留在原處，路人會把它撿起，帶去給珠寶商或是當舖。

「不是交給附近警察局的失物招領處？」

「在沙德維爾？我不這麼想，華生。那只袖扣是某位紳士的財產，這點顯而易見，因此它不可能屬於沙德維爾當地人。不只是一般紳士，而是位醫生。」

「你到底是怎麼知道的？」

「很簡單，我親愛的華生。」福爾摩斯說，首度在我面前說出現已聞名於世的話，但也是最後一次。「它由短鍊連結的兩塊橢圓盤組成，而當我抹去泥巴，就看出其中一面橢圓盤上，刻有阿斯克勒庇俄斯之杖[19]，也就是你業界的象徵。」

這使福爾摩斯得知嫌犯的職業，更棒的是，另一塊圓盤上刻了姓名縮寫：V．S．。

「如果你想看的話，袖扣就在這裡。」他說，接著他走到書桌，從抽屜裡拿出袖扣。袖扣和他的描述相同，我也覺得這是史坦福會配戴的東西，不過我沒看過他攜帶這種袖扣。或許他畢業後才得到這袖扣，我能想見他父親把袖扣送給他，作為驕傲的富有父親慶祝兒子成功取得學位送出的禮物。

福爾摩斯繼續說，於是他知道自己要找的，是一位姓名縮寫為V．S．的醫生，接下來他只需調閱醫學教育與註冊總會[20]的註冊醫護人員清單。過了不久，審視過「S」條目下三萬多個名字後，福爾摩斯帶著記錄六個人名，與他們不同工作地址的手寫名單來到蘇活廣場（Soho Square）。他刪除了住在倫敦外頭遠處的人，以便縮減名單。他不認為有人會特意搭一百多英哩的車到首都來，就只為了進行謀殺。

透過這點，他將注意力聚焦在三個人選上，並開始調查對方，如同狩獵般跟蹤他們。他成功排除了一名哈雷街（Harley Street）臨床醫師，對方專精於消化道問題，這個人六十幾歲，體格和氣質都相當脆弱。在福爾摩斯心中，兇手年輕又健康，不會畏懼狂野的東區，此外，對毫無警覺又手無縛雞之力的人而言，該處每座街角都潛藏著危險。他也刪去了一位在蘭貝斯區（Lambeth）聖湯瑪斯醫院（St. Thomas' Hospital）工作的駐院外科醫師，儘管他三十歲出頭，也熱愛高爾夫球和游泳，非常符合福爾摩斯對兇嫌的想像，但他從未戴過袖扣，只喜歡使用鈕扣的襯衫。

只剩下一名人選，也是他們之中最有嫌疑的對象：瓦倫坦・史坦福。

自從我在巴特醫院認識史坦福後，他的人生出現了許多變化。我離開後，他繼續在醫院工作，但他不斷違反行政部門的政策，工作態度變得懶散，不常到場工作，也相當易怒。最後，當有位他負責照顧的病人在經歷闌尾切除術後，卻死於腸道壞疽時，管理委員會只好開除他。這種手術後的併發症並不少見，也不是能完全避免的問題，但管理委員會能用病人的死，作為趕走他的合理藉口。

---

19 譯注：Rod of Asclepius，西方國家代表醫療的標誌。

20 譯注：General Council of Medical Education and Registration，英國管理註冊醫生與管制國內醫學院的組織，現名醫學總會（General Medical Council）。

我們無法確定史坦福的鴉片癮頭是否於此時開始，但可能性極高。福爾摩斯認為，鴉片會毀了一個人，並破壞對方所有未成熟的潛力，如同擊中頭部的子彈。

由於在醫學總會的紀錄中留下汙點，史坦福無法到任何知名大醫院求職，最後只能將自己的技術投入一間志工醫院，該醫院是麥爾安德（Mile End）一處濟貧工廠的附屬機構聖布里基德醫院（St. Brigid's House）。那間慈善醫院為窮人提供免費治療，經費來自樂善好施的有錢贊助人，他們會送來捐款與會費。醫院職員薪資極低，成員由其他醫院的醫生組成，他們放棄了自己的閒暇時間，此外，院內還有一些像史坦福這樣擁有獨立財務來源的全職員工。史坦福的狀況是，他從家族信託得到了一小筆收入，因此能靠微薄的薪資維生。聖布里基德醫院無法對雇員太過挑剔，使得背負汙點的醫生也能在此處執業。

史坦福顯然想透過持續治療病患來重拾自己的名譽，這代表他得過著經濟拮据的生活，並在衛生條件惡劣的環境下工作，病人還是來自社會上不受歡迎的群體，主要病症則是斑疹傷寒、肺癆病與性病。但鴉片的誘惑肯定並未消失，且由於他搬到東區，誘惑正好就位在他家門前，公孫壽的鴉片館離醫院只有一小段路程，史坦福便經常造訪該處。

福爾摩斯從聖布里基德醫院一位護士那打聽到這些消息，對方是個愛爾蘭女子，喜歡烈性黑啤酒，福爾摩斯每多請她一杯酒，她的口風就越鬆。她有觀察到他鴉片成癮的跡象，因為她在許多病人身上看過同種症狀，而儘管她曾多次試圖說服史坦福戒毒，對方卻從不把她的話當一回事。他極度依賴煙管與它帶來的迷人夢境，彷彿是被繫在主人身旁的狗，即使他想逃避控制，自己的生理需求與戒斷的痛苦也不會放過他。

八月時，史坦福離開了他在聖布里基德醫院的崗位，並從此消失。福爾摩斯花了很多時間追蹤他，且幾乎整個十一月都耗在處理這件事情上，直到這個月快結束時，福爾摩斯終於找到了他。他目前以約克路（York Road）上的排屋中一棟破舊的兩房公寓為家，後頭則是布萊克沃爾火車站（Blackwall Railway），而他出門往往只是為了用餐，去銀行領錢，以及去公孫壽的鴉片館。

「我開始仔細監視他，」福爾摩斯說。「注意他的來去地點，並日以繼夜地跟在他身後。新月正迅速接近，我也打算在他進行下一場攻擊時當場攔截他。」

「要不是我愚蠢地插手，」我說，「你今晚就成功了。」

「那只是該死的運氣，酒館那位女孩肯定會是他的第五名被害者，但現在我缺乏證據。他糾纏了那女孩，這點毫無疑問，但由於沒有看見他企圖傷害女孩，讓我無法聲稱，他的意圖和其他經常靠近這種女孩的男人有什麼不同。」

「她並未經歷其他四人的命運，」我說。「那很重要。」

「但外頭還有另一名潛在受害人，華生，一定有。新月快到了，即使拖延了一天，史坦福醫生一定得向它獻上祭品，向它臣服頂禮，或是其他稀奇古怪的目的。」

「他會對獵物做什麼？」我問。「他究竟是用哪種方式殺害他們，使他們的外表全都變得瘦弱不堪？」

「我不曉得，」福爾摩斯說。「關於謀殺手法，我並沒有足夠的資料，不過我確實對那點有些想法。」

「你不談談嗎？」

「先不要。」

「那你在《警察新聞畫報》上刊登文章的目的是什麼？那會如何幫助你的計畫呢？」

「啊哈，我只是試圖讓史坦福感到不安。他覺得沒人發現自己的犯罪行為，也相信自己的行為模式沒有吸引到注意，我希望他讀到那篇文章，或從熟人口中聽到風聲，這樣他就會產生動搖，那會使他變得笨拙點，也不那麼有信心，還可能激他忽然行動，這也代表了更容易**當場逮到他**，我不確定自己是不是沒能達成目標。和他先前目標不同的是，酒館那女孩不是當地人，她有朋友，或許你可以這樣稱呼那兩名東印度水手。她不像其他受害人一樣孤單又貧窮，而且他還在公眾場所找這女孩，周圍有數十個證人，他先前從未顯現出這種魯莽態度。」

「那你描寫的那些暗影呢？我猜，那只是你虛構的故事。」

「對，但也不對。我在沙德維爾附近徘迴時，便經常聽說它們的事。它們似乎是當地新出現的傳說，人們經常因故事新穎而談起這些事。我將它們收錄在文章內的原因，只是為了加油添醋，讓整體文章產生神祕感，也讓它對編輯更有吸引力。它們與史坦福的行動沒有關聯，這點我可以向你擔保，大多是由於他是真人，暗影則恰好相反。」

「那接下來呢？」我說。「你可能得繼續追蹤史坦福。」

「當然了，但不是今晚。時間已晚，他早就躲起來了，如果他有動腦筋的話（他自然也十分狡猾），就不會回到家中老巢。他會躲在別處，我不知道確切地點，但明天我會再度找出線索。至於你呢，華生，你已經累垮了。」

我無法否認這點。我無法克制地打了個大呵欠。

「或者，我讓你感到太無聊了。」他補充道。

「一點都不會，但我應該回去了。已經快要凌晨兩點了，我在諾伍德（Norwood）的住處離這裡有點距離。」

「何不在這裡過夜呢？這裡有第二間臥房，哈德遜太太堅持把床鋪好，以免我有客人，房間簡樸但舒適。我很歡迎你待下來，甚至可以借你一套睡衣。」

我不太想在這種時間踏入黑暗，干邑白蘭地讓我感到昏昏欲睡且慵懶，更重要的是，我在牌桌上的失利，使得我沒錢搭馬車了。第二間臥房聽起來很吸引人，我就這樣接受了福爾摩斯的邀約。

躺在被單裡頭後，我思索起今晚的事件，以及自己無意間踏入的陌生人複雜生活。我覺得自己像個不小心進入未知領域的探險家，卻沒有地圖能提供指引。同時，待在那間舒適小房間的我，感到相當滿足，幾乎像是回到家中。

第五章　蘇格蘭場的葛雷格森

Gregson of the Yard

一醒來，我就聞到一股可口的早餐香味，而當我穿著借來的睡衣走進客廳時，發現一位有些年紀的婦人正將早餐從托盤放到桌上，她外表嚴謹又一絲不苟。

「妳一定是哈德遜夫人。」我說。

「而你則是華生醫生。」她回答。「福爾摩斯先生告訴我，他有位來過夜的客人叫這個名字。我希望你睡得很好。」

「睡得像塊木頭。」我有些訝異地說。近來，整晚安眠已成為鮮少發生的事，令人憂心的夢境經常使我驚醒，讓我全身冷汗直流，心跳加快，直到黎明時都十分清醒。干邑白蘭地明顯使我感到鎮靜，但前晚的警覺和奔波或許也使我精疲力竭。「福爾摩斯在哪？他還沒起床嗎？」

「噢，不。」哈德遜太太說。「他早就起床出門了。七點過後不久，我就聽到他從前門離開。」

現在快九點了。

「妳知道他去哪了嗎？」

「他沒說，他很少提到這點。他只留給我一張紙條，告訴我關於你的事，並要我照料你。」

「但他很快就會回來吧？」我說。「因此才有早餐。」

「不，我不曉得福爾摩斯先生何時會回來。他的作息非常古怪，我已經習慣了，也可以說是容忍這點了，早餐是給你吃的。」

「給我吃的？」我無比貪婪地望向煎培根、水波蛋、塗上奶油的吐司與冒著蒸氣的咖啡。就開始一天的生活而言，我想不出有比這樣更好的方式了。

「對，坐下快吃吧。」哈德遜太太說，我也樂於照做。桌上甚至有《泰晤士報》（*The Times*）可看，我的座位旁擺了整齊摺好的報紙，這裡宛如天堂。

當我在洗手間，用可敬女房東提供的工具整理儀容時，福爾摩斯走進屋裡。他說自己去了史坦福位於約克路上的公寓，以便確認自己認為史坦福昨晚沒回家的推論正確。對方沒有回去，屋裡其餘房客都沒聽到他走上樓梯，他的房間也空無一人，沒人用過鋪好的床。

「你怎麼曉得？」我問。「我是指他床鋪的狀態。」

「還能怎麼做？」福爾摩斯漫不經心地聳聳肩。「我撬開了大門的鎖，走進去看看。」

「撬開……？但那是犯罪呀，是非法侵入。」

「如果小罪的目的只是用來阻擋另一項更嚴重的罪行，就算是正當理由，華生，你得明白這點。」

「嗯，好吧，我想是吧。但是……」

「我想你的早餐時光還不錯吧？」他說，如同在鐵軌旁指揮換軌的信號員般迅速改變話題。

「非常不錯，我吃得很開心。」

「還黏在你鬍鬚上的吐司屑證明了那點，我還沒吃早餐呢。哈德遜太太！」他往樓下喊道。「麻煩幫我做兩條醃魚和一顆水煮蛋，妳真是個好女人。」

等待食物送來時，福爾摩斯把一隻手伸入口袋，拿出了一只金袖扣。款式與他昨晚取出的金袖扣相同，兩只圓盤上的刻字也完全一樣。

「福爾摩斯，」我驚訝地說。「你該不會是……」

「恐怕如此。」他說，一面把第二只袖扣放在桌上的第一只袖扣旁。「我得把竊盜罪加入自己的一連串罪狀之中。我在史坦福醫生的床頭櫃上找到它。」

「嗯，這下似乎水落石出了，傻西蒙死時他確實在場。」我不情願地說。我心裡有部分依然徒勞無功地希望，我認識的那位放蕩不羈的學生史坦福，並沒有墮落成駭人殺手。

「至少這確認了他在那裡把另一只袖扣弄丟了。」福爾摩斯說，「不過他可能是事發後才掉了袖扣，而不是進行途中。萬一他躲在觀看遺體的群眾中呢？萬一那是他與死亡事件唯一的連結呢？我們得考量這些可能性。」

「不過，你似乎不願考量這些可能性。」

「對，史坦福犯罪的機率極高。」

哈德遜太太送來福爾摩斯的早餐，他開始吃醃魚後不久，前門就傳來敲門聲，我們也聽到哈德遜太太去應門。幾秒鐘後，她走進房間，面前有位臉色蒼白、留有亞麻色頭髮的高大男子，他雙手肥碩，身上散發出一股優雅幹練的氣質。

「葛雷格森探長來訪。」她宣布道，隨即離開。

我想起福爾摩斯昨晚提過一位葛雷格森。這人就是他認為比其他員警稍微聰明的兩位倫敦警察廳員警之一，是個鶴立雞群的人物。

福爾摩斯客氣地向警官問好，並邀他坐下。「我想問你要不要喝杯咖啡，但你今天似乎已經喝過了。」

「你為何這樣說？」

「咖啡自然會在口氣中留下特殊氣味，我也從你的口氣中聞到濃烈的咖啡香，這顯示目前為止，你至少喝了兩杯，也可能是三杯。你的襯衫前襟上有個棕色小污點，看起來相對新鮮，也擁有明確的咖啡色澤。」

葛雷格森往下看自己的胸膛。「啊。」

「對，把咖啡打翻在自己身上，明顯代表你喝太多了。當咖啡因控制身體時，手就會開始抖動，杯子會錯過嘴唇，隨後也會弄髒衣服。我反而建議你喝杯水，你的胃會很感激你的。」

「如果你不介意的話，不用了，福爾摩斯先生。」葛雷格森看著我。「我想我們還沒見過。這位先生是……？」

「華生醫生。」我說，一面和他握手。

「很榮幸見到你。」

「這是我的榮幸。好了，我該走了，也得對你們倆獻上最大的敬意。你們有事得談，這和我沒有關係，我也受福爾摩斯先生夠多招待了。」

「嘖，我的朋友！」福爾摩斯說道。「你得留下來。除非我猜錯了，不然探長來訪的原因，和我們倆昨天晚上碰上的事相同。」

「如果你指的是瓦倫坦．史坦福醫生，」葛雷格森說，「那就沒錯。」

「那就是我的意思。」

「你怎麼知道的？」

「我們上次碰面時，史坦福便是主要話題，不然我想不出你為何會這麼緊急地來找我，而且一大早就過來，只可能是為了傳達某種全新的案件發展。你之前沒有來過，也不是以潛在客戶的身分前來，因此，我只能推論你到我家的原因，是為了史坦福。」

「嗯。對，好吧，我應該要習慣你的演繹法了，但聽起來總像是魔術。」

「那不太算是演繹法，只是提出明顯事實。」

「這傢伙讚美不得啊。」葛雷格森低聲說道。

「總而言之，」福爾摩斯說，假裝沒聽到那句話。「我希望你帶來了好消息，像是你們已經抓到史坦福了。」

「事實上，沒錯。」

「太好了！」福爾摩斯十分開心。「你不曉得我聽到這點有多開心。」他的神情轉趨嚴肅。「請告訴我他沒增加第五名受害者。」

「沒有。就我所知，你認為史坦福醫生犯下的這一連串謀殺案，並沒有出現新的受害者。」

福爾摩斯再度展開笑顏，我也感覺到他的性情變化快速，能輕易轉換不同心情。我認為，這點肯定得歸功於具有強烈警覺性與快速思考能力的大腦。

「那就更需要慶祝了。」他說。「請告訴我，他是怎麼被抓的，當時狀況如何？」

「那……嗯，是件非常古怪的事。」葛雷格森說。「他極度衣冠不整，看起來神智相當不清楚，我們甚至不確定**那是**史坦福醫生。我們在他的皮夾中發現名片，因此證明了他的身分，但誰能確定那皮夾確實屬於他呢？可能是偷來的，而當前的物主只是個扒手或竊賊。總之，由於我之前沒看過這個人，也因為他的舉止令人訝異地遲鈍，我認為你最好和我來蘇格蘭場一趟，福爾摩斯先生，以便證實他的身分。」

第六章　恐怖又熟悉的語言

A Horribly Familiar Language

於是不到半小時後，我們就抵達白廳路四號（Whitehall Place），並踏入蘇格蘭場。離開貝克街前，我再度找藉口離開，不過，福爾摩斯不同意。他說我和他一樣，與史坦福案件有強烈關聯，再說，警方可能也需要醫生的意見。我越吹毛求疵，他就越堅定，最後我只好聽他的話。我覺得受到恫嚇，同時又備感榮耀。毫無疑問的是，我也想再見史坦福一面，看看昨晚到今天早上，他究竟發生了什麼事。這個謎團深深吸引了我，更重要的是，我沒什麼更好的事得做。

警方將史坦福拘留在建築物地下室的牢房中，而在我們抵達兩旁列著鑄鐵門的陰濕長廊前，就聽到了他的聲音。他發出一連串喉音，聽起來完全不像正常話語，使其他牢房的囚犯非常不悅，他們髒話連連地叫罵，要他閉上嘴巴，也說如果他們逮到機會，就會好好整治他。

「自從我們抓到他後，他就斷斷續續地像這樣鬼叫。」葛雷格森說。

「你們是何時抓到他的？」福爾摩斯問。

「大約五點。好幾名即將結束夜班的員警，在阿爾德門（Aldgate）抓到他，他們說他的舉止怪異，邊大叫邊企圖傷害自己。他們花了一番工夫才制住他，其中一人的鼻子還被打斷。」

我們走近牢房時，史坦福的叫聲便逐漸變弱，並緩緩化為沉默。

「感謝老天，」從對面床位上傳來的粗野嗓音說。「終於又安靜了，願這個狀況永遠不要結束。」

負責監督囚犯、與護送訪客進入地下牢房的警官，拿出一個上頭掛了許多鑰匙的鑰匙圈，並把門打開。他待在牢房外，我們其他人則走了進去。

史坦福坐在角落的木製窄床上，手腕和腳踝都上了枷鎖。一看到他，我不禁發出一聲驚呼，因為他完全不像我前晚看到的人，如果我當時沒有見到他的話，現在可能根本認不出我以前同學的樣貌。

他頭髮雜亂，眼神瘋狂，嘴唇沾滿唾沫，有個鼻孔下還掛了條鼻涕，且皮膚蒼白到近乎變灰，衣物破爛又潮濕。我的嗅覺告訴自己，他最近曾尿在褲子裡，但更引人注意的，則是他臉上多處擦傷與挫傷。他的前額像塊落魄的拼圖，滿是黑色與青色的瘀青，雙頰上則有遭到指甲抓傷的痕跡。

福爾摩斯的訝異程度只比我低一點，這個人肯定是瓦倫坦·史坦福，我們倆也替葛雷格森確認了這點，但他經歷了劇烈變化。僅僅幾小時，他就從依然理智的人類，變成滿嘴胡言亂語的瘋子，看起來彷彿該待在瘋人院。

他幾乎沒有察覺到待在牢房中的我們，盯著自己的雙手，低聲呢喃著。

「他的傷是……」福爾摩斯說。

「都是自己造成的。」葛雷格森迅速說明。「這些嘛，幾乎全部都是。在那種狀況下，我的手下們盡可能溫柔了。他們把他綁起來送進馬車時，他可能弄出了一兩道刮傷，但你看到的腫傷與擦傷早就出現了。他們發現他用前額撞擊阿爾德門水泵（Aldgate Pump），彷彿想打碎自己的腦子，接著，他們告誡他時，他就開始用指甲抓自己的臉，他們認為他可能想把自己的眼球挖出來。」

我打了個冷顫。「這太嚇人了，福爾摩斯，你怎麼想？你認為他產生了鴉片的戒斷症狀嗎？」

「那是你的觀點嗎，華生？」

「我不是這種狀況的專家，但那至少是個合理解釋。正常來說會產生發抖、四肢抽搐、多汗與幻覺的現象，不過，我認為會發生更極端的反應，其中一個例子就坐在我們面前。我得查詢文獻，才能做出更明確的診斷，但……」我聳聳肩，表示自己已盡可能發表對此事的意見了。

福爾摩斯點點頭。「你是個很有用的同伴，我們的相遇似乎越來越像是件幸運的事情了，或許……」

他沒辦法把話說完，因為此時史坦福忽然站起身，鐵鍊隨之框啷作響，他也開始尖叫。

「**Fhtagn! Ebumna fhtagn! Hafh'drn wgah'n n'gha n'ghft!**」

我們三人——福爾摩斯、葛雷格森與我，都不由自主地往後退了一步。

雙眼圓睜、口沫橫飛的史坦福重複喊著那句意義不明的話。「**Fhtagn! Ebumna fhtagn! Hafh'drn wgah'n n'gha n'ghft!**」

「那是什麼？」我喘息道。「那是語言嗎？」

「問倒我了。」葛雷格森說。「他整個早上都說著類似的鬼話。有人認為那可能是康瓦爾郡（Cornwall）口音，或是蓋爾語（Gaelic），還有人覺得那是威爾斯語，但我找局裡來自威爾斯谷地的亞梭尼・瓊斯探長（Athelney Jones）過來聽，他說這不是威爾斯語。」

史坦福再次喊出一連串怪聲，一次又一次毫不停歇地重複，這樣重複不斷的話語，產生了吟唱與咒語般的節奏感。我發現自己難以自制地想摀住耳朵，那些語句有某種怪異的熟悉感，它們激起了我心中的記憶，使我想起自己對某件事曾盡全力壓抑的回憶，也感到心中開始湧上一股令人作嘔的畏懼。我聞到古老塵埃與溼氣的氣味，身上起了雞皮疙瘩，彷彿相當靠近用冰冷地下岩石雕出的牆壁。我聽到消失在洞穴回音中的噪音，也瞥見長滿鱗片的皮膚、細縫般的瞳孔，與閃動的分叉舌尖……

老天啊，那**是**種語言，我對它太熟悉了，要不是我花了好幾個月企圖忘卻它，早就認出它來了。

那些凝結般的黑暗音節並非首度鑽入我耳中，彷彿有把鏟子鑽入我心中的土壤，挖出了深埋地底的恐懼。

「華生？華生！」

福爾摩斯如鐘聲般清澈的嗓音蓋過了史坦福的聲音，語氣充滿關切。

「你怎麼了，老兄？你的臉白得像紙。」

他伸出一隻手，抓住我的肩膀以便穩住我。一旦少了他的幫助，我可能就會昏倒，因此，他格外猛烈的手勁讓我恢復理智，甚至還有點痛。我的思緒變得清晰，剛襲上我腦海的暈眩感也隨之消散，我又恢復自我了。

我的胃部持續翻攪，心跳也逐漸變快。

「我沒事，」我說，一面撥開福爾摩斯的手。「告訴你，我很好。」接著，我對自己補充：「那是傑撒伊火槍的子彈，僅此而已。是傑撒伊火槍的子彈。」

「等等！」葛雷格森大喊並跳向前。「住手！」

我的視線及時復原，看到了我終生難忘的光景，即使是近五十年後的現在，我依然能想起那宛如昨日發生的畫面。這段期間，我見識過不少駭人場面，也得將頭上好幾根白髮歸咎於那些經驗，但比起大多回憶，這個特殊景象更難以抹滅地深埋我心中。

我突如其來的怪異反應讓福爾摩斯與葛雷格森分了心，使他們沒把注意力放在史坦福身上。他或許打算趁兩人短暫分心時行動，或者只是認為，現在該是執行他一直以來的計畫了，就低頭面對自己的前臂……

……並開始啃咬。

他的牙齒深深扎入柔軟的皮膚，一扭脖子與手臂，就把自己的一大塊肉扯下。鮮血開始流下時，他便把那塊肉吐到地上，並把前臂送回口中，好對傷口咬下第二口。

這時葛雷格森衝向前，但他太遲了。這次史坦福用他的牙齒扣住肌腱與血管，後者還包括了橈動脈和尺骨動脈，他用力撕咬，將兩者紛紛咬斷。葛雷格森努力想從他口中拔出手臂，但他的力氣只幫助史坦福完成可怕的自殘行為。濃稠的血液從橡膠般血管的粗糙裂口中噴湧而出，當史坦福望著自己的成果時，眼神中散發出一股訝異與饒富興味的光芒，沾滿血汙的嘴巴則怪誕又安詳地露齒一笑。

「結束了。」他說，嗓音宛如嘆息。「我完事了，現在只剩下平靜。」

他倒回床上，我衝上去幫助他。我從衣領旁卸下領帶，將它纏在對方的二頭肌上，緊緊打了個結。我透過這種方式做出止血帶，封閉了肱動脈，也就是為那兩根細動脈供給血液的血管。鮮血持續從傷口邊緣流出，我也確定史坦福自己造成了致命傷。但我無法坐視不管，至少得嘗試拯救他。

他進入休克狀態，全身開始顫動，並逐漸增強為痙攣，我用力拍了他的臉頰。「史坦福，」我催促道。「史坦福，別走。保持清醒，別昏倒。」

他的血壓正在下降，而我沒有帶醫療包，無法為他注射興奮劑，也不能用棉墊和以羧酸消毒過的繃帶包紮傷口。我需要在接下來幾分鐘內進行其中一種急救方式或雙管齊下，以便取得良好成果，但史坦福得不到這樣的治療了。

他把目光轉向我，並虛弱地說：「你是個好人，約翰・華生，我總是這樣覺得。可靠的老華生、守規則的華生，我很後悔沒和你成為更好的朋友。」他望向臨時止血帶。「謝謝你這樣做。你很努力，但徒勞無功，作為回報，我要給你一項建議。忘掉沙德維爾，遠離那裡，永遠不要回去。有股勢力正在運作……有人想成為超凡的存在……他們與舊日支配者（Great Old Ones）共謀。他們從禁忌的來源尋求力量，如果他們成功的話，就願上帝拯救我們。求求上帝拯救……我們……所有人……」

他的聲音逐漸淡去，雙眼變得混濁，呼吸在喉間停止。

他已離開了人世。

第七章　時間不定的饗宴

A Moveable Feast

「好吧，嚇死我了。」葛雷格森說，他訝異地把腕關節抵在眉毛上，盯著史坦福了無生氣的遺體。「那太……沒人想看到這種結局。」

「除了史坦福以外，」福爾摩斯指出。「需要莫大的意志力，才能做出他剛剛做的事，那是鋼鐵般的決心。」

「他一定徹底瘋了。」

「或是駭人地清醒。你沒聽到他最後說的話嗎？還有他對華生說的內容？那是神智極度清晰的人會說的話。彷彿迷霧已被揭開，而在臨死前，他清晰無比地看到所有事物。」

「你確定嗎？」葛雷格森說。「我只聽到一堆瘋言瘋語。比方說，『舊日支配者』，那是什麼東西？『忘掉沙德維爾』、『有人想成為超凡存在』。如果你問我的話，那算是瘋話，一點都不清醒。」

「各位，」我嚴厲地說。「有個人才剛過世，某個我曾認識的人。如果你們不立刻用法醫的方式分析他的心理狀態，而是對他的逝世獻上一些敬意的話，我會很感激的。」

受到譴責的福爾摩斯與葛雷格森立刻道歉。

要不是事情的變化徹底打亂了我的思緒，我可能不會這麼粗暴地對他們說話。從史坦福使用的奇怪語言，到他的自殺慘況，以及他口中的嚴肅警告，關於這件事的一切，都衝擊著我的心靈。而使我備感不安的，則是我無法讓他生還，他像水一般穿過我的指縫。

「你說得沒錯，華生，」福爾摩斯說。「我們太麻木了。」他抽出史坦福遺體下的灰色馬鬃毯，並將之蓋在對方身上，遮蔽他的臉。「好了，探長？我們去你的辦公室吧，我們可以在那裡喝一杯威士忌壓壓驚。華生需要酒，我自己也可以來上一點。」

「威士忌？我沒……」

「我看到酒壺從你的左側夾克口袋突了出來，裡頭放的不是萊姆汁吧？」

之後我們圍繞著葛雷格森的辦公桌，上頭堆滿馬尼拉紙製的文件夾。他的公文架塞滿了尚待處理的案件，發文架則幾乎空無一物。葛雷格森經常比普通警探還忙碌，大抵上是因為他比同僚更有良心，也不太願意拋下尚未調查的線索與詢問管道。

啜飲幾口他的威士忌後，我感到鎮靜許多，但當他和福爾摩斯對史坦福突然的死亡爭論不休時，我依然感到暈眩且脫離現實。對葛雷格森而言，這件事已經結束了，假使如福爾摩斯所宣稱，史坦福就是兇手的話，那麼他的死也為連續謀殺案畫下了句點。葛雷格森認為自己是個思考透徹的人，能看清一切跡象，但在這個狀況下，案子已經徹底結束，不需要再關注它了。兇手不可能再度犯案，儘管他或許無法面對英國司法的審判與判決後果，但假設他的罪行十分明確，那結局也大同小異。

「記好，」他說，「這件案子的報告將會非常棘手。我希望你們能簽署宣誓書，證明史坦福醫生死於自盡，而非警方暴力的受害者。如果我不妥善處理此事，自由派改革者會樂於用這樣的藉口攻擊倫敦警察廳。」

「你真的認為這件事結束了嗎，探長？」福爾摩斯問。

「不是嗎？看起來是這樣沒錯。加上你自己也深信史坦福醫生是連環殺手，而且沙德維爾沒有出現新受害者，難道我們不能提出這樣明顯的結論嗎？」

「還有未解的問題。」

「比方說？」

「史坦福是怎麼下手的？」

「你是指他謀害受害者的手法？不是挨餓嗎？從遺體的瘦弱狀態來看是如此。不就是這麼單純嗎？」

「我懂了，你認為他在不供應食物和飲水的狀況下囚禁被害人，直到他們死亡。」

葛雷格森攤開雙手。「你不覺得那是合理推測嗎？」

「在我看來，『合理推測』是個矛盾的字。那兩個詞甚至不該出現在同一句話裡，但我們可以來解析一下你說的話。」

「天啊。」葛雷格森呻吟道，語氣中的疲憊，宛如某人即將看到自己的心血經歷冷酷無情的剖析。

「要花多久時間才能餓死人？我估計要兩週，你同意嗎，華生？」

「這取決於這個人之前的健康狀況，」我說，「但沒錯，至少要花上兩週，才會因嚴重器官衰竭或心肌梗塞而死。如果他夠強壯，或擁有大量脂肪，就可能撐到三週。」

「這麼一來史坦福得提前很長一段期間，以便挑選和綁架每個受害者，然後將那些可憐人藏在某處，不供應食物與飲水，並讓他們自然死亡。他精確的時間表不允許這樣做，每具遺體都在新月夜隔天早上出現，他要如何確保受害者準時死亡？如我們所證，當餓死成為時間不定的饗宴時，這種狀況就不可能發生。」

「他綁架受害者，讓對方挨餓，接著自行殺死他們。」葛雷格森反駁道。「營養不良使他們變得瘦弱，史坦福則在有需要時自行下殺手。」

「並透過這種方式配合月相要求。很好，我同意你的意見，探長。」

葛雷格森鞠了個躬，動作帶著優雅和大量諷刺。

「找個法醫來鑑定屍體，」福爾摩斯繼續說。「他或許能判斷這些人是否死於暴力行為。遺體上可能有可見的勒斃或窒息證據。」

「我們看過那『恐懼神情』，」葛雷格森說。「這似乎顯示死亡來得相當突然，而且並不平靜。」

「華生可以回答這方面的問題。」

我把先前向福爾摩斯提過的屍體腐化早期反應討論，又對葛雷格森說了一遍。

「再來，」福爾摩斯說，「餓死受害者這件事，可能會導致他們提早死亡。萬一其中一人遭綁第一天左右就死了呢？史坦福就得保存屍體，讓它緩緩腐爛至具有天文、星象或實際意義的正確日期。就我所知，這些遺體都非常新鮮，我很確定如果上頭有腫脹、皮膚褪色或腐敗的狀況，會有人注意到並提出這點。光是氣味，就會使人注意到屍體已經開始腐爛了。」

「所以他在這點上很幸運，」葛雷格森說。「受害人都活得夠久。」

「確實如此，但在這整段強制挨餓的理論中，我還能找出最後一個漏洞。**正好是昨晚**，史坦福醫生才出外找尋下一個受害者。」

「我不知道這件事。」

「我沒有告訴你，所以我並不責怪你不知情。」福爾摩斯簡要地把我們在沙德維爾酒館與之後的遭遇告訴他。他謹慎地省略我在那賭博的事，只隱晦地說他和我一起追蹤史坦福到那裡，我小心地向他點頭，表示自己清楚他的機智之舉。

「但是，」葛雷格森說，「或許他已經抓到了這次新月的受害者，對方遭到五花大綁，也已經死了；或許你們拯救的女孩，原本會是他**第六名**受害者。」

「那他就太過提前綁架她了，」福爾摩斯說，「不是嗎？」

葛雷格森搖搖頭，承認自己講不過對方。「總而言之，福爾摩斯先生，我覺得這件案子已經水落石出了。無論史坦福是如何犯案的，他都已經下手，現在他也無法再度犯罪了。如果你想繼續追查本案，釐清那些枝微末節的話，就請自便吧，我得把時間花在其他案件上。」他拍了拍其中一疊文件夾，像是名父親，漫不經心地拍著自己其中一個孩子的頭。「但讓我知道你的進度。」

＊＊＊

天氣相當晴朗，空氣冰冷，天空則一片蔚藍。福爾摩斯和我往東沿著堤岸（Embankment）走，平靜又無趣的泰晤士河（Thames）從我們右邊流過，左側則有喧囂車潮。我們往北走到特拉法加廣場（Trafalgar Square），再從那走向牛津街（Oxford Street），此時福爾摩斯已陷入沉思，並沉默地思考。我覺得打斷他的冥想他也不會理會我，因此我克制住了自己，我已經理解這個男人了。

由於降臨節[21]才剛開始，牛津街上的店家都擺出了華麗的聖誕節裝飾。幾乎每家店的櫥窗都宛如閃閃發光的樂園，強烈吸引著路過的孩童與他們的母親、保姆與女家教。陳列著的商品上裝設了模擬白雪的棉花，樹木上掛滿裝飾球、甜點、金屬箔裝飾與紙鍊，還有天使蠟像、精靈玩具工匠與聖誕老人本人。牛津圓環（Oxford Circus）上有支銅管樂隊正在表演，演奏著一連串聖誕頌歌與佳節歌曲，車潮不太熱絡，因此車輪與馬蹄的聲響並未蓋過樂音。四處可見熱烈的節慶氛圍，但福爾摩斯和我都不受影響，史坦福恐怖的自殺狀況與罪行，將我們完全隔絕在節慶之外。

「華生。」我們開始往北走向馬里波恩（Marylebone）時，福爾摩斯終於說道。「我不想追問，為何史坦福開始用那種異國語言說話時，你在他的牢房中會有那種舉動。」

「我很感激這點。」

「你似乎有想保守的祕密，我也不該侵犯你的隱私。我只會說，無論那些祕密為何，必定都相當駭人，才會影響你這麼堅毅的人。或許有一天，你會願意把這些事告訴我。」

「或許吧。」

「在此同時，我完全不認為你有義務繼續和我一起調查謀殺案，不過，我想問你是否想幫我另一件事，也就是我在二二一號B的租屋問題。我非常喜歡那裡的房間，它們很適合我，我也想住下來，但我目前比預期中更缺錢，如果有你這位好人擔任室友，這種財務輔助對我而言便相當寶貴。」

「你是在問我，是否願意和你同住，並且平分房租？」

「沒錯。」

「幹嘛不直說呢？我非常樂意，福爾摩斯。我目前的住處完全不比你家舒適，地點也沒有這麼方便，而且你和我似乎處得很好。如果你有任何壞習慣，我確定自己都可以忍受，而且我也是個生活規律、個性可靠的人。」

「確實如此，因此我才向你提出邀請。」

「至於另一件關於調查的事……這個嘛，我得說自己也有興趣。那像是少了最後一塊拼圖的故

21　譯注：Advent，聖誕節前四星期的準備期與等待期。

事，我想知道它的結局。」

「太好了！」他向我伸出手，我們握手達成協議。「我同時得到了同事與室友。來吧，還有很多事得做，先從去諾伍德搬你的行李開始。」

「我得告知我的房東。」

「好，但我還是需要你今天搬來貝克街。如果可能的話，最好在下午前過來。」

我不曉得為何要這麼趕，但依然點頭同意。

「噢對了，華生？身為退伍軍人，你不會剛好有槍吧？」

「當然有。我有把威百利－普萊斯（Webley Pryse）中折式左輪手槍，使用伊雷（Eley）二號點四五〇口徑的子彈。」

「很好，在你所有的私人物品中，那是未來最重要的東西。」

「要用它做什麼？」

福爾摩斯平靜地看著我。「親愛的朋友，儘管史坦福醫生已不在人世，但他的死之外還有更重大的事。你聽到他說的話了，『有勢力正在運作，有人想成為超凡存在。』史坦福與他造成的瘦弱屍體，都是某種更大謎團的一部分，情況必然如此。」

「你完全沒跟葛雷格森講這件事。」

「為何要講？他有太多事要處理了，至於我，則擁有一堆尚未釐清的問題。我的直覺告訴自己，只要我能追根究柢，遲早會解開謎底。直覺也告訴我，無論線索導向何處，我們都會挖掘出更大的危險。」

第八章　龍之穴

The Lair of the Dragon

夜色降臨倫敦，帶來了城市中其中一項知名「特色」：黃霧將每條街道化為瀰漫瘴氣的隧道，使白天的能見度降到僅僅幾碼，入夜後還更低。餘雪開始融化，讓鵝卵石和走道變得閃亮又滑溜，四處可見冰脊。氣溫依然冷冽無比，寒意與霧氣令人不願走到戶外，爐邊的溫度與安全感遠比平常更加誘人。

但福爾摩斯和我依然走出門外，踏入冰冷的毒霧之中，我們走向萊姆豪斯，特地前往公孫壽擁有並經營的鴉片館。

在路上，福爾摩斯把自己對這名中國佬所知的一切都告訴我。從一八五〇年晚期開始，公孫壽就住在大不列顛了，他在第二次鴉片戰爭、皇帝逃跑和火燒圓明園時從祖國移民過來。他來到本國海岸前的生活並未留下任何紀錄，但接下來數十年，他透過進口絲綢與稻米，建造了可觀的商業帝國。他幾乎獨佔了這兩項商品在英格蘭的市場，約有百分之九十的交易量由他經手，使他得到優渥的利潤。因此他成為成功的移民範例，從無名小卒躍升為模範富豪，不只乖乖繳稅，也慷慨捐款給慈善事業，還擁有一座位於貝爾格萊維亞（Belgravia）的豪宅，在薩里郡（Surrey）鄉間也有座別墅，每座住宅中都有大批僕人，彰顯出他的企業家精神。

但公孫壽身邊總是瀰漫著陰森謠言，將他與至少三家東區的鴉片館連結在一塊。從上海與香港載他的絲綢和米袋渡海時，也載了藏在甲板下祕密夾層中的生鴉片，至少傳言是這麼說的。

自從一八六八年的藥房法（Pharmacy Act）限制販售鴉片衍生類藥物後，癮君子就偏好前往鴉片館，覺得使用店內的純鴉片較為輕鬆，而不是購買市場上的清淡配方，諸如嗎啡或鴉片酊等藥物。非法走私並提供毒品能帶來巨富，據說公孫壽就是倫敦最大的供應商，但這點從未經過證實。沒有人指控他犯罪過，他表現上品行端正，名聲也清白無暇，不過，當地傳言普遍指出，這些鴉片館由他經營，他就是這些店家的**幕後黑手**，也是它們不為人知的贊助人與受益人。他如同洞穴中的巨龍，端坐在這些生意深處，是個宛如神話般的存在。

今晚，福爾摩斯和我準備在那條龍的巢穴中，和牠正面衝突。

計畫很簡單，我們會假裝成一對紳士，其中一人是鴉片的常用者，另一人則躍躍欲試，想理解鴉片的樂趣。福爾摩斯自然扮演前者，他也將自己打扮成適當的外型，在臉上用化妝品增添了一抹蠟黃感，還往眼中注入了一點鹽水，讓雙眼泛出恰當的發紅感；我則擔任後者，只扮演我自己，讓福爾摩斯講話。我們的目標呢？做出能讓我們能見到公孫壽本人的行為。

這件任務自然有各種風險，踏進萊姆豪斯那塊已成為中國社區的區塊時，我也感到相當擔憂。那是以六條街構成的道路網，路上商家不是洗衣店就是菸草店，腳步快速、頭戴苦力帽的亞洲人，比西方白人要多上五倍。店家招牌幾乎全以中文寫成，掛在道路上空的橫幅掛條上，也用那優雅卻令人困惑的字體，寫出了無人能解的內容。

建築破爛又俗氣，許多地下室鐵欄間都飄出了異國地區和奇特料理的味道：嗆辣，芬芳，有時又刺鼻。在霧中經過我們身旁時，當地居民會用歌曲般的流暢母語交談，並對我們露出宛如不感興趣、卻蘊含了敵意的眼神，至少我的想像是如此，彷彿他們知道身為土生土長英格蘭人的我們，完全有權出現在當地，但他們依然將我們視為家園的入侵者。

有鑑於我國過去幾十年來對他們祖國有時趾高氣昂，有時仗勢凌人的行為，當然，還有日後中國情勢在義和團運動時達到的猛爆巔峰，我不認為他們會喜歡我們，這也是不願妥協的大英帝國、與無法控制臣民的清朝政府之間無可避免的後果。總之，我不喜歡在自己的城市被當成入侵者，這使我感到十分戒備。

結果，史坦福常去的鴉片館是間普通旅館，外型相當老舊。這間名為金蓮（Golden Lotus）的旅館夾在草藥店與肉舖之間，肉舖掛著豬頭與完整鴨屍，旅館窗邊貼了張以英文寫成的布告，上頭寫著：「歡迎光臨，價格低廉，提供各種舒適服務」。我們走近門前台階時，大門打了開來，讓某人離開。他走出來時壓低了帽緣，也把大衣衣領拉高，快步走過我們身邊，一眼也沒看我們。一等他走到無法聽見我們的距離外，福爾摩斯就發出輕笑，我問他有什麼好笑時，他便說：「華生，你沒發現一位國內貴族嗎？你沒認出某位上議院（House of Lords）的自由黨大佬？」

「我幾乎沒看到他的臉。」

「他正希望如此，但他無法藏匿的特質已說明了一切。他在公共事務上表現得一派清廉，私底下卻放蕩不羈，如果連這種知名立法官員都是公孫壽的客戶，也難怪他一直不受法律干擾。」

「你好憤世嫉俗啊。」

「憤世嫉俗只是隱藏在諷刺中的現實。」

說完，福爾摩斯便走上階梯，並推開門。屋裡有塊簡樸的接待區，一位矮小且年長的中國女子前來迎接我們，她穿著繡有花朵圖樣的緊身旗袍，並將頭髮梳成緊繃又亮麗的髮髻，中間插了雙以十字方式交叉的筷子。她謙恭有禮地向我們鞠躬，並用破英語詢問我們的需求。

「你們最好的產品。」福爾摩斯回答。「我們聽說你們這裡很棒，夫人，因此想自己試試貨。我自己對這類服務並不陌生，而我的朋友雖然沒有經驗，卻想成為常客。」

老婦人用專業的衰老眼珠大略打量了我們。看似滿意的她，再度鞠躬並說：「當然了，大爺們，我們金蓮旅館很榮幸能招待你們。我們有很多好房間，你們可以待一下，也可以待久一點。或許在樓上，我們會有你們要找的東西。」

「樓上，好。找個安靜的好地方，這樣就沒人會打擾我們。」

她露出無牙的笑容。「不打擾，不會，很安靜，祝你們好夢。」

「好夢，聽起來不錯。」

「這裡請。」

我們跟著她步伐快速的優雅身軀，走上一連串木製台階，迅速抵達一間天花板低矮的房間，窗口拉上了窗簾，還有二十張緊靠在一起的矮床。空氣中瀰漫著濃密煙霧，幾乎與外頭的霧氣一樣伸手不見五指，且充滿誘人的濃烈香氣。油燈如同微星般閃爍，每張床墊上都躺了個人，人人手裡都拿著一根煙管，或將煙管擺在身旁。有些人滿臉呆滯且全身癱軟，彷彿耗盡了全身體力；其他人則焦躁地移動，四肢扭動，喉中發出模糊的自言自語。三不五時會有人睜開一顆失焦又乏力的眼睛，目光與我對上，但我並不覺得對方在注視我，反而有種被視線看穿的感覺，彷彿我只是個稍縱即逝的虛無幻影。

有幾個身穿長衫寬褲、頭戴緊軟帽的中國佬行走在吸毒者之間，殷勤地照料每個人，宛如巡視病房的護士。

「老李，老張。」老婦人揮手要兩人過來。「你們好好照顧這兩位大爺。」她輕拍髮髻裡其中一根筷子，微微調整了它的角度。「你們懂嗎？」

老李和老張都點點頭。

福爾摩斯把一枚先令遞給老婦，以感謝她的服務。她收下硬幣，又彬彬有禮地鞠了躬，接著回到她在接待處的位置。

這兩名中國佬都很年輕，我認為是老李的男子蓄了八字鬍，兩條鬍子從他嘴角兩側垂下，宛如鱘魚的魚鬚；他的同伴老張則把鬍子剃得相當乾淨，不過他留了一英呎長的髮辮。他們用手勢和輕柔低語，指引我們到兩張相連的空床邊。他們幾乎沒有說任何英語，但語言隔閡並不重要，只需要讓我們知道該躺在哪，以及該給他們多少錢。福爾摩斯拿出一克朗時，老張悲傷地搖頭，並舉起兩根手指，福爾摩斯聽話地將價格提高到半英鎊，對方便欣然接受。

目前一切都照規矩來。

福爾摩斯躺到床上，流露出痞子般的老練，我也以自己的方式仿效他。老李和老張隨即離開，不久後就帶著金屬製長煙管回來，煙斗中塞滿焦油般的棕色鴉片疊。他們把煙管與碗交給我們，接著在我們身旁的板凳上擺了小油燈。他們請我們轉為側臥，並笨拙地示範如何將煙管上的煙斗擺到油燈火焰上，再從另一端的煙嘴吸氣。福爾摩斯不耐煩地點頭，像個熟練的老手，把老李和老張趕走，於是兩名中國佬回到煙霧中，讓我們自行處理。

「我們要繼續做多久？」我低聲問福爾摩斯。「你沒打算讓我真的吸鴉片吧？」

「先照做。」他回答。「假裝就好，看起來逼真一點，記得不要吸氣。」

說得倒簡單，光是房裡的煙霧就讓我感到暈頭轉向，我害怕自己會不由自主地把煙管中的煙霧吸入肺中，這樣可能會害我墜入強烈的毒品幻覺之中。我不情不願地在油燈上加熱鴉片，直到它開始滋滋作響，接著往煙管吸氣，讓炙熱滑順的煙霧灌滿我的嘴。我看到福爾摩斯在另一張床上做出相同行為，便含住煙霧幾秒，才一股腦吐出煙霧，他的演技比我逼真許多。吸了幾口後，他就讓頭在枕頭上放鬆，打直雙腿，並將冒著煙的煙管橫放在胸前。我模仿他，還發出我希望聽起來帶著滿足的呻吟，並露出愉悅的神情。

福爾摩斯並未說明自己的下一步，只要我準備好面對任何狀況。我問他為何無法解釋那部分的計畫時，他說我的訝異反應越真實越好，以便符合我們扮演的角色。我已經了解福爾摩斯對喜劇性場面的愛好，在當下的情況，他對大局的了解高於他人，這給了他些許刺激感。

如果我提前知道他的計畫，肯定會拒絕配合。

「我說啊！」福爾摩斯忽然大叫。「喂！老李，老張，隨便你們叫什麼。過來，我要跟你們談談。」

老張立刻出現在他床邊，食指壓上自己的雙唇，無聲地示意福爾摩斯壓低音量。

「不，你這混蛋，我才不要安靜。」我的同伴高傲地說，音量比之前還高。「聽好了，你們賣給我們的鴉片，是非常低劣的產品，而且還賣得很貴！我認為你們加了某種東西，可能是樹脂。我常常使用罌粟花，對這種東西熟得很，這種淡化過的爛東西根本不夠格，你們懂我在說什麼嗎？」

無論有沒有聽懂，老張都堅持要福爾摩斯冷靜下來，用雙手做出往下壓的動作。老李站在他身旁，看起來同樣激動，也希望福爾摩斯能夠冷靜。

「你們居然敢對我揮手！」福爾摩斯大吼，表現出怒氣衝天的憤慨模樣。「你們沒學過女王英語嗎？你們跑來我們的國家，還不打算學好語言。該死，你們這些無禮的東方惡棍。」

我覺得他演得有點過頭，但他的長篇大論肯定產生了效果。這不只讓老李與老張感到不安，也打擾了癮君子們的罌粟美夢。他們開始蠢動，有些人坐起身，有些人則發出叫喊，想知道究竟在吵什麼。剛開始只有幾句低聲抱怨，但當福爾摩斯繼續責罵中國佬販賣低劣產品給我們、以及他們全然不懂我國語言時，抗議聲就轉為喧鬧巨響。

福爾摩斯用煙管末端敲打老張的手臂時，情勢來到高峰。這對中國佬而言太過份了，於是他們一起粗魯地把福爾摩斯從床上拉起來。

「你們這些惡徒，把髒手移開！」福爾摩斯抗議道，試圖掙脫他們的掌握。「你們知道我是誰嗎？如果你們曉得自己粗魯對待的是哪個重要人士，就會立刻放開我。我可以讓你們因此被絞死。我辦得到！」

老李和老張顯然曾遭受言語威脅過，即使他們不懂話語內容，也依然對這種語氣感到熟悉，而且並不對此感到心煩。他們嚴肅地抿起嘴，開始押著福爾摩斯往出口走。

他在後頭向我喊道：「你只想躺在那，讓他們稱心如意嗎，老兄？這件事太無恥了，他們應該懂得分寸，我們才是該教訓他們的人。」

房裡現在一片喧嘩，鴉片毒蟲們從床上爬起，或直接站起身，睡眼惺忪卻相當憤怒，一面揮舞拳頭，因自己的美夢遭到無禮打斷而火冒三丈。

我跌撞地跟在福爾摩斯身後，想知道「教訓」代表的意思。下一秒，當他用力一扯，掙脫了兩名控制者後，我就明白了。

隨後發生的，是我見過最像芭蕾舞的打鬥。這讓前晚福爾摩斯和東印度水手們的衝突，看起來像是笨手笨腳的鬥毆。那場衝突絕望地往一面倒，眼前的則是更為勢均力敵的決鬥，也更為優雅與壯觀。

福爾摩斯對老李揮出迅速又蠻橫的一拳，而當對手快速揚起前臂，格擋住那拳時，福爾摩斯也不顯得訝異。中國佬回以迴旋斜踢，福爾摩斯從膝蓋上方往後彎曲身體，躲過了那一腳。他的反擊則是用僵硬的手指一戳，用力擊中老李的太陽穴，使對方喘起氣來。

老李屈身喘息時，老張衝向福爾摩斯，舉高的雙手如同一對鋒刃寬闊的大刀。人眼幾乎無法追上兩人間你來我往的速度，一拳接著一拳，一腳接著一腳，手肘與足脛成為具有攻擊性的武器。兩人全然無視昆斯貝利規則[22]，招式凶狠程度與速度令人目不暇給，就像是觀看兩條爭奪地盤的眼鏡蛇。福爾摩斯和老張的表情都專注無比，兩人的眼神從未離開對方。他們似乎不只在身體上進行格鬥，同時也進行了心靈比試，這是場智力與肉體並重的決鬥。

當我看到老李從福爾摩斯身後起身，還抓著一把短匕首時，便脫離了入迷的狀態。我毫不猶豫地衝向房間對面的他，我一面奔跑，一面從口袋中抽出左輪手槍。老李拿出了武器，因此我覺得自己也理應照做。

老李看到我衝來，就轉身面對我，並把匕首往上拋，再抓住刀尖。他把手臂往後伸，準備投出匕首。我終於成功抽出威百利手槍，我知道自己只有一秒能夠做出反應，不然那把匕首便會往我飛來。我舉起槍，用拇指扣下擊錘並開火。

那是胡亂的一擊，我完全沒時間瞄準。子彈錯過目標，卡在老李身後的牆壁上，但他依然畏縮

22 譯注：Marquess of Queensberry，一八六七年制定的英式拳擊規範。

了，並避過子彈的方向，這給了我所需的機會。依然奔跑著的我，拉近了與他之間最後幾步的距離，並用左輪手槍將匕首從他手中敲掉。

我把槍管對準他的頭，要他不准動。「不然我就讓你腦袋開花。」我補充道。即使他聽不懂細節，我的意思對他而言也明確無比。

現在不只房間，整座建築都喧嘩起來。槍聲嚇壞了所有人，我們周圍的癮君子們立刻衝向門口，其他房間與樓層也傳來隆隆腳步聲與緊張的叫聲。福爾摩斯和我成功造成混亂，完全符合我們的計畫。

福爾摩斯依然在與老張格鬥。我從眼角瞥見他們戰鬥中的拳腳動作，與不斷重複的打擊和防禦，還有揮擊與閃躲。福爾摩斯的眉頭蒙上了一層汗珠，老張也流露些許無法置信的神色，彷彿自己無法接受對手的身手居然和自己一樣高明。中國佬擅長某種東方武術，但他明顯對碰上擅長類似武術的西方人感到訝異。福爾摩斯的巴流術和他的打鬥方式不同，但同樣有效，而在大師手中打出的功夫，則足以與老張的招數匹敵。老張甚至可能打輸，因為福爾摩斯高了他一個頭，攻擊範圍也更廣，老張唯一的應對方式，便是逼近對方，以減弱對方的身高優勢。不過，這點幫了福爾摩斯大忙，因為巴流術包含了摔角與柔道的特色，無論近戰或遠戰都相當有破壞力，這點我是事後才得知的。

於是，察覺到機會的福爾摩斯，便抓住老張的衣領，企圖翻倒他。老張努力維持平衡，福爾摩斯則試圖從下盤進攻掃他的腿，想讓他摔到地板上。老張往福爾摩斯的腹部揮出幾下精確又猛烈的攻擊，差點讓自己重獲自由，但我的同伴堅毅地撐住，繼續試圖制住中國佬。

他的殺力與決心最後終於成功。儘管老張的攻擊肯定讓他感到痛苦，但他成功讓自己進入正確位置，用腿勾住中國佬的雙膝。老張倒了下來，福爾摩斯則往下攻擊，將背部著地的對方壓在地上。

老張的鬥志瞬間蒸發，暈頭轉向地倒著。壓在他身上的福爾摩斯揚起拳頭，準備揮下最後一擊，彷彿即將取得勝利。

可惜，我遺忘了老李。我以為自己用左輪手槍制住了他，但我的注意力逐漸轉開，福爾摩斯與老張的打鬥慢慢成為我聚焦注意力的中心。情況緊急時，怎麼可能不這樣做呢？由於我全神貫注地觀看格鬥，使老李找到空隙，他也沒放過這個機會。

他立刻抓住我拿槍的手，將我的手指往後彎，再輕而易舉地將威百利手槍從我手裡抽出。接著老李用槍抵著我的太陽穴，另一隻手臂則環繞住我的脖子。一瞬間，我就從制服者成了人質。

老李吼了幾句中文，以便吸引福爾摩斯的注意。一察覺我的困境，福爾摩斯就立刻起身，遠離老張。他沒有揮出原本會使老張失去意識的那一拳，倒地的中國佬立刻站起來，露出勝利的笑容，福爾摩斯則以投降的姿態垂下雙手和屈起雙肩。

「很好，」他說。「你們贏了，請不要傷害我朋友，我們會安靜地離開。」

老李似乎了解福爾摩斯的投降條件，但他依然把威百利槍管用力抵上我的頭，強調自己的優勢和我的無助。他抓著我的衣領，把我推向前，我們四人就這樣走下樓梯，到接待處去。

金蓮的客人們怒氣沖沖地擠到大廳，向老婦人抗議，她則企圖緩解人們的憂慮。「不用擔心，請冷靜，沒問題，回去房裡，一切都在控制之中。」

但站在門口不讓任何人離開的魁梧中國佬，以及在老婦面前嚴肅站崗、擔任人牆的另外兩人，則完全無法增加她的說服力。集結起來的癮君子們並不喜歡遭到圍堵，也大聲說出自己的不滿。暴漲的腎上腺素已沖淡了鴉片帶給他們的緩和影響，憤怒與謾罵取代了舒適的夢幻感。

「到底發生了什麼事？」其中一人吼道。「有人亂叫，還有槍聲，加上大騷動，這太離譜了！」

「你們不能把我們關在這裡。」另一人說。「我要求你們立刻釋放我們。」

「是警方查緝嗎？」第三人緊張地說。「我不能在這裡被抓，如果我老婆發現，事情就大了。」

其他人的責罵沒這麼清楚明白，直接對老婦人和她的同夥惡言相向，言語中還混有許多種族歧視的字句。

我們在樓梯間出現時，眾人驚呼四起。看到老李用槍指著我的頭時，還引發了人群的驚訝與滿腔怒火。

老張用連珠炮般的中文跟老婦人說話，之後她對暴民們說：「這些人惹了麻煩，我們要他們離開，不准回來。懂嗎？大家都安全，你們不用擔心，我們會處理。」

老李把我推到他前方，人群則左右分開讓我們通過。老婦人一聲令下，門口的魁梧中國佬便讓開通道。

我們即將被趕出去時，福爾摩斯大聲開口。

「公孫壽。」他說。

「什麼？」老婦人說。「你說什麼？」

「公孫壽，妳知道我說的是誰，這間店是那位『備受尊重』的生意人的骯髒小祕密。告訴他，我要找他，告訴他，他無法再維持受人景仰的表象了。他沒有自己想的那麼無堅不摧，我要推翻他，他的奢華生活即將四分五裂。」

「你搞錯了，先生。」老婦人面無表情地說。「這裡沒有什麼公孫壽，沒人叫那名字。你說了蠢話，你是瘋子，出去！別再回來了。我們再看到你和你朋友過來的話，你們不會喜歡自己的下場的，下次我們不會對你們這麼好了。」

老李不留情面地把我踢出門外，力道強勁到使我失足滑下門前台階。我一股腦跌在人行道上，痛的叫出聲來，不過比起肉體，我的自尊傷的更重。

老張用同樣方式踢走福爾摩斯，他摔落得比我更有尊嚴，摔倒前就抓住了欄杆。

老李向我揮舞我的左輪手槍，並發出輕蔑的笑聲，接著他做出了更刻意的污辱舉動：他將槍塞入自己的長褲口袋中並輕拍它，彷彿在說：「這是我的了。」

我蹣跚地爬起身，準備走回階梯上，企圖從他身上奪回手槍。福爾摩斯阻止了我。

「別這樣，老兄。不值得，那只是把槍，你可以再買一把。」

我正準備駁斥，但隨即明白了情況，並放棄反擊。依先前所見，我沒有機會打倒老李，對方的武術和老張一樣高強。試圖從他手上奪走威百利，只會害我遭到一頓毒打，或遇上更糟的下場。

為了挽救我僅剩的尊嚴，我冷笑一聲，並不屑地揮了一下手。我說，希望老李好好玩那把槍，我一點都不懷念它。

這是個徹頭徹尾的謊言。那把左輪手槍是我最寶貴的財產，它不只拯救過我一次，不只在阿汗達布河谷。我欠它的人情債，不亞於對任何人積欠的人情。

我只能帶著和身體一樣疼痛的心，接受再也見不到它的事實。

＊　＊　＊

全身瘀青又骯髒不堪的福爾摩斯和我，將金蓮旅館拋在腦後。我感到沮喪，覺得自己難辭其咎，要不是我不夠小心，福爾摩斯就會立刻擊敗老張，我們也能帶著尊嚴離開旅館，而不是在槍口下羞恥地逃跑。

不過，當我在幾分鐘後把想法告訴福爾摩斯時，他對那些念頭嗤之以鼻。

「別難過，朋友，看在老天份上，不要道歉。我們度過了新鮮又獨特的夜晚，我感到精神飽滿，而且，一切並非徒勞無功。」

「你這麼認為嗎？」

「當然，我們達到了一開始的目的。公孫壽會聽到關於我們的風聲，我們打擾了仰賴謹慎與隱密的規律生意，我們引起了騷動，這點很難被忽略。如果他在金蓮的手下沒有跟蹤我們的話，我會感到非常訝異。整體看來，我們做得很好。」

「跟蹤我們……？」

「不要轉身。」福爾摩斯以氣音說道。「我不想讓他知道我們發現了。」

「但這是真的嗎？」我說，一面壓低音量。「有中國佬跟在我們後面？」

「有一個或更多人，我無法準確判斷，但這是他們合理的策略。他們會想知道我們的去處，如果我們前往警察局，他們就會攔截我們；如果我們找上路過的警察，他們也會確保他收下賄賂，或是在他帶來麻煩前，先用別的方式解決他。公孫壽開鴉片館這麼久了，絕對是個狡猾的幕後黑手，即使他並未積極管理鴉片館每日的營運事宜，仍雇用了自己所需的機智手下。比方說，那名老婦人不是傻瓜，別因為她的破英語而低估她，她狡詐無比。」

「對，從她的眼神看得出來。」

「是嗎？還是你是事後才變聰明呢？」

「或許吧。」我坦承道。

「那麼，你沒注意到她的信號吧？」

「信號？」

「一開始她就盯上我們了，她察覺我們是冒牌貨，並隨即警告老李和老張。」

「怎麼會？她只對他們說了幾句話。」

「但她也碰了髮髻中的筷子，簡短地拍了它三下。」

「只是調整筷子。」

「是為了發出密語。我開始搗亂時，老張立刻趕到我床邊，他反應的速度很快，因為他和老李早就接到警告，知道我們可能會惹麻煩，所以他們早有準備。拍筷子三下有更重大的意義，我猜她認為我們是進行臥底任務的便衣警官。現在呢，多虧我喊出公孫壽的名字，她知道我們有別種身分，也想知道更多關於我們的事。」

我們繼續前行，我還得持續抗拒回頭看的衝動。我們身後有腳步聲嗎？我可以從霧氣中聽到沉悶的腳步聲嗎？或者那只是我們自己的腳步聲，從建築物反射的回音呢？明知自己可能遭到跟蹤，那是種古怪的感覺，濃密的霧氣加深了這種感受。我們的跟蹤人可能只在身後幾步之遙，而我們不該看到他，即使是福爾摩斯說錯，鴉片館沒有派人跟蹤我們，但一想到行蹤隱匿的追蹤者，就使我汗毛直豎。我們從一個路燈光圈緩緩走到下一個光圈，光圈之間的距離漫長得難以估算，也顯露出不尋常的黑暗。三不五時會有路人出現在我們面前：穿戴高禮帽與夜用禮服斗篷的上流人物，正從俱樂部走回家；蹣跚行走的流浪漢正在找地方過夜；女店員正在找尋最後一名購買商品的客戶，每個身影都短暫顯露出具體細節，隨即消失於無形。

我們順利抵達目的地，但要等到我們安全地關上二二一號B的大門，並鎖上門時，我才放鬆地吐了一口氣。我診療了福爾摩斯與老張打鬥時留下的挫傷，用松節油擦劑擦拭傷處，接著他和我互道晚安，回到各自的臥房。我緊張到覺得無法入睡，但其實一熄滅床頭油燈，我就立刻昏睡過去。

一陣子後，我漆黑的房間裡傳出某人鬼鬼祟祟的移動聲，使我醒了過來：地板發出一聲細微的嘎吱聲，還有音量不比壁爐時鐘滴答聲響亮的微弱呼吸聲。

一隻手隨即蓋住我的嘴，我聽到夏洛克．福爾摩斯在我耳邊悄聲說道：「華生，別說話。起來，盡可能安靜點，**我們有訪客了**。」

第九章　黑夜中的不速之客

The Trespasser in the Night

驚訝的我離開床單，並盡可能無聲地站起來。

「有人在客廳裡。」福爾摩斯說道。他身後連結我們倆房間的門敞開著。「無論對方是誰，都完全不鬼鬼祟祟。他們甚至還點亮了燈，我的臥房門口下方可以看見亮光。」

「是哈德遜太太嗎？」我問。我往連結自己房間和遠處客廳的門看去，也看見了一絲光線。

「不太可能。她不會在未經允許的情況下進入我的住處，更不可能在凌晨三點進來。再說，她的房間就位於我房間正上方，一直以來我都會聽到……嗯，我不想失去紳士風度，我們就說這位好女士睡覺時並不安靜吧。」

「那會是誰？竊賊嗎？」

「那正是我們得調查的事，我真希望你還有左輪手槍。」

「我比你還希望如此，你自己沒有槍嗎？」

「放在客廳裡。」

「該死，我們難道沒有能充當武器的家具嗎？」

「手邊沒有，我們只能靠自己了。你準備好了嗎？聽我的指示，如果我們倆一起衝向入侵者，很有希望能出奇不意地逮住對方。」

我們走近我的臥房門口，此時一道陰影從門底的光線一閃而過，隨即傳來踩在熊皮地毯上的微弱腳步聲。我的胃部隨著一股怒氣而翻攪，自己的神聖家園遭到侵犯時，任何人都會產生這種感覺；另一方面，我也非常害怕，脈搏宛如定音鼓般在我耳邊振動。

「數到三。」福爾摩斯說，一面抓住門把。「一、二。」

隨著「三！」他一把將門推開，並衝出門口，我則緊跟在後。

我們的不速之客背對壁爐站著，前晚留下的火焰餘燼還冒著餘溫。我們闖進來時，他看起來沒有絲毫訝異，彷彿老早就在等待我們，也曉得我們會粗魯地進門。他一動也不動的姿態，和鎮定自若的氣質，讓我們倆猛地停下腳步。我們原本準備好面對對方的驚訝、恐懼、企圖逃跑或甚至拳腳相向，而不是平靜地點頭，加上一抹若有所思的微笑，以及流露出超然興味的雙眼。

他是個中國人，以他的種族而言相當高大，顴骨十分立體，頭髮則整齊地往後梳，衣著整潔幹練，從翼領和金製領帶別針、到覆蓋漆皮鞋頭的毛氈鞋罩都能看出這點。他的雙排扣紐馬克特（Newmarket）大衣與灰色安哥拉（Angola）長褲，儘管我從不擅於光靠肉眼判斷這些東西的價值，但它們的作工看來相當昂貴，肯定是薩佛街[23]的產品，那件訂製大衣非常適合他瘦削的身材，有件對折的高級切斯特菲爾德（Chesterfield）長大衣，掛在一張扶手椅上，帽子與圍巾則放在長大衣上方。種種現象與點亮的桌燈，讓人覺得儘管這名訪客不請自來，卻如同待在自家般輕鬆。

「請原諒我忽然登門造訪，」男子用完美的英語說道，嗓音中沒有任何一絲口音。「我不想在深夜時刻打擾你們的房東太太。」

「別管我的房東。」我說。「那我們呢？說出來意，你這混蛋。除非你想從窗口滾蛋，而不是從前門離開。」

「華生，」福爾摩斯說。「省點力氣。他並非完全不請自來。」

23 譯注：Savile Row，位於倫敦中央的街區，有大量傳統客製化男性服飾店。

「你認識這個人？」

「我**聽過**他。他的身分不是顯而易見嗎？你看不出來嗎？」

直到福爾摩斯說出這些話前，我都沒有停止思索這名中國佬的身分，但現在我明白他只可能是……

「公孫壽。」

聽到自己的名字時，不速之客便將雙手靠在一起。「正是本人，我認得出福爾摩斯先生，卻不認得閣下。」

「這位是約翰．華生醫生，」福爾摩斯說，「他是我的朋友與同伴。至於你是如何認出我的臉……」

「你在特定圈子裡開始有些名氣了。」公孫壽說。「大家都知道，如果要解決法律機構無法或不願處理的事，就該找貝克街二二一號B的夏洛克．福爾摩斯。『諮詢偵探』，對嗎？你在好幾份報紙的求助欄上刊登了廣告，也得到了口耳相傳的好口碑。」

「聽好了，這些話好聽又有禮，」我說。「但你究竟是怎麼進屋的？」

「啊，這點我得請求兩位的原諒，我會一些開鎖的小技巧。」

「你私闖民宅！」

「冷靜點，朋友。」福爾摩斯說。

「冷靜？我要怎麼冷靜？」我驚呼道。「福爾摩斯，這個人是毒梟，還是個無賴。他才剛坦承犯案，我們應該做的，就是立刻把他送到蘇格蘭場。」

「昨天我告訴你我闖入史坦福家時，你並沒有這樣對待我。」

「對，但管他的，狀況完全不同啊。」

「差異並不大。」福爾摩斯平靜地說。「你忘記或選擇忽略的地方在於，這就是我們打算取得的成果：讓公孫壽注意到我們。他親身來到此地，我們達成了任務。」

「總之……」我可以繼續咆哮，但也覺得這樣無法解決問題。福爾摩斯似乎對公孫壽的大膽舉止感到入迷，彷彿將傲慢視為美德。

「請讓我彌補自己造成的不便。」中國富豪說。「我有個禮物要給你，醫生。」

他從口袋中拿出一把槍，在他把槍對準我們前，我已準備好先撲向他。我毫不質疑他要對我們開槍，我得把槍從他手中奪走。

不過，他將槍把遞向我，手握著槍管，手指完全沒靠近板機。

此時我才發現，那是我信賴無比的威百利—普萊斯手槍。

「我相信這是你的槍。」公孫壽說。「請收下它，作為我善意的象徵。李貴尹（Li Guiying）不應該拿走它，那是他判斷錯誤，這樣很沒教養。」

我迅速從他手中取回左輪手槍。它的狀態看起來十分良好，不過，我也發現裡頭沒有子彈。

「對，」注意到我檢查彈巢時，公孫壽說：「我確實先卸下了子彈。我沒打算傷害你們，但我不確定你們也有同感。」

「你猜得沒錯。」我咕噥道。

「好了，」他說，「福爾摩斯先生，既然你確實有找我，我也來了，那你想要什麼？據說，你在萊姆豪斯某個我或許擁有股份的場所，隨口說出了我的名字。」

「沒有什麼好或許的，你確實是那裡的老闆，那間稍微偽裝成旅館的鴉片館就是你的店，不然你怎麼會帶著華生的左輪手槍前來？」

「我在倫敦的華人社群是位知名人士，有些人可能會說，我是他們的發言人；根據其他人的說法，我是他們的領袖，或許是李貴尹要我把槍還給原本的主人。」

「或許吧，」福爾摩斯說，話中滿是質疑。「今晚肯定有人從萊姆豪斯跟著我們回家，不然你怎麼知道要來這裡？」

「同樣的是，我在華人社群中的地位，代表我能閱覽他們收集的所有情報。」

「我猜那代表你承認了。」

「隨你怎麼想都行，總之，有人聽到你說出對我不利的預言，還認為我違法亂紀，我不會輕易放過這類主張，特別是後者。我和你一樣都是王室的臣民，福爾摩斯先生，也準備好遵守國內法律。任何不同意這點的人，最好有證據能佐證自己的主張。」

公孫壽說出最後那句話時，雙眼露出冷峻的光芒，相對於目前為止他表現出的和藹，那種光芒顯得更加冷冽無情。他很嚴肅，並非等閒之輩。

「我對你生意的興趣，源自已故的瓦倫坦・史坦福醫生所做的行為。」福爾摩斯說。

「我跟這個名字不太熟。」

「我相信那完全是句謊話。」

「隨你怎麼想，先生。一樣，沒有證據……」

「我有證據。」福爾摩斯說，突然打斷對方。他對窗口點頭。「透過窗簾縫隙，我可以看到有輛四輪馬車停在外頭的路緣。那顯然是你的馬車，同時也是昨天凌晨從沙德維爾載走史坦福醫生的馬車。」

「這有什麼意義？我不是倫敦唯一擁有這種車輛的人。」

「你沒讓我把話說完。我正準備說，他沒抓到下一個謀殺對象，於是那台車就把他載走。」

「謀殺……？」

「史坦福是剛剛提到的『萊姆豪斯場所』：金蓮旅館的常客，因此不難推論出你和他之間直接的關聯。」

「對你而言可能不難，福爾摩斯先生，但對其他人來說……」

「史坦福是你的跑腿小弟，這是我的結論，他為你挑選並帶來受害者。」

「跑腿小弟？這太荒唐了，我為何會僱用他做這種事？我手下的僕人太多了，福爾摩斯先生，我只要一彈指，他們就會立刻聽令。如果我要辦任何小事，只需吩咐其中一人就行。」

「但這並非小事，是完全不同的狀況。你不能隨便派個人去東區綁架迷途羔羊，你需要某個會守口風的人，對方還得有不容置疑的忠誠，得是某個受你絕對控制的對象。那就是史坦福，他對鴉片的癮頭使他成了你的奴隸。」

福爾摩斯說出這段話時，我察覺出其中令人絕望的可怕含義。史坦福曾為公孫壽工作，肯定是為了換取免費鴉片。對他而言，這是對自己惡行寶貴的補償；對中國佬而言，則是微不足道的代價。

「你現在可算是如履薄冰了。」公孫壽說，他的臉龐依然平靜，但嗓音缺少了先前的溫暖與氣度。「這種控訴可能會激怒我，你也不會想與我為敵，相信我。」

「從那點開始，」福爾摩斯滿不在乎地繼續說，「這一連串推理就導向了純粹的臆測。目前我沒有足以完成明確推理的資料，只有一段合理的假設。」

「你願意告訴我嗎？」

福爾摩斯暗自權衡了一番。「我不太想，但既然你問了……我敢說，史坦福醫生和你合作進行了一場實驗。」

公孫壽揚起一道眉毛。「繼續說。」

「你從街頭抓來一群毫無戒心的無辜人士，用來測試某種新的強力毒品。史坦福利用他的醫學知識幫助你，替這種特異毒品設計了試驗方式，但目前結果都不成功——徹底失敗。它的藥效快速且劇烈，還十分致命，它會讓使用者失去精力與健康，以及自身的精華，還會迅速抽乾使用者的生命力，只留下一具空殼。之後你得將被榨乾的遺體隨機棄置在沙德維爾周遭，並讓外界以為它們是不相關的獨立死亡事件，是營養不良或疾病兩者綜合的後果。你每個月會進行一次實驗，在實驗之間留下足夠的間隔，避免讓你的計劃看起來像是連環謀殺案。如果各起死亡案件發生得太過接近，會開始密集累積屍體，就連倫敦警察廳的蠢材們都會注意到這點。讓綁架和棄置每個受害者的時間點符合新月周期，只是個踏實的權宜之計，因為黑暗最能掩飾你夜間的惡行。整體而言，你和史坦福成了現代的伯克與海爾[24]，差別只在於，伯克和海爾只對死者進行凌虐，至少剛開始是如此，而向他們購買屍體的醫生們，也只將屍體用於教導解剖學使用，和讓『實驗室白老鼠』經歷致命虐待過程的你不同。」

我本來預期會在公孫壽臉上看到訝異的神情，我認為福爾摩斯的精準推測，會如同射中對方眉心的利箭般對他造成打擊。

然而，他只是大笑，並慢慢地拍手。

「你猜得十分貼近真相，福爾摩斯先生，」他說，「但又差太遠了。」對福爾摩斯而言，公孫壽的嘲笑像是打了他一巴掌。他有些退縮，接著試圖掩飾自己的反應。

「如我所說，這只是合理的假設，或許你願意說明我哪裡說錯了。」

「我沒有義務告訴你任何事。你很年輕，福爾摩斯先生，只有年輕人才會無的放矢，對你和你的跟班而言，最好不要多管閒事。你們踏進了自己一無所知的世界，這場會面最好能讓你們明白，生命總是比表面看來更複雜危險。」

「聽起來像是威脅。」

「隨你怎麼想。你得了解，我們都受到自己無法控制的力量所宰制，更別提理解那些力量了。如果我對你的話有正確理解，這位瓦倫坦・史坦福對鴉片上癮，癮頭嚴重控制了他。和之前許多受到藥物控制的人一樣，他現在已經死了。」

「你怎麼知道他死了？我沒這樣說。」

「你用『已故』來形容他，也用過去式敘述他的行為。」

「你的確這樣說。」我說。

24　譯注：Burke and Hare，一八二八年發生於愛丁堡的連環殺人案，伯克與海爾兩人將受害者遺體賣給羅伯特・諾克斯醫生（Robert Knox），諾克斯則將遺體用於解剖課程。

「對，好的，華生，謝謝你。」福爾摩斯不耐煩地說。他因為自己的粗心而做出誤判，他以為自己瞄準了板球的三柱門，卻看到球往遠處滾去，他可一點都不喜歡這種狀況。「儘管如此，公孫壽，我依然相信，他是因為與你的關聯而死。」

公孫壽在空中揮了揮纖細的手指。「又是無憑無據的指控。我要說的，只是死亡很容易發生，而有些人的死帶來的意義，比其他人的死更為重大。」

「又是一句威脅。只有被逼急的人、或是得藏匿祕密的人才會發出威脅。」

「你誤會我了。我已經盡可能仔細解釋，對聽到這些話的你來說，也不安全。換句話說，我正在幫助你。」

「非常好。」福爾摩斯挺直身子。「那麼，既然你樂於解釋，請把『舊日支配者』的意思告訴我吧。」

這次換公孫壽慌張了，不過只有短短一瞬。他亮麗的都會雅緻感瞬間蒸發，我也瞥見了潛藏在底下的真相：那是股原始的怒火，和這位外表如此光鮮亮麗、堪稱現代文明典範的人極不協調。我覺得那股怒氣並非出自不悅，而是源自恐懼。它稍縱即逝，速度快到使我不確定真的目睹了那神情，但它滯留在我的回憶之中，也使我覺得和他希望外界看到的形象相比，真正的公孫壽更加高深莫測，卻也沒有那麼偉大。

「你是從哪聽來那個字眼的？」他問道。

「史坦福醫生以恐怖的方式自殺不久前，他親口說的。」

「他死前你也在場。」這並非提問，而是恍然大悟的感言。「很有趣，或許也很可惜。他還說了什麼？」

「最後他完全失去理智，說著某種怪異語言，那可能是瘋言瘋語，也可能不是。他還咕噥著說出某些陰森的預言，整個情況特異且恐怖。」

「我能想像得到。」

「我想你不只能想像，公孫先生。我認為，你是史坦福發瘋前見過的最後一批人，而且得對此負起責任。」

「你又無的放矢了。如果那位好醫生願意擔任公正無私的證人，我或許就能告你毀謗。」

「你真是急著瓦解模稜兩可的威脅，不過你從來沒有直接否認我的問題。」

「那樣只會助長你的無稽言論。」

「真聰明，還這麼有防備心。公孫先生，請容我說句坦白話。」

「願聞其詳。」

「我對你產生了出奇的好感，同時也相信你是倫敦最歹毒的惡人之一。如果我能確切證實後者，我們就會在監獄中交談了，身陷囹圄的自然是你。」

「那是當然。」

「如果你坦白，那是最好不過。好好坦承一切，你可以為我們倆省下大量時間和精力，反之，你就會發現我成為毫不留情的追擊者，就像條獵犬。直到你受到司法制裁前，我都不會放棄。」

公孫壽微微點了一下頭，表示自己明白。「就這樣吧，你追求的是答案，想找尋明確的解答。」

「沒錯。這就是我的生活方式。」

「由此看來，你是當代與環境造就的典型產物，你是名傑出的維多利亞時代居民，對你和你的同儕而言，一切都有理可循。透過邏輯與科學，便能以理性態度解釋萬物，一切都得臣服於工業之力、科學奇蹟與進步發展之下。你們英國人以經驗主義打造了帝國，口頭上尊崇宗教與神聖奧祕，實際上你們崇拜的，是冰冷的事實。你們用望遠鏡往上看，也用顯微鏡往下看，而在太空和水滴中，群星與細菌之間，才終於找到了上帝。」

「說得不錯。」

「對吧？謝謝你。但是你，福爾摩斯先生，還有你，華生醫生，都很愚昧。你們的心胸太狹隘了，你們以為自己學識淵博，但其實所知甚少。這點令人難過，宇宙比你們想像得更大也更深邃。」

「我聽膩了你的形上學鬼話。」福爾摩斯說。「我知道你的民族擁有漫長的神祕主義傳統，道家哲學中，陰陽代表為了和諧所進行的永恆鬥爭、煉丹術、冥想、儒家思想、內丹術、氣功，加上其餘各類思想。我覺得奇怪的是，像你這麼現代化與西化的人，居然會提起多年前在祖國拋下的思想。」

「哈哈。不過，我提的並不是中國，而是比中國或其他國家的神話更古老的宇宙學——那門學問潛伏多時，大眾不知道它的存在，只有少數人得以一窺真相。」

「把話說清楚。」

「我想知道……」公孫壽嚴謹地盯著福爾摩斯。「如果我給你機會，讓你了解自己想知道的一切，再發掘出自己想得到的所有答案呢？」

我覺得這兩人的交談正達到高峰。他們的對談有些類似西洋棋賽，其中充滿假動作、賭博、犧牲與受到逼迫而出的招數，現在我們已來到終局，或許這就是公孫壽所安排的結尾。他狡猾地掌控棋局，用棋子將福爾摩斯逼入死路，使對方只能選擇投降一途。

「你究竟要提供什麼？」福爾摩斯說。他的警覺性很高，但顯然也產生了點興趣。

「一種啟蒙方式。此時此刻跟我走，你就有機會目睹幕後真相。」

「別聽他的，福爾摩斯。」我央求道。「這是陷阱。」

「我發誓不會傷害你。」公孫壽說。「那是嚴格的承諾，我以自己的信譽發誓。」

「你根本沒有信譽。」

「恰好相反，華生醫生，我一言既出，駟馬難追，可以問問任何認識我的人。怎麼樣，福爾摩斯先生？」

「這些答案，包括史坦福的遭遇和瘦弱屍體背後的真相嗎？」

「解答涵蓋一切。你會得到比之前更廣闊深入的觀點。」

童話中的女巫也如此利用甜言蜜語和糖果饗宴，引誘漢賽爾與葛麗特[25]踏進她的薑餅屋。蜘蛛也如此織網，等待蒼蠅飛過並困在網中。

「好。」福爾摩斯說。「我接受。」

「不！」我說。「福爾摩斯，你在做什麼？」

「想辦法解決案件，華生。」

「你不曉得他要給的是什麼。這件事的危險性超乎想像，他會把你綁走，從此再也不會有人看到

25　譯注：Hansel and Gretel，格林童話《糖果屋》中的兄妹。

你。他會安排埋伏，你就會遭遇到像是傻西蒙和其他人的下場，不，更糟，就像史坦福一樣。」

「我不能拒絕這種機會。」

「你當然可以，也會拒絕。」我說。我握緊他的雙臂，彷彿要將他固定在原地。「我不准你去。我們當朋友的時間並不長，但我覺得自己已經有權告訴你，你做出了急躁的決定，我也不能接受這點。我才剛認識你，如果又立刻失去你的話，我覺得十分不幸。」

「真是感人。」公孫壽說。

「你給我閉嘴。」我說，一面用食指指向他。「福爾摩斯，如果你堅持要去，至少讓我同行。我可以保護你，我能幫你注意危險。」

「不行。」公孫壽說。「只有福爾摩斯先生一人能來，這是我唯一的規定，也不容改變。」

「那……」我撲向壁爐欄杆旁的撥火棍。「就得用上極端手段。我要打爛你的頭，公孫壽。」我把撥火棍舉到頭頂，彷彿要用力敲往他的頭顱。「這樣就可以把整件事解決了，怎麼樣？」

中國富豪平靜地看著我，態度和面對其他事一樣神態自若。如果我確實嚇著了他，也看不出任何外顯跡象。

我滿懷惡意地揮舞撥火棍。我並不打算揍他，只是想看到他眨眼或畏縮，以便抹掉他臉上那無動於衷的的得意神情。但如果撥火棍不小心擊中了他，結果會那麼糟嗎？我不覺得。

此時，有人用力抓住了我的手。以驚人高速行動的福爾摩斯，攔住了那一擊，並抓住我的手腕，同時將撥火棍從我手中抽出。

「夠了，朋友。」他說。「我要和公孫壽一起去，這是我最終的決定。如果你又想要搞那些小把戲……」

他握住撥火棍兩端，並以兩臂強大的肌肉力量將棍子折彎，先將它彎成馬蹄鐵形，再繼續施力，直到鐵棍兩端彼此交叉，形狀像是小寫的希臘字母阿爾法（α）。這對他而言明顯輕而易舉，但馬戲團的大力士或許難以辦到這點。儘管我很生氣，卻不禁感到佩服。

「好了，」現已無用武之地的撥火棍鏗鏘一聲掉到地上。「我心意已決。公孫壽？請讓我梳洗著裝，然後我就跟你走。」

＊＊＊

二十分鐘後，福爾摩斯已準備就緒。在此同時，公孫壽和我尷尬且沉默地坐著，我瞪著中國佬，他則對此毫不在意，並懶散地翻閱一本擺在附近的《布萊克伍德雜誌》[26]。

他們一同離開，態度極度平靜且友善，被拋下的我感到無力又生氣。我深信福爾摩斯永遠不會回來了，他把頭伸入獅子的血盆大口，獅子則會用力闔上嘴巴。

看到福爾摩斯如此爽快地將自己置身於危險之中，可能會使閱讀這本紀錄的讀者（不過除了本書作者以外，也不會有其他讀者了）感到訝異。我在別的作品中將他描寫為理性的思考機器，從來不在沒有小心衡量利弊的情況下，就貿然踏入未知領域。

26　譯注：*Blackwood's*，出版於一八一七至一九八〇年的英國雜誌。

但一八八〇年的福爾摩斯還很年輕，依然保有年輕人的魯莽與衝動性格。晚年時，他的衝勁會受到智力所宰制，不過從未完全消失。不過早年時，他習慣於在不先確定自己是否能負荷危險的情況下，就獨自行動。

公孫壽的馬車開入夜色後，我只能來回踱步並感到憂心。黎明到來時，我換上衣服，並繼續等待，哈德遜太太送了兩人份的早餐來，午餐則只有一人份，我一丁點食物都沒碰，完全沒有食慾。從下午到傍晚，福爾摩斯依然不見蹤影，我越加憂心。夜色於五點完全落下，灰濛濛的一天後，隨之下起了雨，一切慘淡無比。

我可能曾經睡著，但即使如此，可能也只是打盹片刻，偶爾睡著幾分鐘，身子端坐在扶手椅上，心中不安且憂鬱。晚餐時間，哈德遜太太在我面前放了盤香氣濃郁的熱燉肉，過了一陣子後把冷掉的晚餐端走，一面發出不滿的嘖嘖聲。

最後，時間逼近午夜時，有把鑰匙轉開了前門。我跳了起來，三步併兩步地衝下樓梯，跑到前廊。

蹣跚跨越門檻的男人正是夏洛克．福爾摩斯，這點無庸置疑。

但那並不是約二十四小時前離開屋子的同一位夏洛克．福爾摩斯。

第十章　箱丘古墓

The Box Hill Barrows

面容憔悴、雙眼滿布血絲的福爾摩斯直接倒入我懷中。我扶他走到我們的房間，也注意到他的靴子與長褲上沾了泥巴，外套上則有大量草漬。他的臉頰、前額與雙手滿布十字抓痕，且幾乎無法自制地顫抖。我點燃了炙熱火焰，讓他坐在壁爐前，並不斷地讓他喝白蘭地，他身上被雨水淋濕的衣物，在被蒸乾時冒出了蒸氣。他逐漸停止顫抖，不過狀況沒有完全止息，漸漸地，他的雙頰恢復了些血色。

「那個怪物對你做了什麼？」我問。

他的回應方式，是將頭懶洋洋地靠在一旁，並萎靡地移動一隻手，舉起一根手指，請求我保持耐心。最後，他讓自己緩和下來，這才開口說話。從他口中流瀉出的嗓音，幾乎只是嘶啞的氣音。

「他說對了，華生。公孫壽，他說宇宙比我想像得更大，也更深邃。該死，他說對了。」

「我不明白。」

「我之前也不明白。但現在，我想我懂了。」

福爾摩斯伸出顫抖的手去拿煙斗。他選了櫻桃木煙斗，而非黏土製煙斗，但當他試圖裝滿煙斗時，儘管這只煙斗的斗體較寬，他卻讓煙草屑掉得四處都是，我得幫忙他做這件事，還得點燃火柴。看到這麼能幹的人，居然因宛如染上熱病的狀態，而無法做出最簡單的行為，令人感到難過。

吸了幾口使自己清醒的煙後，他凝聚了足夠的力氣，開始講述先前的經歷。

＊＊＊

剛開始，福爾摩斯以為公孫壽會帶他去萊姆豪斯，不過馬車卻右轉往馬里波恩路（Marylebone Road），而非左轉。接著他們駛過海德公園（Hyde Park），因此他們的目的地似乎是公孫壽的貝爾格萊維亞聯排別墅，事實上也並非如此，馬車繼續往南開，經過那塊地區並穿越了河流。福爾摩斯往後靠著座位，似乎踏上了長途旅程。

在此同時，公孫壽講述了自己的故事。他描述自己在青海的成長歷程，那是位於中國西北方的偏遠高地省分，靠近西藏邊界。他的家人都是農民，靠著貧瘠乾旱的土地努力維生，但家中一貧如洗。年輕的公孫壽一直野心勃勃，夢想讓自己過得更好，等到他年紀夠大後，就離家往南前去北京。

到了那裡後，他做過不少低階工作，從在某個惡名昭彰的家族清理夜壺，到用推車在街頭販賣水餃與飯糰。他捨棄了自己的鄉下口音與方言，那經常讓他聽起來像個鄉巴佬，也時常引來嘲諷，於是他學會了如何模仿北京人那更為獨特巧妙的說話方式，使得別人誤以為他也是北京人，就這樣，他發掘出自己變色龍般的適應天賦。

在首都時，他馬上注意到正在破壞他國家的鴉片貿易。到處都是成癮者，男男女女被迫過著衣衫襤褸的貧困生活，賣掉自己擁有的一切，甚至是自己的孩子，就為了滿足自己對毒品的依賴。只有兩種階層的人會因鴉片受益：英國東印度公司（British East India Company）的代表，他們在印度種植罌粟花，並將毒品運到中國，以及販賣鴉片的當地中間人。透過這種方式，東印度公司成功將英國打從十七世紀中期流入中國的大量金錢討了回去，當時中國對外頭更廣大的世界，打開了販賣國內商品的市場：主要是絲綢、陶瓷與茶葉。鴉片貿易是帝國主義的地下手段，能一槍不開，就使國家屈服。所以當中國決定停止現況，皇帝也採取應變手段，沒收並摧毀大批毒品時，英國便以炮艇進行報復，這並不令人意外，也成了第一次與第二次鴉片戰爭的導火線。

公孫壽當時已躍升為其中一名中間人，和東印度公司做生意，並搭著雙桅舢舨在海岸線外與對方的船隻碰面，用白銀買下他們的貨物，再將貨載回大陸販賣。他痛恨鴉片對中國的影響，但他的生存本能告訴自己，這就是財富所在，因此他為了利益，嚥下了自己的道德憤慨。二十五歲時，他就相當富有了，等到三十歲，他已成為名副其實的有錢人，能達到這種地位，是因為他比競爭對手更無情，同時削減了他們的勢力，就這樣，他將自己的影響圈從北京一路拓展到上海，接著涵蓋了香港與澳門，並掃平任何阻擋他的人。此外，他還學會了一口流利的英語，讓他更容易和英國人做生意，對方也喜歡他，因為他彬彬有禮且舌燦蓮花，其中一名東印度公司的船長，曾當面形容他為「我見過最像白人的黃種人」，這句話是莫大的讚美。

第二次鴉片戰爭結束後，兩國簽署了《北京條約》，其中包括了鴉片貿易合法化，在中國人民眼中，中國蒙受了莫大恥辱。咸豐皇帝逃到北方，不久後也在該處駕崩，國家被迫交付高額賠款，且暴露在所有外國勢力影響之下，有些國家十分文明，有些則貪婪無比。對公孫壽而言，他的祖國已經死了，外頭的世界正在招手。

「所以你來到英格蘭，」福爾摩斯說。「決定打敗自己熟悉的魔鬼。」

「正是如此。」公孫壽說。「未來不在中國，而是這裡，那些擊敗中國的人手中，在這裡我能用上身為『最像白人的黃種人』時，所學到並善於應用的一切經驗。當局容忍我的存在，沒有人贊同我，但我卻備受禮遇，是上流社會的新奇人物，我也不知疲倦地順利登上巔峰——至少，是我的民族所能達到的最高點。」

「但你依然對我們心懷積怨，所以你才開設鴉片館，這是你對大英帝國的小小報復。」

「你該為此責怪我嗎？當我看到英國人因鴉片成癮而墮落，因癮頭而分崩離析、散盡家產，直到窮得只剩下身上的衣服，因對我祖國造成莫大苦難的同種毒品而墮落，你難道不能讓我悄悄露出滿意的微笑嗎？」公孫壽不再掩飾自己的惡行或下流衝動，偽裝的時刻似乎已經過去了。

馬車繼續往前開，穿過旺茲沃思（Wandsworth）、溫布頓（Wimbledon）與莫登（Morden），這時福爾摩斯推測，他們的目的地是公孫壽位於薩里郡的住處。這位中國佬在多爾金（Dorking）邊陲擁有一座佔地五十英畝的宅邸，那是他的攝政時代（Regency）風格別墅，坐落於能幹布朗[27]設計的花園之中。

我的朋友又猜錯了，不過這次只錯了一部份，馬車確實停在屋外，不過那裡只是中途停靠點，福爾摩斯被要求留在座位上，公孫壽則走進屋內。黎明隨著迷霧到來，車夫牽來了新的馬匹，公孫壽帶著一只鑲有鐵條的小箱子回來，接著馬車開上車道，往鄉間前進。

「不遠了，」中國佬說，他將箱子橫放在膝上。「你不用再等太久。」

＊＊＊

「此時，」福爾摩斯對我承認。「我感到有點擔心。」

27　譯注：Capability Brown，原名蘭斯洛特・布朗（Lancelot Brown），十八世紀英國景觀設計師。

「只有一點而已嗎？」我說。「如果是我的話，就會緊張地六神無主了。」

「我不認為會這樣。」他說。「像你這樣的硬漢？不可能。」

＊＊＊

穿越薩里郡野外時，公孫壽開始談起宗教，以及傳統信仰如何對神明的本質做出了錯誤詮釋。

「神明，」他說，「並非為了表現自己的愛而創造出我們，那種仁慈且全能的存在。那是擬人化的謬論，由人類的渴望而生：希望有難以言喻的父親形象，能經常拍拍自己的頭，說自己做得不錯。這是種現代觀感，等到我們馴服了野地、航行全球並主宰眼前所有事物後，那種想法便在當代成為正統思想，你會發現，當我們回溯歷史，神明就變得充滿敵意，而且毫不在乎人類。我說的不只是《舊約聖經》中的耶和華，祂擊殺了自己的敵人，還散發瘟疫，並要求人民以祂之名受苦；也不是無止盡地狂歡與欺騙世人的異教諸神，祂們比獻上祭酒與牲品的信徒好不了多少。我說的是在那之前的時代，當時人類才剛踏出山洞，和野蠻種族的差距只有一步之遙，那時的文明，也只是蠻王們統治的部族，彼此不斷交戰。那是黑暗的上古紀元，不只是石器時代，也是鋼與火的紀元，且現在幾乎沒有遺物能供考古學家挖掘研究了。」

公孫壽說，那個紀元是初始神明的時代，祂們是當代名符其實的神祇。那些神明確實反映了當時所有人心中的暴力與混沌，即使到了當今，人心之中依然潛藏著那鮮活的衝動。那些神明想要的，只有征服、掠奪與殺戮，祂們享受屠殺，也認為人類與牲畜無異，頂多稱得上寵物。

為了彰顯這點，他指向馬車經過的田野，有個牧羊人正把羊群趕出穀倉，讓牠們啃食冰冷的青草。「那些神明對我們的生命沒有多少憐憫，如同那人對羊群的觀感。對他而言，羊群只是食物與羊毛來源，羊群供他維生，他則在牠們的腳上繫了繩索，砍斷牠們的尾巴，在必要時閹割牠們，等時刻到來，便宰殺羊隻，完全不會受到良心譴責。」

抵達英格蘭時，公孫壽才得知這些古神的存在，在那之前，他活在愉快的無知生活之中。他童年的民俗信仰，充滿龍、自然精怪與無數的安撫性儀式，用於帶來好運與繁榮，但當他從青海搬到北京時，就捨棄了這些傳說。在那之後，沒有任何信仰曾取而代之，他活在宗教真空中，如果他曾想起那類信仰，也會對此感到滿意——那是種叛教者的氣質。

不過，他在倫敦發現了真相：神明處於我們之間，只想要我們的生命，並招來毀滅。在那之前，他總認為神明只是幻想，讓愚民和未開化的人們去信祂們吧。不過，在英格蘭的首都，那座無可比擬的都市珍寶、帝國的心臟，與現代世界的核心，他的認知卻遭到無情摧毀。

「倫敦的真面目超脫了一般倫敦居民的認知，福爾摩斯先生，差得可多了。那是座建於原始地基上的城市，在遭人遺忘的角落，歷史滲透了當代，羅馬人前來建造聚落前，倫敦就已存在。很久以前，原始不列顛的部落們在大小河流的匯集處紮營，並建造了神廟與神龕，還對他們景仰的神靈獻上敵軍戰俘、或族中不受歡迎成員的性命，以作為殘忍的祭品，你知道這座城市如何得名的嗎？」

「自然是出自羅馬人給它的名稱：倫蒂尼恩（Londinium）。」

「史書如此告訴我們，但『倫蒂尼恩』本身的語源學意義並不明確。根據蒙茅斯的傑佛瑞[28]的說法，羅馬時代之前，某位名叫勒德（Lud）的半神話性國王，是這座城市的創立人，『倫蒂尼恩』則來自他的名字，但學者對此抱持爭議，且最近也有人認為，這個字眼是凱爾特語辭彙『lowonida』的變體，意指因過寬而無法涉水渡過的河流。」

「那肯定代表泰晤士河。」

「不過，」公孫壽說，「在鮮少有人讀過的少數文獻中，你會發現首都與一位名叫洛彭[29]的神明之間的關聯。」

「我沒聽過祂。」

「很少人聽過，洛彭是當時此地具有強烈影響力的數名神祇之一，那時是西元前三千到四千年。祂是位戰神，即使以當時的標準看來，祂的追隨者們也好戰又兇猛，因而統治了鄰近部落。從『洛彭』開始，經歷了漫長蜿蜒的翻譯與變化後，我們有了『倫敦』。」

「我很確定這很有趣，但……」

「但有什麼關聯？這只是為了前頭的事做準備，福爾摩斯先生。我在這項靈智啟迪方面有自己的導師，現在我覺得，該換我擔任導師，並將自己學過的知識，傳授給我認為有資格接受的對象了。」

福爾摩斯彷彿受誇獎般地對公孫壽鞠躬，我猜在某種層面上，他確實覺得如此。他注意到馬車開始往上坡爬行，道路坡度逐漸變得陡峭，馬匹也得花費更大的力氣。他對多爾金地區的地理知識並不深，但他覺得他們肯定正在攀登北唐斯（North Downs）的山坡，那條白堊丘陵的山脊一路從基爾福（Guildford）延伸至多佛白色懸崖（White Cliffs of Dover），事實上，他們正往北唐斯最高點之一的箱丘（Box Hill）前進。

道路逐漸消失，馬車也無法前進時，福爾摩斯和公孫壽就走下馬車。他們以步行方式走完剩下的路途，神祕的箱子則懸掛在他們之間，一人抓著一側的把手。福爾摩斯說，他們看起來肯定像是一對出外野餐的朋友，不過箱子十分沈重，且儘管他不曉得裡頭裝了什麼，前進時，他一直聽到箱裡有東西鏗鏘作響。

他們抵達山頂，薩里郡與蘇塞克斯的風景從他們腳下往外延展，蔓延到二十多英哩外的南唐斯（South Downs）。在雲朵較少的晴朗天氣，這會是個令人難忘的畫面：英格蘭鄉間滿布森林與樹籬包圍的土地，地勢緩緩起伏。即使在陰沉的十二月，只剩下經過農耕的棕色田野和毫無葉片的樹木，它依然保有自己的魅力。

但他們並不是來享受景色的。公孫壽帶福爾摩斯走到一排枕頭型的土丘間，並解釋說這些是古代陵墓，為包括國王、酋長與大祭司等史前貴族的長眠之地。他們放下箱子，公孫壽解開封住箱子的皮革綁帶，從箱內取出一大本破舊的老書、幾罐粉末，與一只皮下注射針筒，裡頭裝滿棕色液體。接下來半小時，他仔細地將粉末撒在草上，並用粉末畫出一個大圓圈，接著在圓周內距離相等的不同位置，劃出特殊的華麗符號，同時參考著書中內容。

福爾摩斯在旁觀看，一面跺腳並摩擦自己以暖和身體。他無法判斷粉末的性質，只知道那是種淡

28 譯注：Geoffrey of Monmouth，十一世紀英國牧師，著有《不列顛諸王史》（*Historia regum Britanniae*）。

29 譯注：Lobon，洛夫克拉夫特在《末日降臨薩納斯》（*The Doom That Came to Sarnath*）中，將祂描寫為薩納斯的主神之一。

灰色的粉末，或許是某種灰燼，質地蓬鬆又細緻。至於那本書，書脊上的金色字母已嚴重磨損，幾乎無法辨識內文，但他勉強看出了作者的名字：路德維格・普林（Ludvig Prinn），也解讀出書名是《蠕蟲的奧祕》（*De Vermis Mysteriis*），或是某種類似的名稱。

頭頂的雲層飄得很低，彷彿撒下不透明的觸鬚，掃過光禿樹木的頂端，樹群呈半圓形圍繞著那地點，宛如半圓形劇院的觀眾。周圍十分寂靜，且當公孫壽繼續準備時，一切似乎變得更加悄無聲息，唯一打破寧靜的，是偶爾響起的烏鴉嘶啞鳴叫，或是斑鳩的拍翼聲，這些聲響也迅速變小並消失，直到附近只剩下微弱的颯颯風聲，像是持續不斷的搖曳吐氣聲。

公孫壽終於宣布準備完成，並要福爾摩斯捲起一邊袖管。

「你在準備什麼？」福爾摩斯問，中國佬則彈了一下針筒，以去除裡頭的氣泡，接著壓下活塞，讓注射針尖端流出幾滴液體。

「這是我發明的配方。」對方回答。「是不同物質的混合物，你可以說這是種雞尾酒，主要成分是鴉片與古柯鹼，加上諸多只在中國大陸生長的草藥萃取物。」

＊＊＊

「你居然讓他把那種東西注射到自己身上？」我驚駭地說。「福爾摩斯，你瘋了嗎？你知道這有多草率嗎？」

「我別無選擇。公孫壽說，少了那種藥，一切就徒勞無功，什麼都不會發生，也無法進行他所謂的『夢境之旅』，那我乾脆在原地撥弄拇指就好。如果我想呼喚閃電，就需要避雷針，也就是那種藥。」

「但是，老傢伙……」

「之後再念我，華生，現在先聽完，我得趁回憶鮮明時講出這些事。之後，我可能會認為那一切只是幻覺。」

＊　＊　＊

公孫壽的「雞尾酒」在福爾摩斯的血管中流竄時，他一邊踏進了粉末圈。中國佬則待在圈外，指示福爾摩斯不要破壞任何符號。

「你用來畫符號的粉，」福爾摩斯說。「似乎有很高的鈣含量，我想得沒錯嗎……？」

「這是骨灰。」公孫壽確認道。

「啊，我猜這不是製作骨瓷用的動物骨灰。」

「它來自弗利特街（Fleet Street）上聖布里奇教堂（St. Bride Church）底下的藏骨堂，不容易取得，價格也不便宜，墓穴管理員很善於討價還價。請坐下，讓自己舒適點。」

福爾摩斯盤腿坐在地上，試圖忽視從長褲底下滲入的冷冽濕氣，也試圖忽略自己靠近大量磨碎人骨這件事。

公孫壽重新打開書本，翻到自己需要的頁面，開始大聲朗誦。

福爾摩斯不懂那些語句，但認得出那語言，那正是史坦福在蘇格蘭場的牢房中使用的語言。凝結起來的粗糙子音，每個詞彙之間的聲門塞音，以及嘶吼般的恐怖節奏——它不可能是別種語言，因為沒有任何語言與它類似。

當語句如同蛇群般滲入他耳中時，他也感到藥物在自己的血液中流竄，感覺像是有渺小冰冷的手指，在他的皮膚下爬行。他同時覺得畏懼又好奇，還有種怪異的冷靜與渴望，彷彿這種經驗無可避免的正確，也是必要手段。公孫壽的聲音逐漸從他耳中消失，他聽到語句中的醜惡韻律，並了解那是某種咒語，正向某種異界力量進行祈禱，但語句似乎退到某種紗幕之後，變得遙遠又無足輕重。他眨眨眼，忽然發現獨自身處山頂，公孫壽不見了，一切靜謐無比，就連微風也停止吹動。

夢境之旅就此展開。

第十一章　福爾摩斯夢尋祕境

The Dream-Quest of Sherlock Holmes

剛開始福爾摩斯以為，那一眨眼間只是一陣簡短的無意識狀態，公孫壽則是趁機溜走了，他覺得，這名中國佬一定是對他開了個莫大的玩笑。馬車裡的長篇神祕學言論、魔法圈，還有咒語——這段浩大的鋪陳過程，換來的是空無一物的結尾，也像是高亢漸強音節後的掃興終曲。粉末並非出自人類，只是動物的骨灰，所謂的藥物只是染過色的水，所經歷的怪異身體感受，也只是身心失調的後果。他徹底相信的一切，不過是場騙局。

他對此感到惱怒，也打定主意，不會讓公孫壽稱心如意地愚弄自己。

接著他注意到，微風已停止吹拂，這件事並不特別，但少了風聲後的死寂卻相當不尋常。福爾摩斯從未遇過如此安靜的無聲狀況，鄉間地區從來不會出現徹底的寧靜，總會出現某些森林生物的尖鳴或騷動聲，有時是牛鈴，有時是鳥鳴，或是農場工人的喊叫，和推車車輪的滾動聲等等，但現在福爾摩斯處於徹底死寂之中，即使他在草地上移動了一隻腳，也沒有發出任何摩擦聲，他只聽到自己的心跳聲與呼吸聲。

雲層沒有移動，這可能比死寂更令人不安。雲朵如同畫像般掛在天上，像是舞台劇的背景，世界彷彿定了格，凍結在時間之中。

或是卡在稍瞬之間，那種感覺就是如此：他宛如跌入了鐘擺來回擺盪之間的時空間隙。福爾摩斯拿出他的獵人懷錶，以確認自己的猜測，錶果然停了，秒針一動也不動。他轉了上鍊錶冠，但錶完全沒有動靜，它要不是壞了，就是世界不知怎地徹底停止了運作。

此時出現一名男子。

福爾摩斯並未意識到他走近。那人原本不在此地，接著他忽然現身，直接在福爾摩斯觸手可及的面前出現。

他穿著某種蘇格蘭短裙，雙腳穿著毛靴，一側肩膀覆蓋著披風，並用做工細緻的銅製扣環繫住。他的二頭肌上套著黃金臂環，脖子上掛有金製項圈，且皮膚上有著明亮的藍色圖案，福爾摩斯認為那是植物染料菘藍留下的畫痕。對方的頭髮長度及肩，髮型非常雜亂，黝黑的五官則看似受過風吹日曬。

他全身肌肉結實，和當代的健身者完全不同，那輕盈強健的身體，代表他遭遇過大量艱苦狀況與衝突，對他而言，生命的各個層面都是戰鬥，彷彿為了證明這點，他帶著一把雙刃斧。他鬆垮地握著斧柄，刃部接近地面，兩面刀刃遍布缺口與坑洞，福爾摩斯不禁認為，這些痕跡代表斧頭經常擊中盔甲與骨頭。

男人上下打量福爾摩斯，接著發出咕噥聲，不過無法判斷這是否代表讚許，也可能是某種問好的方式。等到他終於開口，語氣卻無比粗野，福爾摩斯聽出那是種無人記錄過、也無人記得的語言，不過他完全了解那種語言，男子也聽得懂他說的話。

「你來了，你是誰？」

「我也想問你同樣的問題。我是夏洛克．福爾摩斯，如果你是真人，那公孫壽確實費了一番工夫，把你打扮成某種凱爾特戰士，或者我正在作夢，你則是我想像力中的一小部分。無論答案為何，我都認為你代表了某種古代祖先，你扮演的人物，或你的真實身分，都取決於我的觀點。」

「我不認識什麼公孫壽。」男子說。「他是德魯伊嗎？還是巫師？」

「他可能自認如此。我還不曉得你的名字。」

「我的名字不重要，你只需知道我曾是個酋長，是某個偉大部落的領袖。我們來自北方的險峻山區，那裡的冬季漫長，且強風無比冷冽。我們年復一年、一代又一代地往南搬遷，拓張我們的地盤，吸收願意加入的部落，並殲滅拒絕我們的部族，最後幾乎抵達了白色海岸，不列顛大部分的土地也屬於我們。此時我在泰姆薩斯大河[30]河畔建造了自己的要塞，並把它當作家園。我用血與掠奪向眾神獻祭，有段期間也得到了強大且無人能比的獎賞。」

「我想也是，但美好事物都會結束，對吧？這是我從你的話語中察覺到的意思。」

在這位令人敬畏的陌生人面前，福爾摩斯展現了罕見的樂觀。儘管男子態度粗野又陰沉，並手持尺寸可觀的武器，福爾摩斯卻覺得不需要害怕他，他們的會面是為了幫助他，為他帶來啟蒙，而非毀滅。

「沒人能夠永久安撫諸神，」無名酋長說，「神明也很容易失望，祂們要求在武裝戰鬥中、或是石製祭壇上透過祭司的神聖刀刃解放的靈魂。通常這樣足以滿足祂們的慾望，並確保祂們不會輕易從睡夢中甦醒，但有時會出現相反情況，這個時候，人類世界就得小心點了。」

「只要餵食祂們，就能令祂們保持溫順，是這樣嗎？像是在夜裡餵奶，讓害怕的嬰孩感到滿足的母親。」

酋長開懷大笑。「祂們並非嬰孩，我們才是。諸神十分古老，比時間更老，他們從群星間來此，也來自別的世界，當時地球相當年輕，尚未完全成形。有些人說祂們被驅趕來此，其他人則說祂們自行離開，找尋新的糧食來源。祂們乘著彗星穿越宇宙深淵，並大舉來到地球，而且祂們並非單一種族，而是諸多互有關連的族系。祂們佔據了這個世界，並瓜分領地，不過同類之間並不和平，那並非祂們的本性。」

「祂們相互鬥爭。」

「數百萬年來，這些擁有近乎無限力量與恐怖知識的星際生物，彼此一再發生衝突，兒子對抗父親、僕人與主人戰鬥，兄弟相互交戰。透過競爭，祂們破壞了大陸，且其武器相當可怕，難以理解那種武器的本質與規模。牠們還剷平山脈，並劈開峽谷，據說世上所有陸塊曾是同一塊陸地，直到諸神的敵意擊碎了大陸，使陸塊四處飄移。」

「有些地質學家對板塊飄移現象有不同的解釋，像安東尼奧・史奈德—佩列葛林尼[31]。」

酋長瞪著福爾摩斯。

「請繼續。」福爾摩斯說。

「隨著時間過去，較為強大的神祇成了地球的統治者。」酋長說。「較弱的神明隨即撤退，有些躲進地底，有些則藏入海中。許多神明因加入戰敗陣營而遭到囚禁，祂們的牢房並非總是在地球上，而是位於現實縫隙的其他領域之中。雙方達成某種協定，也放下敵意，不過並非所有過往的罪孽都得到了原諒。比方說，克蘇魯與祂的同父異母兄弟——無可名狀者哈斯塔（Hastur the Unspeakable）之間，只存在永恆的仇恨。」

聽到這兩個名字，特別是前者時，福爾摩斯不禁打了股冷顫，那是種近乎返祖本能的深層感受。儘管他這輩子從未聽過那兩個名字，深藏於內心某部分的種族記憶，卻彷彿害怕這些名號。克蘇魯，

30　譯注：Tamesas，泰晤士河的凱爾特語名稱。

31　譯注：Antonio Snider-Pellegrini，十九世紀法國地質學家與科學家。

哈斯塔，這些名稱使他感到畏懼、憤怒與恐怖。

「慢慢地，」酋長繼續說，「神明們陷入沉睡，如同在冬季長眠的熊，祂們的衝突已然結束，該休息了。宇宙中有諸多循環，如同一年中的四季交替，即使是握有強大力量的不朽神靈，也必須閉眼作夢。祂們靜靜地在遙遠的城市、洞穴與不同世界之間的空間內沈睡，但依然望著我們，祂們總是注視我們，觀察我們人類脫離動物般的無知狀態，和得到自我知覺的過程。舊日支配者和祂們的同族們知道我們的存在，也經常呼喚我們，想得到任何我們能給祂們的東西。」

「我猜，你給祂們的東西不夠，因此才會失敗。」

酋長嚴肅地點頭，接著往後看了古墓一眼。「我的骨頭還在那腐爛，血肉也成了蠕蟲的食糧。我曾是洛彭的信徒，我的祖先來自薩納斯，洛彭是那裡的主神，那座城市陷落後，祭拜祂的信仰就與難民一同遷出姆納之地（Mnar）。我是來到這些島嶼難民的直系後裔，對我而言，身為部落之王，就必須討好洛彭。由於祂是戰神，我們敵人的鮮血與心臟便曾是恰當的供品。」

「『曾是』，是什麼變了？」

「我變了，我厭倦了鬥爭。隨著年齡增長，我對戰鬥的慾望也逐漸消退，我只希望統治自己擁有的土地，而不是取得新地盤，因此我們殘酷的南向遠征就此停止。洛彭非常不悅，他在夜裡前來找我，形態像個頭戴藤冠、手持長矛的年輕人。他和我在我的寢室內打鬥，不過只會有一種下場。」酋長嘆了口氣。「我英勇地大力揮舞斧頭，但有誰能擊敗神明呢？」

「有誰能呢？至少你的人民將你埋在風景宜人的地點，對高貴的統治者而言，這是個優秀的下葬處。」

「這裡？這是洛彭下的命令，是祂最終的侮辱。我能從這裡望向自己拒絕征服的國度，由於我抗拒繼續殺戮，這裡成了不列顛裡我唯一沒有染指的角落。這不是榮譽，而是處罰。」

「但你確定，和你打鬥的是洛彭本尊？有沒有可能是某個覬覦你王位的年輕篡位者呢？」福爾摩斯急於對酋長之死提出理性解釋，這位偵探企圖找出謀殺案，而不是天罰。

「即使如此，也沒有差別。他依然是洛彭的化身，打扮成神明的殺手，無論叫什麼名字，都依然是神本身，也為那尊神明效力。」

「我明白了。」

「恐怕你不明白。」酋長說。「恐怕你的觀點依然太過狹隘。」

「這樣的話，你要如何拓展我的觀點呢？」

下一瞬間，福爾摩斯就後悔提出這個問題。作為回應，酋長舉起斧頭，並轉了一圈將它劈下，在福爾摩斯閃開前，在他能移動半吋前，其中一邊嚴重磨損的刃鋒便劈向他……

＊＊＊

……卻沒有碰到他，但也沒有失誤。斧頭穿過他的身子，他感到一股細微的呼嘯聲，像是無形冰索進出了他的身體。但他清楚自己毫髮無傷，那是某種切斷行為，可是並非將頭顱從脖子上切下，或將軀幹從雙腿上砍斷，而是斬斷了他靈魂與軀體的連結。他的心智立刻離開肉體，成了純粹的思想精華，他身為夏洛克·福爾摩斯，卻少了讓自己四處走動的軀體。

他飛了起來，從箱丘往上飛，飛越薩里郡，也飛離英格蘭，再飛越英吉利海峽、歐洲、阿拉伯、印度與亞洲，如光束般飛過地球表面。他從飛鳥般的高處，目睹了各種景象，一切無比壯麗。

他飛到太平洋中心的某座島上，那是塊由火山岩構成的小島，上頭滿是腐爛魚屍，頂端還有座白色巨石碑。附近的海床裂隙中，有隻長滿鱗片的圓胖生物，身體一半像是魚類，另一半則像獨眼巨人。牠正蠢蠢欲動，逐漸往海面上升。[32]

他飛到另一座更大的太平洋島嶼，島上有座失落城市，城中建築的輪廓與角度呈不規則狀，觀看這些建築時，它們似乎隨之收縮，彷彿建造者熟知某種不為其他數學家所知的幾何法則。在這裡，牆面黏膩的古墓中，有大小與人類相仿的怪物。所有怪物都在熟睡，並圍繞著某隻更為龐大、長有蝠翼的巨獸。巨獸也沉睡著，福爾摩斯只稍微瞥見牠的長相，並慶幸自己沒有靠近觀看。[33]

他繼續飛翔，飛越白雪皚皚的南極荒原，並往下飛向另一座廢棄城市。這座城市建有龐大城牆，與挖掘到深處的地下墓穴。他看到類似白化企鵝的動物，牠們有六英呎高，在街道上搖搖擺擺地行走，雙眼只是殘留的隙縫：這些動物都瞎了。他也看到類似水母的黑色原生質物體，其凝膠狀表面扭動的捲鬚和感覺器官，和他研究生物學時所知的一切，都沒有直接關連。[34]

他繼續飛向美國的南部州地區，在路易斯安那州的沼澤目睹恐怖的巫毒儀式，接著前往格陵蘭，當地也舉行了類似儀式。無論是美國南部海灣的潮濕高溫，或北極圈的冷冽低溫；無論參與者是半裸的西印度水手，或身穿毛衣的愛斯基摩人，吟唱聲和舞蹈或多或少都有相似之處。每個情境中受到熱烈敬拜的物品，都是長有蝠翼的巨獸塑像，他曾看到那頭巨獸在爪牙之間沉睡，但不敢細看那張長滿觸手的臉孔。

接下來他飛往新英格蘭，該地是美國最文明的地區，但當地潛藏恐怖物體的地點，比天上繁星的數量還多。他覺得那些東西像是皮膚上的疣，或健康器官上的癌細胞，是種在翠綠深谷、舒適小鎮、忙碌城市、無盡森林與綿延農地中肆虐的病魔。無數腐敗的群集與斑點，在最不可能的地點，與表面上最無害的地區出現。

他與黝黑酋長的會面似乎發生在永無止盡的一瞬間，而當福爾摩斯在全球最黑暗的角落來回繞行時，卻以驚人速度察覺時間的變動。日夜交替，如同燃燒的燭火般閃動，兩者的更替變得越來越快。他感到自己正在加速，以高速飛過空中，使得引力再也無法控制他，他就這樣往外飛去，從地球的大氣層一頭飛進太空，彷彿有生命的火箭般穿越宇宙，飛過群星，跨越銀河，穿梭於星際間的龐大虛空。他來到宇宙邊緣某處，離我們太陽系極為遙遠的位置，我們的太陽在那裡看起來不過是一小顆塵埃，他抵達的地點，有數十顆星球以體積難以測量的橋墩連結在一起。這些星球以仔細設定好的軌道彼此圍繞旋轉，像是宇宙中的太陽系儀，且穩定並持續環繞太空邊際。

星球上的居民數量極多，外型也相當怪異。有些烏黑且無形，其他則是發出白色光線的能量球體；有些具有人形，其他則宛如動物；有些驕傲地行走，迷霧或火焰包覆它們全身，另一些居民在地上爬行、蜿蜒蠢動或黏滑地滑行。它們是全能的存在，使得它們已經遺忘擁有需求或慾望的感覺；它

32　譯注：影射《達貢》（*Dagon*）與故事中的同名怪物。

33　譯注：影射《克蘇魯的呼喚》（*The Call of Cthulhu*）中的克蘇魯，與祂居住的城市拉萊耶。

34　譯注：影射《瘋狂山脈》（*At the Mountains of Madness*）與故事中的怪物修格斯（shoggoth）。

們在無盡的生命中飄動，有時會碰到彼此，並散漫的對話，有時還會停留在莊嚴的孤獨狀態之中。不知為何，福爾摩斯清楚這些東西是舊神（Elder Gods），是舊日支配者的祖先們，宇宙誕生後不久，這些生物便出現在世上。過了十億個紀元後，它們再也不在乎任何事了，包括自己，它們存在，這就夠了。

有股力量忽然從太空邊陲將福爾摩斯往後拉，使他沿著飛來的路線倒行，彷彿被連在有人突然放開的印度橡皮筋上。他從萬物邊緣迅速來到宇宙中心，抵達宇宙繞行的核心。

這裡只有混沌，也是光與闇的混亂漩渦，其中飄浮著諸多怪異堡壘，它們不斷旋轉，受周圍龐大的潮流所宰制。其中一座堡壘外型像是雪花，另一座由多面體構成，第三座的牆面則有如水面般激起漣漪與波動，每座堡壘皆截然不同。

它們是另一種神祇的住所，不過這些外神（Outer Gods）全都貪婪且惡毒。祂們是由霧氣、石塊、珠寶與血肉所構成，也正在等待，等待受到呼喚，等待著滿懷敬意地呼喚自己的對象，並等待著邀請，讓祂們能穿越虛空，做出滔天惡行。祂們只靠一個念頭，就能跨越無盡距離，只要祂們認為旅程有其價值，便能前往各處，並且，祂們只散發出厭惡、墮落與輕蔑。即使是由光線組成的生物，也只是為了撒下陰影而生，只有在自己撒下的陰影之中，祂們才能滿足自身的邪惡慾念。

由於近距離靠近外神，使得福爾摩斯心中充滿恐懼，也覺得自己可能會立即發瘋，永世不得翻身。任何人類惡棍犯下的罪孽，都無法與這些神靈的邪惡本性比擬，祂們正是恐懼本身。

福爾摩斯只想逃離祂們，特別是逃過祂們的注意，因為他察覺到，如果有任何怪物將目光轉向自己，他就會永遠迷失，被拖入某種痛苦深淵，永遠沒有解脫的希望。除了說服自己相信這一切只是某種駭人幻覺外，他不曉得該如何逃離那可怕地點，他說，那裡千真萬確地存在，但如果他能說服自己改變觀點，假若他能確定自己依然待在薩里郡的箱丘頂端，而眼前的一切只不過是想像的話……

＊＊＊

「我的智能拯救了我，華生。」他說。「從青春期起，我就積極訓練自己採用的分析性思考技巧，使我回過神來。少了腦力，我的靈魂現在可能還是某個外神的玩物，而有人會在箱丘發現我缺乏理智與智慧的身體……心理學家會將這具流著口水、大小便失禁的廢人鎖在病房中，進行徒勞無功的研究。」

＊＊＊

透過強大的意志力，福爾摩斯否認了眼前的證據，並堅信自己還在地球上，只是身體受到催眠而已。他發覺，有好幾個外神開始感到好奇，祂們察覺到有外來者。有個以水銀構成的生物，正以阿米巴原蟲般的偽足，朝他的方向前進；一隻全身長滿膿包的瞎眼蜘蛛，從網中家園拋出一根探索用的絲線，彷彿丟出了釣魚線；在一處陽台上，某個可能會被誤認為美女的生物抬起鼻子嗅聞，像在微風中察覺氣味的貓。如果他不立刻離開，就永遠走不了。

他想到冷冽的北唐斯空氣、想到自己端坐其上的潮濕地面、想到不遠處上空的陰沉雲層，也想到薩里郡鄉間十二月時的一切感受、景象、聲響與氣味，以及它們的凡俗感，和神聖的平凡。它們是事實、資料，其他的一切，包括舊日支配者、舊神與外神，都只是臆測與幻想。他無法處理臆測與幻想，只接受能透過觀察與邏輯證明的事。他拒絕接受其他真相。

於是，福爾摩斯緩慢但穩定地回到人世，他再也沒懸浮在宇宙中心上，那裡是眾神居住的奧林帕斯山，同時也是鬼氣森森的陰曹地府。他回到了自己的軀體，並感到全身發冷、四肢僵硬，身體疼痛又飢餓。他用力睜開眼皮，感覺沈重得像是推開一對生鏽門板，並看到星光已經高掛天空，夜色也已落下了。他摸索著自己的懷錶，懷錶已恢復正常，顯示時間已經過了下午五點。

他企圖站立時，雙腿卻無法支撐自己。他一整天都盤腿坐著，暴露在天候下，由於缺乏血液循環，使他的下半身麻木且動彈不得，得用雙手和雙膝蹲踞著，直到四肢恢復感覺。接著他跌撞地離開骨灰圈，走下山丘。

公孫壽早已消失，馬車也不在原處。福爾摩斯孤身一人，他甚至沒有遮光罩提燈能照亮道路，雲層遮蔽了月亮與繁星，他得極度謹慎地往前走。道路只不過是條車轍般的小徑，他多次絆倒，低垂的樹枝擊中他的臉，岩石害他跌倒，他和瞎了沒兩樣。

火上加油的是，居然開始下雨了。他考慮在樹下找塊乾燥處過夜，或至少在那裡等雨停，但他認為如果自己停下腳步，就可能無法再次出發了。於是他大步向前走，直到某間小屋的燈火在視野中出現。福爾摩斯敲了門，卻碰上了某個不太友善的鄉下人，對方還拿著雙管散彈槍。在隨後急促的對話中，屋主建議訪客離開，訪客則懇求屋主收留自己，他們陷入僵局，此時男子的太太前來幫忙，斥責丈夫沒認出對方的紳士身分，加上男子還是位落難紳士。她邀請福爾摩斯進屋，並為他準備了一份提振精神的熱騰騰兔肉派，之後婦人說服了丈夫，要他把馬匹連上雙輪馬車，載他們的訪客到多爾金。男子不太情願地接受，過了短短一陣子後，福爾摩斯便在火車站下車，及時搭上前往滑鐵盧的末班車。多虧他狼狽又骯髒的外表，其他乘客都不想坐在他身旁，他們看了一眼，就走到其他車廂，這讓他感到些許慶幸。

＊＊＊

「過程便是如此。」福爾摩斯做出結論。「我很想認為，自己經歷的是藥物造成的幻象。酋長不存在，沒有諸神，舊日支配者、舊神與外神都不存在，一切都是幻想。公孫壽能透過許多方式製造那種效果，或許當我受到他那『雞尾酒』影響時，他依然和我待在一起，蹲在我身旁，往我耳中悄聲給予暗示。我的潛意識吸收了那些話語，並將之轉化為令人入迷的畫面，酋長或許也如我起初的推測，只是個穿戲服的男子，是個被雇來演戲的貧窮演員。那自然能解釋我們為何能了解彼此的語言，這麼一來，整件事就是場浩大的鬧劇，是為了我而舉辦的懸疑劇，而受到藥物控制的我，無法判斷虛幻與現實。」

「為什麼要這樣做？」我說。「那人為何要費這麼大的工夫？」

「為了讓我迷失、為了嚇唬我，為我在金蓮旅館引發的騷動做出懲處。但是，華生……」

「怎麼了？」

「真希望我可以這麼迅速地忘卻這些事。打從我骨子深處，有某種感覺告訴我，我感受到的一切確實發生過。當我這樣說時，你一定認為我瘋了，你可能也沒說錯，但是，儘管我試圖用理性解釋這段經驗，卻徒勞無功。公孫壽的儀式並不是為了讓我發瘋，不過差點就成功了。儀式是為了打開我的眼界，以便見到事情真相，它帶來了恐怖啟示！」

我很想說些話安慰他。我可以安撫他說：不，他錯了，那**確實**是幻覺。我可以說，先休息一晚，他就能梳理一切頭緒，到了明天，他就會恢復為先前的自己，也只會將今天的事件視為模糊幻象。等到他臉上與雙手的抓痕癒合後，甚至根本記不得這些事。

不過，那是謊言，我也無法令人信服地講出這些話，我反而說道：「福爾摩斯，我知道你很累，也肯定只想去洗澡並上床，不過，我想拜託你留下，因為我有事想告訴你。長久以來，我一直想吐露這些事，也想不出有比現在更恰當的時刻了。」

他疲倦的雙眼中流露出一絲興趣，這激起了他的好奇心。「怎麼了？」

「我也經歷過你描述的『恐怖啟示』。好幾個月來，我都希望能將這件事告訴別人，或任何能夠理解的人，我相信你就是那個人，正確時機也到了。在你經歷過那些事，和目睹那些光景後，我們比之前多出了更多共通點。你一定十分熟悉《哈姆雷特》（*Hamlet*）的台詞：『赫瑞修，天地間有許多事情，是你的哲學觀念所意想不到的。』」

我向他靠近了一點。

「我自己，」我說，「曾親眼看見那種事。就在世上、在地底，有更多東西，可怕的東西。我就是活生生的證據。」

第十二章　失落之城塔阿

The Lost City Ta'aa

後來想想，或許我不應該把自己在阿汗達布河谷的冒險告訴福爾摩斯，不該在那晚說，他才剛經歷猛烈覺醒所帶來的創傷，仍在回神中，我太自私了。我只能辯解說，自己因疲勞和緊張而耗盡了精力，那不只是壓力極大的一天，我平時的寡言習慣已經消散，警戒心也下降不少。在我自認孤身跋涉的道路上，福爾摩斯剛成為了同路人，難怪我急於向他坦承。

＊＊＊

事情起始於我軍撤離邁萬德。阿富汗埃米爾[35]阿尤布汗（Ayub Khan）的軍隊大敗我軍，儘管阿富汗人死傷較多，我們依然慘敗。在歷經三小時的火炮交戰後，加齊[36]們席捲了我軍左翼的印度步兵，再轉向右翼，同樣對第六十六伯克郡步兵團（66th Berkshire）掀起攻擊，而我的部隊諾森伯蘭第五步兵團，正是編制在這支步兵團底下。皇家騎馬砲兵團（Royal Horse Artillery）與孟買戰鬥工兵團（Bombay Sappers and Miners）堅守陣地，為了掩護其餘軍團撤離而殿後，他們的勇氣付出了終極代價，幾乎全員戰死。那是場不折不扣的災難，得歸咎於經驗不足且缺乏戰略洞察力的喬治．布洛斯准將（George Burrows），與我們面對戰役時過份的自信。隨著在佩瓦（Peiwar）、喀布爾（Kabul）與阿姆德基爾（Ahmed Khel）等處的大勝，英國大軍開始認為自己所向無敵，阿富汗人則會如秋風掃落葉般繼續倒下。阿尤布汗徹底瓦解了我們的這種想法。

士氣低落的我們，蹣跚地從邁萬德隘口離開，儘管此時情況惡劣，原先的狀況其實可能更糟。由於某種理由，阿富汗人沒有追來將我們趕盡殺絕，他們一在戰場上取得勝利，似乎就失去了興趣，我們才能順利離開。我並非傷者，也以醫生的身分照料傷患，當我們緩緩走回坎達哈時，我為傷兵們塗抹藥膏，更換繃帶，取出子彈，甚至還在路邊進行了幾次緊急截肢。一批援軍隔天早上在柯基蘭（Kokeran）與我們碰面，而在同一天，哈洛比上校便提出要順道做一件小事。

羅德里克・哈洛比上校是個業餘田野考古學家，也對海因里希・施里曼[37]與亞瑟・埃文斯爵士[38]的經歷非常著迷。在參與過克里米亞戰爭的父親堅持下，他加入軍隊，但他依然渴望追求自己對挖掘與古物的興趣。戰事期間，他經常提起能在阿富汗與興都庫什山脈（Hindoo Kush）各處找到的遺跡，他們都擁有莫大的考古價值，他也哀嘆，自己來到此地時，應該去探索遺跡，而不是把時間浪費在和當地人發生零星衝突，只為了控制對英國不太有戰略重要性的國家。我國政府企圖控制阿富汗的原因，只是不願意將它拱手讓給俄國，不過是大博弈[39]中對另一塊地盤的爭奪罷了。

儘管有時會說出那類煽動言論，哈洛比其實是位引人入勝的說故事大師，當他提起位於沙漠、不在海圖的島嶼和幽谷中的失落城市，以及消逝文明的遺產時，都激起了我心中的浪漫情懷。他時常在營火邊講述蘇美文化（Sumerian）前的時代，當時距離緊密的石砌大城中，居住著智慧超群的人民，他們對天文學或醫學這類科學知識的理解，至少與我們並駕齊驅。他提到亞特蘭提斯與雷姆利亞大

35　譯注：emir，阿拉伯國家的貴族頭銜，意指君王或酋長。
36　譯注：Ghazi，阿拉伯語中賦予戰士的頭銜。
37　譯注：Heinrich Schliemann，十九世紀德國商人與業餘考古學家，曾發現特洛伊遺址。
38　譯注：Sir Arthur Evans，十九世紀末至二十世紀中期的英國考古學家。
39　譯注：Great Game，十九世紀中期至二十世紀初的政治術語，意指大英帝國與俄羅斯帝國爭奪中亞的軍事與政治衝突。

陸[40]，並說這些是確實存在於海底的真實大陸，並非哲學家與神智學者們所熱愛的傳說國度，也依然等待著有人重新發現。他提到來自同一時期的其他文明：康莫瑞安[41]、烏祖達羅姆[42]、歐拉索[43]與瓦盧西亞[44]，儘管我從未聽過這些名稱，但它們也使我感到一絲好奇與不安。他提到某場全球災難，或許是場大洪水，毀滅了這時代的所有跡象，只有少數遺址依舊倖存。

其中一個「少數遺址」，就離我們作戰的地區不遠。哈洛比知道位於阿汗達布河谷北部邊界某座地底城市的位置，當地的山谷深藏在喜馬拉雅山脈的山腳矮丘之中，他在某本德文書名為《*Unaussprechlichen Kulten*》、英文書名則為《無名教派》（*Unnameable Cults*）的書中得知這座城市。這本書由弗瑞德里希．威爾赫姆．馮．榮茲（Friedrich Wilhelm von Junzt）所著，並於一八四五年由布萊德維爾（Bridewell）印刷英文版，哈洛比在查令十字路（Charing Cross Road）上的二手書店讀到這本書。在一千多頁的書中，有段篇章描寫了一座導向某座洞窟的峽谷，人稱塔阿（Ta'aa）的城市就在其中，狀態完好無缺，街道與房屋保存良好，從未遭受風吹雨打。馮．榮茲從未親眼見過此地，只是引用了其他資料來源中的報告，是用古代語言寫成的晦澀文本。不過，他相信這座城市的存在，哈洛比也一樣。

我們準備繼續前往坎達哈，並由援軍護送時，哈洛比向我說出了一個提案。

「聽著，華生。我們大家的腳都很酸，也受夠了戰爭，需要休息。我有個點子，我們當然應該回到坎達哈，但如果我們途中繞點路呢？有幾個人答應了。你是個堅毅又可靠的人，在困境時十分能幹，而且帶個醫生跟我們同行也很合理，以防萬一嘛。」

「你要做什麼？你要我們擅自離開部隊嗎？」

「小聲一點。這不是擅離行為，只是……繞路，如果我的計算正確，應該不會超過一週，頂多十天。我們可以說，是由於跟主部隊走散了，我們迷失方向，也找不到正確路徑，我們會在下週日緩緩走進坎達哈，沒人需要知道真相。如果上級找我們麻煩，我會擔下所有責任，我爸是陸軍元帥羅伯茲的朋友，如果我們惹上大麻煩，我隨時都能用上那條人脈來擺平一切。你怎麼想？」

「我想知道原因，你這條遠路會引導我們去哪？」

「你猜不到嗎？」

我猜得到，答案很明顯。

塔阿。

我說好。我不曉得原因，只知道哈洛比用口中的故事迷住我，特別是關於塔阿的事蹟。如此靠近這座城市，卻不趁機找尋它，這使我感到有些違背常理。

於是，我們一群人干犯上軍事法庭的風險，於軍隊再度出發時留在原處。我們待在後方，放慢腳步，直到馬蹄、軍靴、馬車和火砲彈藥箱揚起的塵埃吞沒了我們。等到塵埃落定時，軍隊已經遠在前方，在視野中消失。

40　譯注：Lemuria，傳說中曾一度存在於印度洋上的古代大陸。

41　譯注：Commoriom，克拉克．阿什頓．史密斯所著《許珀耳玻瑞亞傳奇》中，許珀耳玻瑞亞大陸上的第一座城市。

42　譯注：Uzuldaroum，《許珀耳玻瑞亞傳奇》中的城市，史前居民在康莫瑞安毀滅後便移居至此。

43　譯注：Olathoë，幻夢境中以大理石建成的都市。

44　譯注：Valusia，在羅伯特．霍華德筆下的征服者庫爾（Kull the Conqueror）相關作品中出現的遠古城市，受蛇人控制。

我們拋下了阿汗達布河肥沃的河岸，前往貧瘠的丘陵區，攜帶了飲水與食物，也相信哈洛比上校的研究與野外定向技巧。七月的太陽十分毒辣，空氣稀薄得像是剃刀，不過短短三天，我們熱切的小小逃脫行動，就成了艱苦跋涉，基層士兵開始抱怨，就連我也逐漸心懷怨懟。哈洛比勸我們前進，像隻活潑的史賓格犬（springer spaniel），但由他領導的人們，則逐漸無法體會他對探險的熱情，我們心想，或許這是個錯誤。哈洛比似乎對我們的走向相當有信心，但真是夠了！失落的地底城市，講述早已消失的教團的書本，再說，還是德國作家寫的書。誰知道上校會不會是帶我們踏上了徒勞無功的旅程？除了那本看了書名就會令人質疑起其中內容的書以外，沒有確切證據能說明這座塔阿城確實存在。

到了第五天黎明，眾人已興起叛變之心，六個人都疲勞又提不起勁，也總是陰沉地咕噥著。我試圖鼓舞他們的士氣，卻做得心不在焉，就連哈洛比自己也垂頭喪氣，彷彿將承認這次挫敗。我們爬過一座又一座的丘陵，穿越一道又一道的山谷，卻似乎並未更靠近我們的目的地，根據馮．榮茲的說法，會有個標示記號，明確指出通往塔阿的深谷入口。那是座花崗岩柱，從底座到頂點約有一百英呎，頂端有座遭天候摧殘的雕像。等我們找到那座石柱，就會知道自己已經離城市不遠了。

一位路過的牧羊人成了我們的救星，或者也可以說，他使我們墮入深淵。哈洛比用拙劣的普什圖語[45]和他交談，詢問對方是否知道石柱的下落，男子隨即變得非常不安。他假裝聽不懂，但哈洛比繼續追問他，甚至用手槍威脅對方，不過我不覺得他會真的用上那把武器。牧羊人滿臉皺紋的棕色臉龐流露出警覺神色，張開的嘴巴露出無牙的牙齦，並坦承自己知道石柱的位置，他把方向告訴我們。我們在半天內就能抵達該處，但他也補充了附加條件，哈洛比卻不願意為我們翻譯這點，直到其他人強迫他坦白。事實如下：牧羊人說，我們應該立刻回頭，別企圖找尋城市。阿富汗人不會去那裡，所有從該處回來的人都發了瘋，或再也沒有歸來。那是個邪惡的地方，更嚴重的是，它十分致命。

等到我們從哈洛比口中得知這項警告時，已經在前往石柱的半路上了。我們選擇不讓這句話阻撓自己，愚蠢的當地迷信，無知的野蠻人，不能寄望穆斯林會講出任何合乎常理的話。我們是英國人、我們是軍人、我們有槍，我們能應付碰上的任何危機。

石柱在地平線上聳立。我們抵達時，每個人都輪流使用哈洛比的望遠鏡觀察石柱頂端的雕像，那是個呈蹲踞姿態的巨大物體，擁有人類的身軀、蝙蝠的雙翼與類似烏賊的頭部，外觀令人卻步。它似乎是設計來讓一般訪客在踏入深谷入口前三思的，但一般訪客哪會來這種偏遠地點？我們離任何地方都有數英哩的距離。我們前天清早經過了最後一處村莊，那也只是幾座小屋組成的小聚落，而且只有四分之一的屋舍有人居住，我們確實位於無人地帶，除了骯髒的土黃色陡坡與廣闊藍天外，周圍空無一物。雕像的威嚇姿態並不是用來應付我們這種人：我們是主動來到此地，而非巧合。由哈洛比在前方帶頭下，我們進入深谷，有條鵝卵石小徑在險峻岩牆間蜿蜒，大多路面極為狹窄，迫使我們得以縱隊方式前進。小徑的起點與盡頭之間至少有三英哩長，使得我們走在上頭時，得要繃緊神經。當地氛圍有種強烈的壓迫感，那是來自地理環境本身，身處其中的人，會覺得受到擠壓，同時感到脆弱無比。小徑往下傾斜，兩側牆面也越來越高，我感到彷彿被夾在老虎鉗的鉗口，上頭的螺絲正逐漸拴緊。訪客越往下走，就困得越深。

45　譯注：Pashto，阿富汗的官方語言之一。

讓我們鬆了口氣的是，最後深谷終於敞開，洞穴入口矗立於某種天然庭院彼端，那是個大量雕刻圍繞的裂隙。這些雕刻獨特又複雜，描繪出和石柱頂端相同的蝠翼生物，牠統治著長有蜥蜴頭部的人類，這些人怯懦地蹲在牠面前；別處雕刻的蜥首人則大舉屠殺正常人類，用長有利爪的雙手割斷他們的喉嚨，還挖出他們的心臟與內臟。在好幾個畫面中，遭到割除的內臟被擺在盤子上，並獻給蝠翼生物作為食物；其他圖像，食用內臟的則是蜥蜴人，牠們也會食用四肢與較小的臟器。

哈洛比花了近一小時欣賞雕刻，並在日誌上畫下它們的素描。他宣稱這是十年來最偉大的考古發現之一，可能還是本世紀最大的發現，我們也都參與了這項壯舉。他保證，回到英格蘭並向官方宣布此事時（當然是向皇家學會〔Royal Society〕宣布，不然呢？），我們每個人都會得到應有的名聲，但我並不在乎自己是不是第一批目睹這些雕刻、或是塔阿城的西方人之一。儘管哈洛比覺得這些畫像十分驚人，我卻覺得它們噁心且令人畏懼，也不是唯一這麼想的人。士兵們意氣風發，對圖像的各種層面發表低俗意見，更別提所有人物那裸體姿態，和宛如恐怖大木偶劇場[46]般的殺戮細節，不過，每個人的嗓音都有些顫抖，在粗俗的嬉笑怒罵下，潛藏著不安。無論是誰製作了這些繪畫，都不會讓觀眾想認識他們，畫像散發出病態又異常的氣息。

最後，我們該進去了。哈洛比點亮了提燈，我們也照做，一行人警覺地穿過裂隙，往下步入地底深處。

* * *

儘管我曾極力試圖忘卻這件事，即使到了今天，它依然鮮明地留在我的記憶之中。遲暮之年時，我很難記住自己把眼鏡放在哪，也忘了晚上幫我洗澡的女僕名字，但我依然能回憶起前往塔阿的旅程，與逃離該地的過程，景象鮮明得宛如昨天才發生。

那條彷彿永無止盡的漫長隧道，忽然連通至一座寬闊岩架，從這座岩崖邊往下看，發現一座寬闊龐大的洞穴，空間大得能容納二十座大教堂。笨重的沉積岩柱支撐著洞穴頂端，最細的岩柱周長至少也有十幾碼；遠處盡頭有座發出閃爍光芒的大瀑布，它源自某處含水層，空氣中則飄蕩著水聲的隆隆回音，由於成堆生長在不同平面上的發光真菌所散發出的妖異光線，使得我們能看到這一切。

哈洛比要我們熄滅提燈，並讓眼睛習慣紫色光線，在柔光中觀察洞穴地面上的建築輪廓。那是用粗糙石板搭建而成的立方體，有中空的正方形門口，並以亂七八糟的方式組成了街道。建築群中央，有座更大型的獨立房屋，其大小與位於中心的地位，加上圓頂和側面的柱廊，都顯示出其宗教或政治性意義：它可能是神殿或聚會所。它比周圍的建物更加龐大雄偉，這似乎就是其他建物**存在的目的**——只為了陪襯它而存在，像是一窩服侍女王的螞蟻。

儘管我們內心不安，卻依然對這幅景象感到嘆為觀止，除了哈洛比以外，他正流露出自滿的神情。他肯定覺得自己與其偶像施里曼和埃文斯並駕齊驅，也將自己的成就比擬為這兩人發現的特洛伊與克諾索斯[47]遺跡。我現在明白，儘管他富有魅力，卻是個愛慕虛榮的傲慢份子，或許還相當愚蠢，

46　譯注：Grand Guignol，於一八九七年至一九六二年在巴黎展出的恐怖劇場。

47　譯注：Knossos，克里特島上的米諾斯文明遺址。

不過我們其他盲目又愉快地跟隨他的人，比較起來還更加愚昧。

崖面上有修建好的台階，我們就踩著台階往下走，哈洛比自然走在最前頭。我們很快就穿越了塔阿，盯著周圍的城市遺跡瞧，埃及王朝剛建立時，這裡就已經相當古老了。除了入口處的雕刻，城裡沒有多少文化或當地生活的跡象，我們沒看到任何陶片，入內觀察少數房屋後，便發現房屋周圍與內部也沒有裝飾，四周更沒有任何曾是市集或廣場的開闊空間，看起來神殿（如果那座建築是神殿的話）像是唯一能容納大量居民集結與聚會的場所，於是，那裡成了我們的目的地。在哈洛比的催促下，我們探索了迷宮般的街道，且只在能更靠近神殿的情況下，才會在路口轉彎。在此同時，大瀑布繼續嘶嘶作響，遮蔽了我們的腳步聲，並迫使我們以正常音量說話，但我們寧可小聲交談，低聲似乎較為恰當，也比較安全。我們的態度像是不想讓別人聽到聲音——但又有誰會偷聽呢？塔阿是座死城，已經多年無人居住，居民的遺骨也已化為塵埃，我們獨自待在城裡，這裡當然獨有我們。

中央建築確實是座祭祀場所，祭拜盤踞在石柱上、與外頭統治者雕像同一種醜惡混種怪物；四面外牆上刻有它的肖像，室內某座巨型基座的頂端，還有描繪它的另一座雕像。這尊雕像約有三十英呎高，由黑色大理石製成，其中還有某種金色礦物形成的脈絡。當我想起神像球根般的頭部、與蹲著的肥胖身體時，依然會感到一絲恐懼，而當哈洛比從它腳底往上看，並說出某個字眼時，我心中再度浮現了一陣恐怖。

「克蘇魯。」

起初，我以為是灰塵飄進他鼻子，使他打了噴嚏。接著他更大聲地重述了那個字眼，語氣也帶著敬畏。

「克蘇魯。」

「那是什麼意思？」我問。

「意思？」他說。「那代表祂，華生。」他指向神像。「那是祂的名字，克蘇魯，舊日支配者之一。有些人說祂是最偉大的舊日支配者，祂是納格[48]之子、哈斯塔的同父異母兄弟、伊德·雅[49]的丈夫，加坦諾索亞[50]、伊索格達（Ythogtha）、佐斯·奧莫格（Zoth-Ommog）、克希拉[51]與邵拉希·何[52]之父，食屍鬼尤加許[53]的祖父，以及巨蛇卡巴[54]的曾祖父，如果我們能採信馮·榮茲說法，克蘇魯的影響力在全球便是無遠弗屆。海地、路易斯安那、南太平洋、墨西哥、西伯利亞和格陵蘭，你會在這

---

48 譯注：Nug，洛夫克拉夫特從未對這兩位神明多做解釋，只在神明系譜中註明祂是猶格·索陀斯（Yog-Sothoth）與莎布·尼古拉絲（Shub-Niggurath）的子嗣。

49 譯注：Idh-yaa，美國作家林·卡特（Lin Carter）在《索斯傳奇》（*Xothic Legend Cycle*）中曾提及此神。

50 譯注：Ghatanothoa，擁有石化他人能力的邪神，參見《穿越萬古》（*Out of the Aeons*）。卡特在收錄於《索斯傳奇》的故事《穿越歲月》（*Out of the Ages*）中，將加坦諾索亞、伊索格達與佐斯·奧莫格敘述為克蘇魯的三名子嗣，並稱祂們為「索斯星三魔」（Xothic Triad）。

51 譯注：Cthylla，克蘇魯之女，出現於布萊恩·盧姆利（Brian Lumley）的《泰特斯·克洛的轉變》（*The Transition of Titus Crow*）。

52 譯注：Shaurash-Ho，洛夫克拉夫特在私人信件中曾提到它是克蘇魯的後代，也是食屍鬼的起源。

53 譯注：Yogash the Ghoul，是阿撒托斯、猶格·索陀斯與克蘇魯的直系後裔，父親為邵拉希·何，在《夢尋祕境卡達斯》（*The Dream-Quest to Unknown Kadath*）中擔任奈亞拉索特普的手下。

54 譯注：K'baa the Serpent，同樣出現於洛夫克拉夫特的私人信件中，是食屍鬼尤加許的子嗣。

些地帶與其他地方，發現依然信奉祂的民族，但中亞這處，才是此信仰的中心區，這座城市可能是它的核心，是它的至聖所，或甚至是它的起源。我無法想像別處會有能與這裡比擬的紀念物，我們找到了克蘇魯教團的西敏寺（Westminster Abbey），相較之下，其他神廟不過是禮拜堂罷了。」

我想責難他說出這種褻瀆話語，但我不認為他會在乎。這傲慢的小子完全沉醉在自己的發現帶來的刺激感中，什麼都不能毀掉他當下的興致，就連隊員之一的艾金頓二等兵（Private Edginton）將我們的注意力，從雕像轉向神殿中某個更平淡、卻同樣陰森的特色時，也沒有打消哈洛比的興致。

「上校，長官，那些是我想的東西嗎？」

他指向散落在神廟地板上的諸多骨堆，剛踏進此處時，我並沒有發現他們，沒人注意到這件事，神像完全吸引了我們的注意力，並讓我們忽略了一切。

哈洛比彎腰檢視最近的骨堆。他拿起一塊較大的樣本，並遞給我看。

「你怎麼看，醫生？這是人類股骨，除非我搞錯了。」

我只能同意這點。「上頭有些不尋常的特點，比方說，它有不尋常的曲度，其主人有嚴重的O型腿，但這是人骨沒錯。」

士兵們並不喜歡這項發現，當另一個士兵洛克伍（Lockwood）指出，股骨上有某些明顯刮痕與溝槽時，大夥就更不安了。洛克伍加入諾森伯蘭第五步兵團前，曾在多爾切斯特（Dorchester）擔任屠夫學徒，他很清楚將火腿骨丟給餓犬後，骨頭會變成什麼模樣。

「那是咬痕，」他說，「錯不了。」

「野生動物經常食用屍體，」哈洛比充滿自信地說。「是野狼、豺狼，或許是土狼。我聽說，這些地帶還有熊。」

在我看來，咬痕太鈍，不可能是那些生物的牙齒造成的，這些是門牙和臼齒的痕跡，而不是肉食動物的犬齒，可能屬於人類。不過，我沒有說出自己的想法，士兵們已經夠浮躁了，不需要讓他們更緊張。

我的沉默並沒有幫上任何忙，因為另一名二等兵史密斯（Smythe）撿起了我們周圍其中一枚頭骨。乍看之下，可能會以為這是人類頭骨，神廟的骨堆裡確實有幾顆明顯是人類頭骨，但這顆顱骨卻有拉長的圓頂，額骨和枕骨也十分脆弱，同時，上頜骨卻異常地長。史密斯還找到了與顱骨相應的另一塊下顎骨，下頜枝到下巴的長度比人類長了一半。最後一點，則是寬大且發育不良的鼻腔孔道，顯示出鼻子扁平且凹陷。

整體而言，儘管類似人類，就過去常見的慣例而言，這卻絕非人類頭骨，我們得出唯一的結論，則令人感到顫慄。

「雕刻中的蜥首人確實存在。」我說。

「過去曾經存在。」哈洛比糾正了我的說法。「這是科學界過去不曾知曉的類人爬蟲物種，這些是他們最後的遺骸。各位，今天我們似乎不只締造了考古學歷史，也為古生物學寫下新的一頁，我們將留名青史。我彷彿聽到皇家學會那些英格蘭最聰明的人，把我們捧上天了。」

「我寧可拿到一點錢。」洛克伍說。

「當然會有很多錢。」哈洛比向他保證。「光是克蘇魯雕像就價值連城了，假設我們能想辦法把它搬出去的話……」

「噓！」艾金頓說。「有人聽到什麼聲音嗎？」

我們仔細傾聽。唯一的聲音是瀑布的細微聲響，即使在神殿牆壁後方，依然能聽到模糊的水聲。

「這沒什麼。」最後哈洛比這樣說道。「幾個月後，我們受邀去大英博物館，在眾多名人面前展示發現成果時，對方掌聲傳至前方的回音，就是你聽到的聲音。」

「當然不是。」艾金頓說，接著補充了一句遲來的「長官」，以免被視為以下犯上。

「那你聽到了什麼？」

「聽起來像是……說話聲。」

「這樣的話，就是你聽錯了，艾金頓。除了我們以外，附近沒有別人。」

接著史密斯問出我自己都在心裡思忖的問題。「上校，如果這文明和你說的一樣古老且不復存在，那這裡的蜥蜴頭骨怎麼沒那麼老？」

對此哈洛比已經準備了答案。「那種族少數的最後成員，必定倖存至相對近代的時期，至於他們是如何辦到的，這裡有瀑布持續提供清水，也能透過食用蝙蝠、老鼠和其他小型哺乳類來滿足口腹之慾，有時或許還能抓到野豬，狩獵群體不需要離開洞穴太遠，就能找到獵物。」

「我想，哈洛比，你刻意忽視了一種相當明顯的食物來源。」我說。「我覺得，骨頭上的齒痕代表在**極端情況**下，蜥蜴人會打破終極禁忌。」

「同類相食。」艾金頓說，並在這字眼後加了一句髒話。「這座神殿……也是他們的餐廳。」

其中一名二等兵歐康納（O'Connor）是個愛爾蘭人，也是位虔誠的羅馬天主教徒。他對自己劃了個十字，史密斯則碰了碰自己肩上的卡賓槍，以從武器上的木製槍托得到有形的慰藉。

「這裡是魔鬼的地盤。」洛克伍用濃厚的多賽特郡（Dorset）腔拖長聲調地說。「我們不該來這裡，這裡就是地獄的前廳。」

「我不會容忍那種言論。」哈洛比罵道。「我們不是小孩，而是成人，也不能表現得像——」

有人發出介於倒抽冷氣與尖叫之間的叫聲。

「准下士費爾丁（Fielding）！」哈洛比罵道。「你在叫什麼？解釋清楚。」

「我看到……」費爾丁說。「我以為看到……」他盯著神殿入口看。「有人在外面，在移動，還往裡頭看。他有張臉，不是正常的臉孔，比較像……」

「像什麼？」

「滿臉鱗片、長鼻子、凸出的雙眼，看起來像是活過來的蜥蜴人。」

「除非那種動物還活著，」哈洛比說，「但事實上並沒有，他們早就絕種了。我要你們仔細聽我說，你們的想像力太猖狂了，每個人都得管好自己，記好你們的身分：你們是英國陸軍的士兵，地球上最偉大的軍隊。記住這點的意義：你們不是一群只會大驚小怪的膽小懦夫，懂了嗎？」

所有人都點了頭，有些人點得比其他人還激動。

「現在呢，」哈洛比繼續說，「我們得專注在當前的任務上。有某個絕種已久的種族，可能曾是智人與恐龍之間的失落演化環節，而我們正站在他們獻祭的宗教場所——」

以上是羅德里克．哈洛比的遺言。某種人型野獸從神像基座後頭竄出，粗魯地打斷了他的話，並用長有利爪的爬蟲類手掌，一把砍斷了哈洛比的頭。前一秒，哈洛比還站在那裡發表長篇大論，下一秒，他的頭就滾落到地板上，無頭軀體就這樣癱軟地跪下，接著倒在地上。

我們之中任何人做出反應前，殺害他的兇手就已逃走。兇手是雕刻上的蜥蜴人之一，他迅速爬上牆面，像登山客使用岩釘般，用利爪在牆上攀爬，消失在天花板的陰影之中。

事件發生一陣子後，人們才回過神來，震驚感這才飄散。大夥紛紛拿起步槍，解開槍栓，讓子彈齊飛，但大量垂直發射的子彈，只引發了噪音和打下大量碎石，沒有任何子彈打中躲在頭頂漆黑縫隙中的目標。

由於我的軍階僅次於哈洛比，射擊停止後，我便接下了領導權，並下令撤退。

「既然有一隻生物，就一定還有更多。」我說。「我們得用井然有序的陣型撤退，往隧道走。」

「你們聽到長官說的話了。」准下士費爾丁說，為我的權威增添下屬的讚許。「行動！」

士兵們迅速離開神殿，邊走邊為步槍裝填彈藥。我向哈洛比的屍體看了最後一眼，那是個可憐的景象，當他處於自己心中的榮耀時刻，並得到能讓自己平步青雲的成就時，死亡就降臨到他身上。他被砍下的頭顱，上面的雙眼看起來十分訝異，似乎還有點憤怒，彷彿現在才認清了自己的傲慢和愚蠢，但也明白自身命運的不公。

接著我轉身就跑。

＊＊＊

我們從神殿逃回懸崖的路程，剛開始撤退地充滿紀律，但逐漸變得雜亂不堪。從許多方式看來，都像是邁萬德戰役再現，不過這次我們的敵人並沒有讓我們逃跑，而是一路上都遭到攻擊。神殿中的蜥蜴人並非其種族唯一的倖存者，我們很快就發現，還有數十隻人型爬蟲生物居住在塔阿，也對入侵者毫無憐憫。不，這樣形容不太準確，以某些角度來看，他們歡迎我們進入其城市，神殿中的骨堆裡，不是有人類遺骸與頭骨嗎？雕刻沒把故事說清楚嗎？蜥蜴人不只同類相食，還會吃人，我們則是他們的下一餐。

我們沿著街道逃竄時，他們從屋頂上跳下，從房屋之間衝出，就這樣撲向我們。蜥蜴人全身赤裸，長滿光滑的鱗片，有雙O型腿，大腿十分壯碩，這使蜥蜴人擁有令人不安的高速。更可怕的是，他們兇猛無比。

攻擊時，蜥蜴人會發出嘶嘶聲，有時嘶嘶聲還會構成語言。有句話特別突兀，他們用宏亮的非人叫聲一再重複那句話，彷彿那是戰吼。

「**Ph'nglui mglw'nafh Cthulhu R'lyeh wgah'nagl fhtagn!**」

多虧了日後我與福爾摩斯的研究，我才能在此精確寫下那句話。我們是在本書主軸發生的一連串事件中，才取得了關於這個語言的知識，它名叫拉萊耶語（R'lyehian），有時又被稱為阿克洛語[55]。同樣的，當時我也不可能和現在一樣，了解蜥蜴人其實是在背誦他們用於祭拜儀式的主要語句，那是向他們那汙穢神明獻上的讚美與效忠頌歌：「在拉萊耶（R'lyeh）的宅邸內，死去的克蘇魯正於夢中等待。」

---

55 譯注：Aklo，亞瑟·馬欽（Arthur Machen）在短篇故事《白人》（*The White People*）中描述的虛構語言。洛夫克拉夫特在不少作品中都曾提及阿克洛語。

類人生物攻擊我們時，便唸出這句話，分叉的舌頭不斷閃動，沒有嘴唇的嘴巴似乎永遠流露出狂喜的笑容。他們對彼此喊出這句話，彷彿是鼓舞士氣的戰吼，呼喚更多同伴從藏身處出來。一連串伏擊接二連三地發生，蜥蜴般的喉嚨有時齊聲吟唱、有時則輪流唱出那些話語。

我得感謝上帝以及軍火製造商，讓我們的槍枝足以擊倒蜥蜴人，不然在前往懸崖的途中，我們早就全軍覆沒了。步槍或手槍精準射出的子彈，能阻止長滿鱗片的攻擊者前進，在那方面，他們和其他生物一樣脆弱。

但儘管我們擁有火力，蜥蜴人卻在數量上佔有優勢。他們也熟悉塔阿的布局，我們則得笨拙地摸索市區路線，早已放棄沿著進來的原路離開的希望。輪廓粗糙又擠滿房屋的街道，看起來和別的街道沒有任何差異，我們唯一的視覺憑據點就是神殿，我們離它越遠，就越可能選擇了正確方向。一直到我們靠近懸崖前，都無法在由真菌照亮的昏暗狀態下看到它。

這時，我們的彈藥已經短缺，洛克伍也已遭到蜥蜴人殺害，那名多爾賽特郡居民中途跌倒，在地上爬行，接著類人生物就逮住他，將他拖走。他可憐的叫聲忽然中止，我們也知道沒辦法幫忙他了，屠夫學徒已遭屠宰。

我們繼續向前走，接著一大群蜥蜴人同時從前後發動攻擊。他們持續嘶喊那句醜惡吟唱，並迅速逼近，我們則盡量從遠距離打倒他們，等到我們耗盡所有子彈，便與他們進行徒手搏擊。帶著小刀和刺刀的人用上了這些武器，我則從醫療箱取出骨鋸和手術刀，兩者都能在非手術狀態下發揮良好的攻擊性。我們在蜥蜴人之中殺出一條血路，用人造刀具對抗他們的利爪，也使他們噴濺出不少鮮血，但可惜的是，他們同樣造成我們的傷亡，逃離他們時，我方只剩下三人：史密斯、艾金頓和我，而攀登懸崖上的台階時，已剩下兩人。史密斯在先前的動亂中遭受嚴重腿傷，艾金頓和我盡可能將他架在我們之間行走，後來才發現他無法用沒受傷的腿推進自己，身體也無比沉重。他的股動脈遭切斷，使他流血過多而亡，在我們的懷抱中靜靜離世。

蜥蜴人依然在後頭窮追不捨，艾金頓和我放下史密斯了無生氣的遺體，爬上粗糙的台階，近乎狂亂地努力逃跑。我們的大批攻擊者緊跟在後，有些人也攀上台階，有些則爬上懸崖陡峭的岩壁，多虧上帝保佑，我們比類人生物更快登上頂端，接著用盡全力在隧道中衝刺，我們沒時間點亮提燈，差不多算是在黑暗中奔跑。蜥蜴人也是，但我們沒時間小心行事，寧可快步奔跑，雙臂往前伸，摸索著前進，寧可有時撞到頭部或膝蓋，也不想小心前進，我們沒時間那樣做。

前方出現一道搖曳的微弱金光，這代表了裂隙、天然庭院與深谷。這並不代表安全，但至少我們能遠離蜥蜴人的地底地盤，他們會來到我們的世界，不過在光天化日下，我們的生存機率可能高些，至少，狹窄的裂隙會迫使他們得一個一個前進，我們兩人就能趁機對付他們，這樣一來便佔了數量上的優勢。

我後頭的艾金頓叫了一聲，使我停下腳步並轉身。

「艾金頓二等兵？」我說，一面往後窺視。我在十幾碼後勉強看到他的身影，他斜靠在隧道牆壁上，並抬起一條腿。「怎麼了？發生什麼事？」

「該死的鞋帶害我絆倒，華生醫生，我扭到可惡的腳踝了。」

「讓我幫你。」

「不，長官，我只會變成負擔。我的腳沒法子負重，你走吧。」

「別傻了，士兵。我們還能一起……」

「長官，你知道那是鬼話。」

「我不會讓你受那些怪物擺布。」我能聽到蜥蜴人正快速逼近，以及他們的喀噠腳步聲，和對克蘇魯的低聲禱告。

「這由不得你選。」艾金頓打定主意地說。「我有刺刀，可以和幾隻怪物同歸於盡。活著離開這裡，把關於這個魔坑的事告訴所有人，確保有人帶炸藥回來，封死這座隧道。答應我。」

「我不——」

「答應我，華生醫生。你得發誓。」

於是我嚴肅地發誓，卻沒有遵守諾言，而艾金頓，勇敢的艾金頓，則祝我一路順風，接著面無表情地舉高刺刀，一跛一跛走向蜥蜴人。

「來抓我呀，你們這些小可愛。」這是我聽到他說的最後一句話，不包括幾秒後從隧道裡傳來的漫長尖叫。

我衝出裂隙外，倒在滿布灰塵的地面。我喘著氣，試圖站起身，但我太虛弱了，也幾乎無法移動，剛見到的恐怖光影擊敗了我。

正當我重拾對身體的控制時，最前頭的蜥蜴人在裂隙旁現身。他伸出一隻手想抓我，打算將我拉回黑暗之中，讓我魂歸西天。我立刻做出反應，但速度不夠快，手掌抓住了我的肩膀，我用力掙脫，其中一根銳爪深深刺入我的肌肉。隨著一聲痛苦的尖叫，我往前方的深谷衝去。

一抵達深谷，我就往後望了一眼，認為會看到先前失敗的蜥蜴人追上來，還有大量他的同類緊跟在後。

不過，情況並非如此。類人生物縮回裂隙中，一隻手遮住自己的眼睛，他想繼續追趕，達成原本的目標，卻無法下手；他的同伴們也遭遇到同樣的情況，全擠在他身後的隧道裡，他們無法離開隧道的陰影。

我明白原因何在，剛升過天頂的太陽，發出的光線對他們而言太過強烈。他們一輩子生活在塔阿，只透過真菌散發的黯淡紫色光線視物，使他們的視力無法輕易習慣更強烈的光源，即使是非直射的陽光，對他們的視神經都是種折磨，就如同我們直視燃燒的鎂。從雕刻判斷，先前的世代或許更常踏進外頭世界，不然就是他們只靠月光刻下那些圖樣。無論理由為何，現代的蜥蜴人無法在白天離開塔阿。

我毫不猶豫地抓住這項優勢，跑進深谷，並沿著它前進。有時通道變得太難行走與不平坦，使我無法仰賴雙腿支撐自己前行，我便以四肢爬行。經過石柱與宛如邪惡稻草人般、蹲踞在上的克蘇魯後，我就蹣跚地踏進阿富汗荒野，一次也沒有回頭。

＊＊＊

幾個阿富汗村民發現了因痛苦與乾渴而半發狂的我，身上還沾滿了血，但並非所有血跡都屬於我。他們對我這位外國壓迫者展現了罕見的善舉，相當好心地照料我，在酋長的堅持下，他們包紮了我的肩膀，並用騾子拖行的雪橇將我送到最近的山區避暑地。我在那裡轉搭馬車前往坎達哈，再搭火車去白沙瓦。

我並未履行對艾金頓的承諾，主要是由於我打算將整件事當作從來沒發生過。我成功說服自己相信：世上沒有塔阿，沒有散落遺骨的克蘇魯神殿，也沒有蜥蜴人，這是唯一能保護我僅存理智的方式。根據我傷口的大小與特性，人們認為我從邁萬德返回的路程中，遭到狙擊手射傷，子彈乾淨俐落地穿透了我肩膀上端。進行撤離的主隊伍士兵不曉得，有些懦弱的加齊從藏身處對我開火，同一名狙擊手，用他的傑撒伊火槍擊殺了哈洛比上校和其餘六人，我是此偷襲行動唯一的倖存者，被拋在後頭並被迫自衛，身心受創地衝過不宜人居的地帶，直到數天後才得到救援。

我能活這麼久，已經是件奇蹟了。既然每個人都這麼堅稱，那我有什麼好反駁的呢？

我靠著好運，才活了下來。

第十三章　說到魔鬼

Speaking of the Devil

隔天早上，福爾摩斯和我的心情都十分陰沉。吃早餐時我們幾乎沒有講上幾句話，而察覺到我們之間的氛圍、卻搞錯原因的哈德遜太太，則不禁開口：「我希望你們倆別吵架了，華生醫生才剛搬進來呢，這樣很可惜。我敢大膽地說，你們彼此配合得很好。」

最後，福爾摩斯對我說：「好吧，親愛的朋友，我們要不假裝自己瘋了，要不就得接受我們分別揭開了一樁神祕學謎團的面紗。我提到『神祕學』時，指的是字面上和比喻上的意思，分別代表隱藏的祕密和超自然事物。」

「你不再質疑在箱丘上看到的幻象內容了嗎？」我問。「你確定那是事實，不是幻想嗎？」

「你可以輕易辯稱，公孫壽的藥只是讓我經歷了誇張幻象。儘管畫面鮮明又令人不安，和德‧昆西[56]因鴉片酊而產生的夢境，那充滿上仰人臉的銀色海洋相比，真實不了多少。」

「但是……？」

「但是，當我對你形容自己的幻覺後，你便講述了自己在塔阿城的冒險，你在當地也碰上了這個克蘇魯神存在的證據，你親眼看到與祂有關的宗教圖像，以及一群信奉祂的半人動物。我自己也透過心眼，見到那位神明待在自己的太平洋要塞中，身邊有僕從環繞。在光天化日之下，我會開心地將這件事視為幻覺，但你提供了獨立的證據。」

「你不質疑我說的話？」

「一點都不，你無比遲鈍又沒想像力，華生，你不可能編出這種故事。」

我對這句話感到不快。遲鈍又沒想像力？但福爾摩斯似乎認為這是稱讚。

「不，」他繼續說，「這一切絕非巧合。重疊性太高，細節也太具一致性。儘管我希望情況並非如此，但古人似乎不只曉得、還崇拜這位神明克蘇魯。更糟的是，」他的神情變得痛苦。「祂還是千真萬確的存在。如果祂存在，那我看到的一切也是真的。」

「還有那個未知語言。」我說。「我們都聽見史坦福說出那種話，蜥蜴人也會說。」

「所以你在蘇格蘭場才出現那種古怪反應，史坦福的話語肯定讓你想起洞穴和自己當時經歷的可怕災難。」

「的確，完全屬實。」

「那是另一項能證明你經驗真實性的證據，也間接證明了我的體驗。」

「但我們該怎麼判斷這件事？」

「我不知道，但我猜你我的生活再也不會和過去一樣了。我認為，我們所知的事已無可逆轉地改變了自己，在某些程度上，也對我們造成了傷害。我們面臨的挑戰，則是得試圖和之前一樣前進。」

「裝成什麼都沒改變嗎？我不確定自己辦得到，特別是我已經沒有藉口，能告訴自己那一切都是假象了，塔阿**是**真的，蜥蜴人也是，還有克蘇魯與祂的種族。在我看來，你的夢境之旅證明了那點，就如同我在塔阿的經歷證實了你的夢境之旅。福爾摩斯，我從來沒感到如此渺小，又如此不穩定，我腳下的地面從未像現在一樣，彷彿隨時會消失。」

「解決方式，」福爾摩斯說，「便是讓我們回到問題之中。」

56　譯注：Thomas Penson De Quincey，十九世紀英國作家，著有《英格蘭鴉片吸食者的自白》（*Confessions of an English Opium-Eater*）。

「什麼問題？你是說沙德維爾謀殺案嗎？」

「要除去內心不想要的思緒，就得用其他實際的想法佔據心靈。」

「但那件事幾乎解決了，不是嗎？」我說。「公孫壽就是犯人，史坦福則是他的傀儡。你說對了，他們確實製造出某種危險的新毒品，你控訴公孫壽時，他否認這件事，但先別管這點。他當然會否認，他也否認與史坦福的死有關，中國佬肯定得對此負責。我們該做的，就是收集有說服力的證據，再把證據交給葛雷格森探長，他可以處理剩下的事。」

「恐怕沒這麼簡單，華生。」福爾摩斯朝著當天的《泰晤士報》揮揮手，當我把玩一顆水波蛋時，他正心不在焉地翻閱那份報紙。「發生麻煩事了。」

「請說。」

「連續發生的消瘦死亡事件又增添了第五名死者，看這裡。」

報導相當簡明扼要，我沒有製作剪報，無法一字一句地在此重述內容，但大意如下。昨天早上，港口裝卸工人到倫敦碼頭上班時，在坦奇街（Tench Street）發現了一具靠在碼頭建築後牆邊的遺體，受害者是華裔人士，似乎是挨餓而死。有人認為，他是遠東船隻上的偷渡客，並在漫長的航程中死亡。抵達倫敦時，當船員發現他的屍體，便連夜將它丟棄，警方顯然正在追查所有可能的線索。

「他們是這樣說，」福爾摩斯說，「但我不認為倫敦警察廳會積極調查。死掉的偷渡客對他們而言，不算是重要案件。」

「報導沒有將這樁死亡事件和其他前例連結在一起。」

「目前沒有大報知道沙德維爾的事件，同樣的報導只會在黃色新聞中出現。《泰晤士報》這種媒體會注意到這件死亡事件，是因為事件令人毛骨悚然，且帶有一點異國風味：外國難民在無人知曉的情況下，死在商船的船艙中，最後如同汙水般被拋了出去。」福爾摩斯忽然精神一振，並站起身。「好吧！既然我們比其他人了解更多內情，也清楚其中遭他人忽視的事件關聯，就得盡自己的責任。遊戲開始了，華生，拿起你的外套，和我一起走。」

「我們要去哪？」

「當然是去東區了，去拜訪當地醫院，特別是裡頭的停屍間。」

＊＊＊

沉悶的數小時過程中，福爾摩斯和我走訪了不同醫院，包括我的母校巴特醫院。我的醫師執照讓我們順利進入每間醫院的停屍間，並在白教堂路（Whitechapel Road）上倫敦醫院（London Hospital）的地下室中，發現了我們找尋的東西。

院方將中國佬的屍體拿出來，將它放在大理石板上，用一塊布蓋住來給我們看。停屍間管理員離開時，福爾摩斯對我說，這是他第一次目睹事件中的瘦弱屍體。從其他人口中聽到這句話，可能會讓人覺得殘忍且恐怖，但他對此事的興趣確實來自於因鑑識學而產生的好奇心。之前，他只能仰賴其他人的說法進行推理，現在他得以自行檢視受害者，或許還能取得全新的資料。

在他的要求下，我把布掀開，露出頭部與赤裸的軀體，看起來像個脆弱乾扁的老人，頭髮不知怎麼地沒有變灰。他的雙頰凹陷，胸口陷落，鎖骨與每條肋骨的輪廓都十分明顯，身上完全沒有肌肉，血管和肌腱在皮膚上挺立著，顏色與質地都像是羊皮紙。他的重量看起來不超過五英石[57]，對他這種身高的人而言，只達到平均體重的一半。

接著是他的臉孔。

屍體雙眼圓睜，我猜某人可能曾試圖闔上這雙眼睛，卻發現眼瞼僵硬且毫無反應，因此讓它們維持原樣。他的嘴巴也產生同樣狀況，齜牙咧嘴地張開，頰腔到懸壅垂都露了出來，死後僵硬會使屍體維持這種姿勢。

他看起來彷彿在尖叫。

在那間低於街道高度、鑲有釉磚的冰冷房間內，我們吐出的口氣形成白色蒸汽，福爾摩斯和我幾乎感受不到溫暖，但看到死亡中國佬的臉孔時，我依然感到一陣顫慄，與周圍溫度完全無關。身為醫生的我，前幾天才用專家的輕蔑口吻，駁斥了死屍出現「驚恐表情」的現象，也解釋那是對普通生理現象產生的誤解。但現在，當我實際碰上同種狀況時，我的即時反應卻與門外漢無異。我只想到：對，確實如此——是驚恐表情沒錯，中國佬在毫無希望的驚天恐懼中死去。我甚至可能主張，是恐懼害死了他，而不是營養不良。無論他生前最後看到了什麼，都恐怖到足以讓他的心跳停止。

「噢，華生，華生。」福爾摩斯說，一面掃視著屍體。「這太驚人了，非常有趣。從這個可憐人的狀況看來，人們可能會說他好幾天沒吃沒喝了。」

「那是合理結論。」

「但你我都清楚，那是不可能的。」

「為什麼？」即使只有我們在此，除了中國佬本人和其他無人領取的死者外，沒人會聽到我們的聲音，但我依然壓低了音量。「因為克蘇魯之類的東西？因為我們現在都知道，不可能發生的事確實會成真？我不知道你是怎麼想的，福爾摩斯，但我不願意認為所有事件都有無法解釋的原因。如果可以的話，我不希望那樣過活，理智對我而言太珍貴了。」

「我沒有要你放棄理智，只是請你觀察，觀察屍體的臉孔。」

「我看過了，也不太想再看一次。」

「那麼，觀察他的鬍鬚吧。」

男子嘴角兩側蓄有兩條長鬚。

「怎麼了？」我說。「那種鬍型在中國人身上十分常見。前幾晚，我們才遇過某人留了一樣的……」

我的聲音逐漸淡去。

福爾摩斯微微一笑。「仔細看那張臉，他當然經歷了不少變化，不是以前那個人了，但骨骼結構依舊相同。你也得注意他左前臂上的褪色小點，以及他的太陽穴。那不是屍斑，而是生前產生的瘀青。我相當確定這點，因為我就是肇因。」

儘管我想，卻無法否認他的主張。

福爾摩斯和我正盯著金蓮旅館其中一名員工，這個人曾拿著我的槍把我當作人質，他叫做李貴尹。

57 譯注：一英石約為六點三五公斤。

＊＊＊

「但我們上次看到他時，他還很健康。」我們離開停屍間，穿過醫院走原路回頭時，我對福爾摩斯說。「不可能吧……只過了一晚……我是說，這太……」

「不可能？」我的同伴說，他揚起眉毛。「你剛剛才決定不這樣解讀，但醜事擺在眼前。我不想這樣說，但『不可能』似乎正是我們命中註定踏上的道路，我的朋友，至少在可預見的未來是如此。」

「你事前知道死者就是李貴尹嗎？」

福爾摩斯點頭。「公孫壽似乎對他有所不滿。公孫壽描述他搶走你左輪手槍的行為，是『錯誤判斷』和『沒教養』。我想，惹毛公孫壽的人不會有好下場，再說，第五名死者符合既有模式：每月殺一人。這次，公孫壽沒有隨機選擇陌生人，反而選了身邊的對象。」

「但新月是兩晚前的事情了。」

「遲做總比不做好。」

我們走出主要出口，並步下門前台階。

「好吧，」我說，「至少我們現在有了明確基礎，能順著線索對抗那個惡棍了，而李貴尹是他的同夥。」

「李貴尹在鴉片館工作，但只有謠言聲稱公孫壽與鴉片館有關。」福爾摩斯說。「那算不上兩人之間明確的連結。」

「前晚公孫壽闖入二二一號B，並歸還我的手槍時，坦承自己認識他。」

「那只算道聽塗說，在法院上沒有效力。他在前往多爾金的路上告訴我的所有事也一樣，只能說他承認走私鴉片，如果在審判中提起這點，他可以直接否認說過那種話。法院只能比較我和他的言論，儘管陪審團或許不會偏愛東方富商，但可能同等輕視貧窮的新偵探，即使我是英國人也一樣。隨便一個優秀的律師（而且公孫壽還能雇用最好的律師），都能徹底瓦解我的證詞。」

「該死，那個傢伙在嘲笑我們。」我說。「公開嘲弄我們。沒人發現他犯下謀殺案，而明知我們無法證明一切，他卻挑釁我們。他根本是魔鬼本人啊，福爾摩斯。」

「說到魔鬼……」

一輛馬車在我們身旁停下。那是輛四輪馬車，一停車，車門便打了開來，裡頭傳來我們剛討論的人發出的嗓音。

「福爾摩斯先生，華生醫生。」公孫壽說。「可以的話，希望能耽擱一下你們的時間。請上車，事情相當緊急。」

第十四章　是客人，不是獵物

Not Prey but Guests

我不想踏進公孫壽的馬車，寧可赤腳走入蝮蛇窩裡。我身上並未攜帶威百利手槍，手槍或許能讓我感到安心點，如果其他方法失敗，至少還能射殺這個惡棍。

福爾摩斯則完全相反，他毫不猶豫地爬進馬車，使我別無他法。我不能讓他在毫無援助的情況下獨自面對公孫壽。之前我沒有伸出援手，使自己後悔不已，事情不會再重演了。

公孫壽拍了拍前側車窗，馬車司機對馬匹揮鞭，我們便開始移動。當前的中國佬，和侵入我們家那位自信又沉著的上流人士不同，他散發出一股明顯的不安。他拉上前頭的窗簾，和側邊與後頭的百葉窗，將車廂內部完全籠罩在陰影中，手卻輕微但明確地顫抖著。他試圖表現得跟往常一樣，但失敗了。

儘管如此，我不禁在一旁對福爾摩斯低語：「我不覺得這是個睿智的決定，我們現在甚至看不出他要帶我們去哪。」

「嘖，華生，仔細想想，公孫先生想要我們來他的車廂。」

「當然了，他打算綁架我們。」

「或許我沒說清楚，他需要我們來這裡。為何他要來接我們？難道他剛好經過倫敦醫院，往外一看，瞥見我們走過，並決定好好利用命運送上門的機會嗎？不是這樣的。他知道在某個時間點，我們可能會造訪醫院，因為他清楚我們會去找李貴尹的屍體，也知道屍體被送到這座停屍間，他才在外頭等待我們。」

「所以這是他設下的陷阱，李貴尹的屍體只是誘餌。」

「這是相當糟糕的陷阱，目前為止，我們還自願且知情地踏入其中。」

「是你踏進去的。」

「如果局勢不佳，我們也能輕易打倒設下陷阱的人，不是嗎？我猜的沒錯吧，公孫壽？我們是客人，不是獵物。」

中國佬點頭。「你一如往常地觀察敏銳，福爾摩斯先生，你毫髮無傷地完成了夢境之旅。」

「大概吧。」

「我知道你承受得了，較脆弱的心靈可能會因此崩潰。」

「你是說，像史坦福那樣嗎？」

他又點了頭，但這次帶了些悔意。「那是他的選擇。要不是他如此堅持，我可能會建議他別那麼做。對任何毒品上癮的人，總會想找更新穎的藥物，和更強烈的體驗。過了一段時間，他開始對癮頭帶來的感官衝擊產生免疫，想找尋更強烈的刺激，也想冒更大的風險。在史坦福醫生的狀況中，鴉片再也無法滿足他的需求了，他抽的量越來越多，但依然習慣了藥物效果。他想要更多，也知道我能提供解決方案。」

「那是他的動機，不是嗎？」福爾摩斯說。「你透過這種方式，讓他幫你進行綁架。你在他面前搖晃著比鴉片更強烈的毒品，彷彿在驢子面前放了蘿蔔，也就是你在箱丘上給我的藥物，你的『雞尾酒』。」

「史坦福知道我有製作那種藥物的知識與資金，也聽過我提起它令人暈眩的轉化效用。為了嘗上一口，他焦急到願意做任何事，也同意接受任何契約。」

「他知道那種藥有多危險嗎？」我說。「他曉得那種藥可能會扭曲服用者的心智，並讓他發狂嗎？」

「即使知道，他也不在乎。他渴求比鴉片所提供的藥效更崇高的轉變，完全不在乎潛在的後果。」

「五名受害者。」福爾摩斯說。「那是你開出的價格。」

「他認為很公平。」

「但史坦福卻只給了你四名死者，這十分奇怪。我以為你是個不喜歡顧客食言的人，除非對方全額付清，否則你不會交出商品。」

「你的觀察力依然驚人。」

「史坦福沒付完費用，他讓你失望了。你在最近的新月夜需要第五具屍體，多虧了我們，他無法提供死者。但你還是把藥給他，對你而言，這並非慷慨的行徑，而是懲罰。你深知他會發狂，如果他看到的景象有我所見的一半可怕，就有可能毀了他。受到鴉片控制的他，只能勉強維持自己的心理平衡狀態，而你推了他最後一把，讓他墮入深淵。」

「老天啊，」我倒抽了口氣。「你果然很邪惡。」

「我……講求務實。」公孫壽說。「我權衡輕重，並依此做出決定。我不能意氣用事，或仰賴道德判斷，那些標準是讓他人不會溺死的救生圈，但我卻在水中游泳。再說，醫生，比起某些對象，我是個確確實實的正人君子，你還沒見過真正的邪惡。」

「恰好相反，我相信自己見過了。」我回答，一面想到塔阿的蜥蜴人，但他們確實邪惡嗎？他們會不會只是野獸般的原始種族，對道德了解甚少，只為了生存而做出各種行為呢？

「相信我。」中國佬說。「地球上有些東西的鐵石心腸與追求自我利益的程度，連我都感到訝異——特別是某個對象。」

他說話時，內心似乎畏縮了起來，他雙手顫抖的情形變得更加明顯。我覺得這可能是為了某種不明目的，而假裝感到害怕的偽裝，但公孫壽似乎對某人——或是某種東西，抱持著千真萬確的恐懼。

「或許，你說的是某個神吧？」福爾摩斯說。「像是克蘇魯這類的舊日支配者？」

「啊，看來你學得很徹底。」公孫壽說。「你在夢境之旅還碰到了什麼？或許還有那位老酋長？」

「我確實碰見過他。」

「他會在少數幸運份子面前出現，擔任靈魂嚮導。他是這個現實與其他空間之間的媒介，而他的存在能使轉換過程變得較容易承受。我帶你去他的埋葬處箱丘，就是希望身為地靈的他能去找你。那代表我很看重你，福爾摩斯先生，我不會為任何人隨便費那麼大的工夫，且自然沒為史坦福醫生這麼做。為他注射藥劑後，我就讓他在街頭上遊蕩。」

「你把我丟在薩里郡的偏僻森林裡，讓我自行求生，這也差不了多少。」

「我並不是在懲罰你，差得可遠了。聽說你在我的『旅館』做出的行為後，我就覺得你是個罕見的人才。我聽說你富有打鬥技巧，還使用某種不尋常的武術，根據老張和老李的描述，那是柔道。」

「巴流術。」

「是很接近的武術，也從柔道得到許多招式與法則，這是個神祕的選擇，特別是對西方人而言，此外，我在同一晚造訪你家時，你讓我對你更有興趣了，你的名聲名符其實，甚至更加優秀。我認為你或許能成為某個私密俱樂部的成員，只有最優秀、最聰明也最有資格的人，會得到加入邀請。」

「克蘇魯俱樂部。」

「可以這樣說。之後，我便照自己認為恰當的方式行事。」

「你帶我去箱丘，進行了儀式，在我身上注射藥劑，逼我經歷靈性上的火焰洗禮，」福爾摩斯說。「就為了招募我，要讓我加入某種菁英團體。」

「那是我的計畫。我們這些知曉真神的人數量稀少，我們了解祂們的力量，也希望分享這股勢力。我指的是在文明世界中，而非像跪在偶像前的諸多野蠻人一樣，愚昧地仿效無數世代前流傳下來的儀式。他們一點也不重要，我們——」公孫壽指著自己與福爾摩斯。「是重要人物，我們**有意義**。透過知曉舊日支配者的存在，我們能取得更多優勢，不僅僅是擔任祂們的臣民。」

老實說，沒被公孫壽算進他所謂的「重要人物」之列，並未讓我覺得遭到冒犯。我無法為福爾摩斯發言，但對我來說，如果歹毒的公孫壽是那個團體的成員，我是完全不想加入的。

「我們，」他繼續說，「才是有可能改變世界的人，如果我們想，就能按照自身意願改造它。有了諸神撐腰，我們在行事上就會更輕而易舉。」

「或許你是對的，」福爾摩斯謙虛地說，「我個人認為，自己的能力就足以辦到那點了。我也不太想改變全世界，只想讓自己的小角落，成為誠實人民繁榮興盛、惡人逐漸式微的地方。」

「我也這樣認為，我似乎該考量得周全點。在邀請你與我們共創大業這件事上，我似乎犯了錯。」

我覺得這聽起來像是種威脅，或是威脅的前奏。我半站起身，並舉起雙手。

「天可為證，公孫壽，」我嘶吼道，「若有必要，我已經準備好掐死你了。立刻停車，讓我們出去，不然你一定會後悔。你已坦承自己是謀殺犯，也是最十惡不赦的惡棍，還有——」

「華生，華生。」福爾摩斯溫和地把我壓回座位。「原諒我浮躁的朋友，公孫壽，他將自己視為我的保護者，但他也無的放矢了。我注意到你今天早上打扮得有些倉促，平常你是個衣冠楚楚的人，相當在意外表的整潔，不過，你扣錯了襯衫上的鈕扣，比起我們上次碰面時，頭髮也沒梳理的那麼整齊，這些跡象代表了焦慮，且幾乎和你雙手發抖的狀況一樣明顯。整體而言，我認為你犯錯的結果並沒有讓我身陷險境，反而讓**你自己**碰上了麻煩。」

公孫壽顫抖著吐出一口氣。「我是來懇求你的，福爾摩斯先生。我確實是以客戶身分前來的，我並不想害你，而是想尋求協助。我不想這樣說，但我需要你救我。」

第十五章　匿名警告

An Anonymous Admonition

馬車繼續向前開，車廂搖晃著，車輪在鵝卵石上發出特殊的滾動聲。我無法判斷我們此刻的位置，目前為止，我們已經走了幾英哩，也轉了好幾次彎。我認為我們不是往北走，因為我們沒往上坡爬，也不是往南度過泰唔士河，因為駛過河上橋墩的馬車，會發出截然不同的聲響，比起在道路上移動時，聲音更輕盈也更空蕩。我們可能是往東方或西方開去，在許多層面上，前方的路都是一片漆黑。

「我越界了。」公孫壽說。「這代表我毫無節制，也操之過急。我自作主張地行動，似乎也不該這樣做。」

「是誰這樣告訴你的？」福爾摩斯問。「你冒犯了誰？是克蘇魯或祂的兄弟之一嗎？」

「不，從很多方面來看，比祂們更糟。請容我解釋。」公孫壽從口袋中取出一張折起來的紙。「今天早上，這張紙出現在我位於貝爾格萊維亞的住宅信箱中。」

那是張古雅的紙條，上頭只寫了：

天啊，公孫先生。天啊！

「這是封特別的信。」福爾摩斯說。「沒有署名，也沒有簽名。」他把紙條還給公孫壽。「但我覺得這並非尋常的匿名警告。寄件人的語氣並不神祕，他知道你清楚他的身分，也知道你不會搞錯他的意思。」

「不需要署名或簽名，我認得筆跡，它屬於某個和我密切共事一段時間的對象。」

「我們前往多爾金時，你曾提到自己有位導師，之後則認為自己能為我扮演類似的角色。和華生不同的是，我並非賭徒，但我願意用大筆金額打賭，這名導師和你的『密切共事人』是同一個人。」

「你猜得沒錯。」公孫壽說。「我猜你可以說，他和我是同類人。他是個深具魅力的人，也抱持著莫大野心與願景，是真正的『重要人物』。就是他率先讓我得知潛伏在我們世界外圍的可怕力量，他也提議用那些力量獲取個人利益。他向我提到如何超脫凡俗限制，並得到超越一切的財富，成為比王者更強大的存在。」

「說得漂亮。」

「確實如此，你不曉得他有多高明。去年上旬，他忽然接近我時，還是個徹頭徹尾的陌生人。他不請自來地在我家中出現，坐在我的客廳，並在不到一分鐘就說服了我……我唯一能想到的字眼，就是**入迷**。他身上有某種氛圍，和他說話的方式有關，他的嗓音……」

「嗓音怎麼了？」

「我無法解釋。他告訴我一項計畫，那會讓他和他眷顧的人超越所有人類，根據他的說法，是『漫步於群星間』。我不覺得他是某種瘋狂幻想家，就連他開始描述舊日支配者、舊神與克蘇魯時，儘管我通常會將這種對話斥為無稽之談，卻充滿強烈說服力。我自然要求他證明自己的誇張說詞，他則說自己還無法提供，他要從我身上得到的，是他所沒有的東西：金錢。」

福爾摩斯發出逗趣的笑聲。「所以這位聰慧迷人的先生，要的只是冷冰冰的錢。說了長篇大論，最後還是像個乞丐般向你遞出帽子。」

「對我而言，那只是小錢，但足以讓他到海外找尋不同的神祕材料與道具。我開了張支票，之後有好幾個月，都沒見到或聽到這人的音訊。」

「同時你一定也想說，自己永遠不會再見到或聽說他的事了。」我說。

「不，醫生。不知怎地，我知道他會回來。等到他終於回來時，他讓我見識到我所要求的證據。」

「他帶你去箱丘？」福爾摩斯說。

「不，是比那更近的地方。我在那了解到，人類只不過是稍瞬即逝的生物，渺小且不重要。我們努力做出的一切都沒有任何價值，比起太古諸神的冷冽氣度，我們的生活根本毫無意義。但我的新朋友和導師說服了我，認為情況能夠轉變。當他說服我，我也投入這個目標後，我們便一起推動他的計畫。」

「沙德維爾的謀殺案。」

公孫壽點頭。「福爾摩斯先生，那就是讓你躍上舞台的事件。我得知你的特殊才能後，便認為你很適合加入我們，但自從我的共事人得知你也有所牽連後，就不太高興。在他眼中，我犯了錯，而那是他無法接受的事，後果將相當嚴重。」

「你沒辦法用手上所有的財富與資源、以及你宣稱的務實主義來對抗這位先生的敵意嗎？為何要找我？」

「因為在孤身一人的狀況下，連我也無法取勝。」中國佬說。「不過，如果有你這樣的人出手相助，我就有機會扳回一局。」

「如果我不想幫你呢？萬一我覺得你令人不齒，還認為你當下的處境完全是自作自受，也是理所當然的報應呢？」

「沒錯，沒錯。」我說。

「我能理解你為何會有那種想法。」公孫壽說。「顯然我並未得到你的好感，不過，我有辦法能讓你吞下厭惡，並在我需要時前來幫忙，我完全可以做到這點。說個金額吧，雙倍、三倍，加個零，我能讓你優渥地度過一生，福爾摩斯先生，你再也不需要工作了。」

福爾摩斯發出輕笑。「如果你說的錢大部分並非來自非法活動的話，這個提議會非常誘人。不過那是髒錢。」

「你知道我有多絕望嗎？我無計可施了，才會像這樣向別人求饒。」

「或許你該把敵人的身分告訴我。」我同伴狡猾地說。「說個名字出來，他聽起來很有趣，我也想見見他。」

「如果你認識他，就不會這樣說了。你覺得我殘忍無情嗎？和他比起來，算不了什麼。那張紙條等於寫了『畏懼我』，而不是『天啊』，意思完全相同。現在想想，我不該在沒有知會他的情況下，就私自行動。現在他——」

此時馬車慢了下來，車輪的聲響與馬蹄聲逐漸安靜下來。

「怎麼了？」公孫壽說。「我剛剛明確指示馬車夫，要他一直前進，直到我下達別的命令。」他敲擊前窗，對外頭的馬車夫說話。「為何停車？路況不好嗎？」

對方沒有回應。外頭傳來一陣彈簧嘎吱聲，車廂則往一側傾斜，接著它彈回水平狀態，我們聽到馬車夫迅速跑向遠方的腳步聲。

公孫壽拉開前端窗簾。駕駛座空無一人，馬鞭置放在上頭，馬匹垂著頭站在原處發呆。他一把推開車門。

「你要去哪？」他往街上大喊。「喂！賽克（Thacker）！你好大的膽子！我會讓你丟了執照。等我教訓過你，你就連在礦坑牽馬的工作都找不到！」

馬車夫賽克唯一的答覆，是低聲的「對不起，先生。對不起各位。」這句話從遠處傳來，之後他便由快步行走轉為奔跑。

「他逃跑了。」公孫壽說。「把我們丟在這裡。這傢伙真沒禮貌，這一點都不像賽克會做的事。到底怎麼——？」

接著他腦中似乎明白了某件事，彷彿找出了最後一片拼圖的正確位置。「噢不。」他呻吟道，一面躲回座位上，他的自信瞬間灰飛煙滅。「噢不，不，不……」

「不要哀嚎了，公孫壽。」我說。「鎮定一點。看在上帝份上，到底發生了什麼事？」

「不是上帝，不，不是上帝。我不敢相信，這不對，不公平啊。」

「華生。」福爾摩斯說，他突然變得寡言。「我認為我們身處相當大的危險之中。」

「怎麼會？」我說。「我們究竟在哪？」

我往外窺視。我們停在一座橋下的拱型通道內，橋上有條鐵路穿過一條夾在兩排貧瘠工廠之間的巷弄。我們頭頂與兩側，只有漆黑又潮濕的磚造隧道，砂漿上滿布青苔。除了一條骯髒老貓外，我的視野內沒有任何生物。我一望向那隻貓，牠就發出嘶嘶叫聲，並轉身逃跑。有輛火車在頭頂隆隆作響，車輪發出尖鳴，車廂也產生響亮的鏗鏘聲。

這個地點十分偏僻，但我不明白，困在住有六百萬人的大都會中心後街，究竟有什麼好擔心的。

我們離主要幹道只有幾百碼，並不是待在荒郊野外。

公孫壽仍然激動不已，幾乎無法安撫他，但當前的困境不應該讓他產生這種程度的驚嚇。我對福爾摩斯說：「如果我們有危險，現在也看不出危機會從哪裡出現。這裡只有我們而已，我們只需要派一個人爬出去駕駛馬車，我自願出去——」

「不！」公孫壽大叫。「待在車裡，這裡比較安全。」

「別傻了。」我告訴他。「如果我們即將碰上某種埋伏，留在原地根本毫無意義，加上我們還能繼續移動。再說，我看不出攻擊者會躲在哪。」

「那是因為它們可以躲在任何地方。」公孫壽說。「只要有黑暗，它們就可能躲在裡頭，所以我們才停在這種地方。」

「太愚蠢了。」我在中國佬的抗議聲中攀爬出去。

有隻手抓住我的手臂，阻止我前進。強勁的力道，說明這是福爾摩斯的手。

「或許我們應該照公孫壽建議的做。」他說。

「不可能。」我宣稱道。「我不會順那個人的心意，呆坐原地怎麼可能比移動更安全？如果我待在阿富汗時學到了什麼經驗，那就是停滯不前最危險。」

我甩開福爾摩斯的手，對他居然選擇被動而非主動感到不耐煩，但我依然無法察覺任何即刻的威脅。隧道全長僅僅不到五十英尺，而我們位於中間點，道路兩端空無一物，橋墩拱柱旁的陰影太過纖細，不可能有人藏在裡頭，我們附近的高處也沒有窗口可供狙擊手躲藏。等我驅策馬匹，讓牠們拔腿奔跑，很快我們就會回到公路上。

我抓住駕駛座的扶手，以便將自己拉上去時，眼角瞥見了某種動靜。隧道牆面旁，有個黑色的東西從靠近地面的低處一閃而過。我認為是那隻流浪貓，牠已放下對馬車的戒心，漫不經心地走回來。某個東西不斷捲曲收縮，非常像貓尾巴。

不過，看第二眼時，我發現四處都找不到那隻貓。如果我確實有看到東西，也只是某個無害物體的動作，或許是微風吹拂了某塊垃圾。

我安坐在座椅上，並拿起韁繩。馬匹們忽然變得非常緊張，嗚咽嗚叫的同時，還用前蹄刨著鵝卵石。我發出咂舌聲與安撫的聲響，「我知道我不是你們平常的車夫。」我對牠們說，「忍耐一下，我會盡力的。」

馬匹們豎起耳朵左右轉頭，似乎急於離開。我拿起鞭子，準備好輕抽牠們的後半身。

接著公孫壽放聲尖叫，那是淒厲且近乎歇斯底里的哀嚎。「它們在外頭。」他說。「你感覺不到嗎？上帝啊，它們就在外面。」

我四處張望，搞不清楚他究竟在說什麼。附近空無一人，我的前後視野毫無遮蔽物，除了我們外，沒有別的東西。他怎麼可能從車廂中，看到我無法在外頭察覺的東西？

接著，拱柱旁有道黑影明顯動了起來。

它似乎從隧道牆壁上伸出，向馬車擺動卷鬚。緞帶般的絲絲黑暗伸向車廂，我立刻感到麻木，彷彿身心都疲憊不堪。我的四肢喪失了力氣，暈眩感籠罩全身，無法移動，也不曉得為何該動。鞭子癱軟地掛在我手中，如鉛管般沉重。

馬匹也遭遇了相同的狀況，牠們再也不急於離開，似乎只想套著韁繩，低垂著頭站在原處。我內心有部分明白，必須喚醒自己，也必須抵抗留在原位的誘惑。但何必呢？一切都徒勞無功，最好看著陰影繼續成長擴散。在它如開花般的綻放方式中，有種令人入迷的驚奇感，和醜陋的美感。純粹的虛空變得活靈活現，並像章魚般伸出觸手包住我。

第二道暗影從對面的牆壁中湧出，第三道也開始從隧道屋頂往下延伸，如同怪誕鐘乳石般向下伸出漆黑手指。現在我更加不想逃跑，一切都散發出某種無可避免的疲倦。我有種奇怪的感覺，覺得自己樂意讓其中一道陰影碰觸。它們釋放出某種冰冷氛圍，但那股冰冷感觸和乙醚一樣，能夠產生麻醉效果，並使對方感到麻木。就像人踏進冰冷湖泊時，剛開始會發出顫抖，隨後則幸福地失去知覺。

在喪失活力的狀態下，我只能微微察覺到當下發生的其它事，除了我和緩行且逐步逼近的陰影外，周圍沒有其他人。直到夏洛克．福爾摩斯爬進我身旁的座位，我才注意到他已經離開車廂。他的所有行動都顯示出費力與疲勞的跡象，彷彿剛跑完十英哩障礙賽。他咬緊牙關，眉頭專注地深鎖，陰影正從他身上吸出生命力，但他拒絕屈服，用身體剩下的每絲體力抗拒它們。

他從我手上取走韁繩與鞭子，揚起鞭子，將之用力揮打在右手邊馬匹的側腹上。馬兒因鞭子尖端帶來的刺痛而畏縮，牠似乎想起了生活中的目標，將痛楚連結到前進的命令。牠的腿動了起來，福爾摩斯又打了一下，此時馬匹開始移動，牠的同伴也回想起自己應擔負的那一半職責，一同邁出步伐。

於是，馬車以令人難以忍受的緩速開了出去。

不過，暗影已追上我們，黑色的卷鬚貪婪地探觸車廂兩側，並緩緩攀上福爾摩斯和我的雙腿。我不想直視黑暗，但我不知怎地無法自制，我的雙眼難以抗拒地望向黑暗深處的某個可見形體。我隱約看見某種東西，宛如望穿混濁髒水，那是某種型態多變且斑駁交錯的物體，感覺陰森可怖。它沒有固定型態，如同煙霧般攪動翻騰，但它也是固體，光滑且帶有血肉感。它似乎每秒都在重塑自身，如同漣漪般抖動，並持續演化。眼睛，它有眼睛，許多眼睛，它們眨眼並轉動瞪視。它們在看我，它們看得見我，它們渴求我，它們急於吞噬我。

那一瞬間，我可能曾尖叫出聲。我不太記得，我只記得福爾摩斯不斷催促馬匹前進，跑快一點，並用鞭子交替揮打牠們，馬匹則努力向前衝，彷彿逆著強風而行。整件事染上了惡夢般的氣息，在這場夢中，你想逃離恐怖物體，但你的雙腳卻陷進流沙，使你絲毫無法移動。

車廂中的公孫壽陷入癲狂狀態，車廂兩側的暗影已滲進門縫。他邊嚎叫邊四處翻滾，我可以想像他困在暗影模糊的卷鬚中，徒勞無功地努力掙脫控制。

馬車越來越靠近隧道盡頭，也逐漸逼近強烈的陽光。在此同時，我盡力將目光從暗影中的**那個東西**上移開，但我的目光不斷無助地飄回它上頭。它就是暗影的源頭，它們是它的延伸，是它用於伸入世界的手臂，它控制著陰影，用它們誘拐獵物。它的食慾和外表同樣醜陋，沒有嘴巴，也不需要。它吸收，它併吞，它吞噬。遭到它吸收的對象，會感受到想像中最恐怖的死況，自己的情緒、靈魂精華與自我，都將注入其中，宛如水蛭吸食的血液。

馬匹的頭部衝出隧道中的黑暗，光芒照耀在牠們辛勞的背上，蔓延至牠們的尾巴，再照到福爾摩斯和我的雙腳上。陰影躲開陽光，彷彿光線無比灼熱，我們感覺受到淨化，陽光就像一股溫暖春風，光線越籠罩我們，我們就越感回神。暗影遭光線驅逐，就和塔阿的蜥蜴人遭洞窟家園外的陽光驅散一樣。其中一條黑暗卷鬚伸到隧道陰影外時，尖端便蒸發得一乾二淨，斷肢則痛苦地縮了回去。

最後，福爾摩斯和我完全擺脫了那座可怕隧道，馬匹們的步伐也變得更快。牠們立刻愉快地奔跑，急於遠離橋墩，這時已不需使用鞭子了，福爾摩斯只要甩動韁繩，就能鼓勵牠們往前衝刺。

我往後身後窺探，少許陰影卷鬚依然附著在馬車上，但它們正逐漸消散在空氣之中。隧道內的暗影回到它們出現的黑暗縫隙，甚至在我觀察時，鐵路橋墩已恢復了原樣，只是個支撐大東部鐵路（Great Eastern Line）的磚造建物，離終點站主教門站（Bishopsgate Station）不會太遠。從任何客觀角度看來，它都再普通不過。

我們逃出生天了。我們自由了。

那公孫壽為何還在尖叫？

福爾摩斯拉緊韁繩，讓我們再度停下。車廂前後搖晃，公孫壽一邊用他的中文母語哭叫。我透過前窗觀察他，暗影卷鬚纏繞在他身上，即使脫離了源頭，車廂依然有足夠的無光空間讓它們存活。

福爾摩斯和我敏捷地跳下車，一同將兩側車門打開，讓更多光線照進去。此舉摧毀了剩餘的陰影，讓公孫壽獨自在座位上扭動，擺脫邪惡黑影的糾纏，但依然受到可怕的後遺症影響。

我抓住他，將他拖到車外，福爾摩斯也幫著我。我們讓他仰臥在道路上，他的體重比孩童重不了多少，理由也顯而易見。他幾乎失去了一半體重，先前合身的西裝，現在則鬆垮地掛在身上。對和禿鷹一樣瘦削的脖子而言，他的襯衫領口大了好幾號；他的牙齒似乎比嘴巴大上許多，眼睛也大得塞不進眼窩。

他呻吟低語，眼神慌亂地囈語著，雖然還活著，但我覺得他將不久於人世。他的脈搏微弱且斷斷續續，即將心肌梗塞，不過我無力阻止此事。

「公孫壽，」福爾摩斯說。「公孫壽，跟我們說話，你得幫幫我們。那些陰影是什麼？它們是從哪來的？是誰派它們來的？是誰設下的陷阱？如果你想將兇手繩之以法，就得告訴我們。」

「福爾摩斯，他做不到。」我說。「他聽不見你說話，他只剩下幾分鐘可活了。」

福爾摩斯沒被嚇倒。「公孫壽，我要你注意聽我說的話，專注在我的嗓音上。你要前往不會遭到報復的地方了，再也不需要害怕變成敵人的朋友，這樣一來，說出他的名字，也不會讓你有所損失。快點！趁你還能開口時，快說！」

曾是公孫壽的瘦弱男子努力想擠出回應。他的雙唇和舌頭，企圖用逐漸失效的肺部擠出的氣息說出字眼。福爾摩斯把耳朵湊近，但這毫無幫助。公孫壽的嘴再也無法吐露真相，也無法指認殺害他的兇手。顫抖地吐出最後一口氣後，公孫壽就此歸西。

第十六章　異常事件研究生

Students of the Unusual

「事情就這樣了嗎？」葛雷格森探長說。福爾摩斯在麥爾安德路（Miles End Road）上找了一名員警，要對方去蘇格蘭場叫葛雷格森來。「一切都水落石出了？」

福爾摩斯和我站在公孫壽屍體的另一側，向他點了點頭。

「公孫壽，」福爾摩斯解釋道，「就是整個事件的幕後黑手。他誘騙史坦福醫生，要對方幫自己取得用於實驗的受害者。他們共同設計了一種新毒品，那是種強效鴉片類藥物，具有危險的副作用。」

「一定非常危險，」葛雷格森說，「因為它會害死所有使用者。毒梟想創造的是上癮者，而非屍體，重複發生的習慣才會帶來金錢。」

「公孫壽和史坦福依然努力改良這種毒品，相信最後能使產品變得安全，也能因此獲利，至於他們在哪進行人體實驗，我就只能靠推測了。公孫壽在東區各處必定都有倉庫，每一處都可能作為實驗室。」

「我會派人進行搜索。」

「不曉得那會花多久，除了找尋臨時實驗室，人力一定還有更好的用途，而且現在實驗室也不重要，因為兩名主導人都已經死了。」

「或許能在那裡找到證據。」

「探長，如果你這麼期望的話，那好吧。」福爾摩斯輕鬆地說。「但我覺得你可能會一無所獲。」

葛雷格森聳聳肩，似乎有些被福爾摩斯說服，覺得不值得做這件事。「起碼你可以告訴我，為何公孫壽的屍體會躺在我眼前吧？」

「由於發現我在調查上取得成果，而且已經開始收網，因此公孫壽決定採取輕鬆的出路，而不是在因諸多謀殺案遭到定罪後，來面對難以避免的醜聞和末路。」

「輕鬆的出路？」葛雷格森望向我們腳邊嘴巴張開的瘦弱屍體。我們周圍已經聚集了一小群旁觀者，制服員警阻擋著他們。「從他的狀況看來，我不覺得有那麼輕鬆。」

「他按照自己的意願死去。」福爾摩斯說。「沒有審判、沒有後續的公眾責難，也不會碰見劊子手的絞刑繩圈。對他這種地位的人而言，這算是一種勝利，他不會願意接受普通兇手那種丟臉結局。」

「他究竟是怎麼自盡的？」

「手法十分明顯：他注射了自己和史坦福用在受害者身上的致命藥物。他在我們面前打藥，我們衝去阻止他，但為時已晚。這位醫生盡了力，但無法阻止藥效發作。」

葛雷格森同情地望著我。我試著散發出醫德氣息，彷彿當下心裡正在背誦希波克拉底誓詞[58]，事實上我的思緒相當紊亂，幾乎毫無條理可言。我努力消化我們剛經歷的一切，也希望自己有福爾摩斯一半的優秀掩飾能力。

「還有，我得搞清楚一點。」葛雷格森說。「你們倆一直到他死前，都坐在他的馬車裡頭？」

「確實如此。」福爾摩斯說。

「怎麼會這樣？我猜你狡猾地安排了一場會面，福爾摩斯先生。你擋住馬車，並登上車，準備面對公孫壽，你打算用他的犯罪鐵證直接對抗他。」

「是這樣沒錯。」

58　譯注：Hippocratic Oath，又稱醫師誓詞，為西方醫生執業前的宣言。

「但你不曉得的是，他身上藏有逃脫方式：那種藥物。」

「唉，一點也沒錯。公孫壽這種人早已對一切做好萬全準備，包括自己的失敗。如果你無法準備好面對所有狀況的話，就無法和他一樣成功。」

葛雷格森再度將目光轉向屍體，特別是屍體脖子上的皮下注射針筒。長針插入頸動脈，活塞已被完全按下，清澈的筒身中還留有不祥的黃色液體痕跡。他不曉得的是，福爾摩斯找他來之前，已經先派我去附近的藥局買針筒與一些毒藥、成藥與其他藥方。我們將液體混在一起，創造出和凶狠陰影一樣能殺死公孫壽的配方，並將藥液注入留有餘溫的屍體，接著把多餘的藥劑與藥瓶等工具都丟到水溝裡。檢查針筒內容物的法醫，會認為是它們導致公孫壽死亡，儘管這難以解釋屍體的瘦弱現象，但法醫無法排除那可能是注射藥物後導致的狀況。

「馬車夫呢？」葛雷格森望向馬車和待在原地、無趣地點頭的馬匹。「他怎麼了？他在哪？」

「當他發現事有蹊蹺時，就逃離現場了。」福爾摩斯說。「我們忙著處理公孫壽，來不及攔住他。我猜他害怕被控和雇主的死有關。」

「或者，是與雇主的謀殺行為有關。」

「沒錯。」

「你知道他的名字嗎？」

「我不知道。」

「沒關係。我確定只要我們一找，就會發現他。他的證詞能佐證你剛才告訴我的一切，但我並不質疑你的說法，福爾摩斯先生。」葛雷格森趕緊補充道。「或是你的說法，華生醫生。我只是偏好確認所有細節，我喜歡做得徹頭徹尾，細心為上。」

「我們也樂見其成，探長。」福爾摩斯說。「好了，如果我們沒事的話……？」

葛雷格森思考了一下，接著點頭。「好。似乎已經蓋棺論定了，對吧？我又欠了你一份人情，福爾摩斯先生。你最近減輕了我手上幾樁案件的負擔，今天又成功了一次。恭喜你，先生。」

＊　＊　＊

福爾摩斯流暢且好整以暇地向葛雷格森撒謊（從某個角度來看，我也撒了謊），這點使我感到不安，但我們得這樣做，這是權宜之計。那天下午，我們再度回到舒適的住處時，福爾摩斯這麼說道：「有其他辦法嗎？把毫無修飾的真相告訴他，對方頂多不願相信，最糟的情況則是大肆嘲笑我們。葛雷格森和他的同儕無法應付這片**陌生領域**隱藏的含意，而你和我已深陷其中了。」

「我不確定自己辦得到。」我說。「會吸取活人生命力，還是活生生且會移動的陰影？沙德維爾的居民們自始至終都沒錯，那些宛如無稽之談的報導，陳述的都是事實。這太難以置信了，而且無比駭人。」

「好啦，華生！打起精神，振作一點。」

「福爾摩斯，如果你和我一樣，看過那些陰影中的東西的話，就不會覺得你的指令很輕鬆了。」

「我恰好也看到某種東西，我也能向你保證，那並不好看。我們得感到慶幸的是，我倆都沒有看到它毫無屏障的恐怖全貌。」

「我希望自己永遠不會看到那種景象，我不覺得自己能倖存下來。」

「華生，你比自己意識到的還要堅強，你的優點之一，就是不曉得自己多有勇氣。比方說，如果你沒爬上馬車駕駛座，我可能就不會跟上。你展現出了莫大勇氣，別忘了這點。」

「與其說是勇氣，不如說是蠻勁。」我說。「但我接受你的稱讚。那現在呢？對一名資深警官作偽證後，我們該如何繼續？儘管公孫壽已死，這些『暗影』死亡事件也不會就此結束吧？」

福爾摩斯有些遺憾地搖頭。「恐怕不會。畢竟，並不是公孫壽策動對馬車發動攻擊的，反而是背叛下的受害者。」

「你怎麼會這樣說？」

「想想看，華生！答案顯而易見。你不記得，當他發現馬車夫賽克丟下我們時，說了什麼話嗎？馬車夫甚至並未隨意棄置我們，而是將我們留在精心挑選的地點。他說：『我不敢相信，這不對，不公平啊。』從賽克的行為看來，馬車夫要不是遭到脅迫，要不就是收受了賄賂。所以，幕後黑手究竟是誰？」

「我猜，是寫那張紙條給公孫壽的人。」

「我也這樣想。他先前的導師，也就是那位深具說服力的男人，公孫壽贊助了他的海外旅程，也自願成為對方的信徒。此人顯然能恣意指揮那些怪異陰影，這確實使他擁有莫大的威脅性。」

「我同意。」我深有同感地說。

「問題在於，公孫壽是這場埋伏唯一的目標，或者我們也是目標？」

「我希望答案是他才是目標，不是我們，但我覺得沒這麼簡單。」

「沒錯。找到賽克似乎對調查有幫助，因此我會著手進行，不過我不覺得會成功。賽克已經準備好背叛公孫壽，一定也清楚那位雇主能輕易撲殺冒犯自己的人。那代表他協助的對象，也就是我們這位無名的暗影之主，是某個他知道在事情出錯的狀況下，還能保護他的人，因此此人的勢力與影響力至少與他已故的老闆不分軒輊。」

「這個人在必要情況下，也能幫他躲過法律的追緝。」

「對，如果賽克已位於數英哩之外，可能還搭上船，前往歐洲本土的話，我也不會感到訝異。無論他去哪，都會過著舒適的匿名生活，與世隔絕且難以找尋。」

「或者他已經死了。」

「對，這也有可能，我們這位不明的敵人似乎和公孫壽一樣冷酷無情。他或許不想讓賽克活著，害怕對方可能會被逮到，並提供對自己不利的佐證。不過，從這個方向來看，我想我們最好把精力花在調查克蘇魯與祂的同類上。在我看來，最終這樁事件已經證明，恐怖且強大的怪物確實存在。如果我心中先前還有一絲質疑，現在已全然消失了。」

「你認為我們該怎麼做？」

「我對此已經有很多想法了。你和我，華生，得好好運用腦力。我們得再度成為學生——異常事件研究生，並投入全新的研究領域。這是間沒有學院或教授的大學，我們則將入學就讀。」

第十七章　隔離典籍區

Sequestered Volumes

我將這件事稱為我們的「學位」，它在大英博物館的地下室進行，地點是一座滿是灰塵的偏遠資料庫，位置離那座備受崇敬的機構的其他存庫很遠，還擁有委婉的綽號：隔離典籍區（Sequestered Volumes）。

我們在這座高深領域中的嚮導與助手，是位名叫查斯特蒂．塔斯克小姐（Chasitity Tasker）的女子。她是位強悍的矮小老姑娘，個性嚴格又多嘴，不只十分多話，自身習慣也相當嚴格，還會對他人行為說教一番。比起博物館管理員，她更像是圖書館員，她不會以要求別人保持安靜，來突顯自己的工作，至少她自己不會閉上嘴巴，但她和其他好圖書館員一樣，向閱讀由她照料的書本的人堅持，他們得對書本抱持萬分尊重。

隔離典籍區的藏書被收藏在上了鎖的拱頂房間中，還裝有如同籠子般的門。塔斯克小姐要求我們小心拿取書本，當作它們彷彿一碰就會瓦解——而這裡不只一本書看起來可能會如此。

「這裡有很多書都被視為危險書籍。」她補充道，一面將長滿皺紋的小手，揮向我們周遭架上的腐朽書脊。「我指的是它們的內容。根據某些人的說法，它們不只是書本，而是通往特定知識的大門。有些人認為那是禁忌知識，其他人則覺得那種學問對神明不敬，會永久改變人們對世界的看法。很多人對這點抱持懷疑。」她說出這句話時，口氣中夾雜的些許不屑感，代表她也是這些人之一。「但我們無法解釋有些人過度脆弱的心理。那些心理過度敏感，容易產生精神官能症和憂鬱症狀，或具有過多想像力的人，或許該遠離這些書。書裡的插圖相當恐怖，特別是中世紀文獻裡的圖案。」

「我們很感激妳的建議，夫人。」福爾摩斯說。「別擔心，我朋友和我的心力相當強健，書裡的東西嚇不倒我們的。」

「我很肯定這點。」塔斯克小姐說，一面上下打量我們。「不過，我覺得自己有責任要先對來此的人提出警告，經常有訪客滿臉蒼白的離開隔離典籍區，看起來彷彿生了場大病。某天下午，海倫娜・布拉瓦茨基[59]親自過來了一趟，她從美國前來做短暫拜訪，我認為她目前住在美國，正為了她的《伊西斯揭密》[60]做研究。她在這裡待不到半小時，也翻閱了許多晦澀文本，有時她閱讀的書本使她感到不安，甚至覺得噁心，還幾乎昏了過去。」

圖書館員發出輕笑，對那惡名昭彰且脾氣暴躁的神智學者表現出的虛弱狀況，感到十分逗趣。「或許她找到的東西，確認了自己的荒唐信仰只不過是場騙局。」她說。「總之，她沒有再回來，沒什麼人再回來過。」

在塔斯克小姐的保護下，接下來兩週福爾摩斯和我鑽研著擁有不明起源與作者的古老文獻。每次來訪時，圖書館員都會用碩大的黃銅鑰匙，將我們鎖在房間裡頭，自己則坐在外頭的辦公桌旁，準備好等我們叫她，以便將書本放回正確位置，或幫我們拿取另外一本。這種安全措施是為了防盜，因為許多書本都是無價之寶，有些甚至稀少到可能是世上僅存的一本。

房間內只有四座小研究室，福爾摩斯和我翻閱著一本又一本的書籍，並寫下大量筆記。我可以證實，這些奧祕學是大多是瘋言瘋語，是瘋狂或變態心靈所寫下的狂語。有些書本與黑魔法以及古代密教傳統有關，與我們關注的主題幾乎毫無關聯，其他像是德國宗教審判官海恩里希・克拉馬

59　譯注：Helena Blavatsky，十九世紀俄國神智學者。

60　譯注：*Isis Unveiled*，布拉瓦茨基於一八七七年出版的神智學書籍。

（Heinrich Kramer）所著的《*Malleus Maleficarum*》，又名《女巫之槌》（*Hammer of Witches*），則採用穩重的基督教角度解釋超自然現象，因此似乎也沒有關聯。與死靈法術有關的中世紀文獻似乎也是如此，像是《和諾理誓言書》（*The Sworn Book of Honorius*）與《所羅門之鑰》（*The Key of Solomon*），這些搖籃本都並未提及克蘇魯和哈斯塔等神明。

我們也除去了《真魔法書》（*Grimorium Verum*），那是份據傳由一位埃及人於西元十六世紀初期所寫的偽造文獻，對方名叫孟菲斯的阿里貝克（Alibeck of Memphis），但它其實是數世紀後某個歐洲作者製作的。我們還隨意翻閱了煉金術與物質的神祕論述，但它們對我們也幾乎毫無幫助。

我們很快就篩選出和自身需求有關的書本，其中包括了《蠕蟲的奧祕》（*De vermis Mysteriis*），也就是公孫壽在箱丘上使用的咒術概要集。它的作者普林是位十三世紀的十字軍，當他在敘利亞遭擄時，得到了巫師的教導，並在亞歷山大圖書館（Library of Alexandria）學習知識，福爾摩斯勤奮地鑽研這本書。另一本書，則是未刪減版本的《無名教派》，羅德里克．哈洛比便是從這本書中猜到塔阿的位置。我經常從自己的研究工作中抬頭，看福爾摩斯從那本書上抄下漫長篇幅，有時則寫下數頁內容，也畫下書中插圖。

還有更多書本：像是《伊歐德之書》[61]、《伊波恩之書》（*Book of Eibon*）、《屍食教典儀》（*Cultes des Goules*）、《納克特抄本》（*Pnakotic Manuscripts*）、《新英格蘭樂土的奇蹟軼事》（*Thaumaturgical Prodigies In The New-English Canaan*）與《罪惡之書》（*Liber Damnatus Damnationum*）。這些書經常提及缺乏現代倖存文本的書籍，以及如《玄君七章祕經》（*Seven Cryptical Books of Hsan*）與《寧牌》[62]等經文。從來沒人在地球上看過這類經文，人們認為它們只存在於黑暗神明自身的宮殿之中。

我們日復一日地進入地下室，浸淫在書本之中。當我們對法文或中古英文的理解不足時，塔斯克小姐便前來協助。她是我遇過教育程度最高的女性之一，避開了尋常女性對嫁為人婦、母親身分與居家生活的追求，專注於學術生涯上。她對拉丁文的理解對我們而言相當寶貴，我們在孩提時代曾經學過該語言，但從那之後，便覺得它的語法變位（conjugation）與變格（declension）毫無用處，使得我們對拉丁文中複雜詞彙的熟稔度隨之下降。她經常因為我們其中一人看不懂她認為能輕易翻譯的句子而破口大罵，彷彿她是學校老師，福爾摩斯或我則是資質駑鈍的學生，但她對我們產生了好感，我們也有同感。資料庫並不是會有人頻繁造訪的地點，而她這位孤獨國度的女王，很開心有經常出現的訪客。

那是段耗費大量勞力的時期，也帶來了副作用。人只能承受一定程度的深奧知識與繁雜的宇宙學，接著就會感到暈頭轉向。為了休息，我和福爾摩斯會花很多時間在攝政公園（Regent's Park）休閒散步，或投入更凡俗的任務，像是追蹤公孫壽的馬車夫。

在這件事情上，我們一無所獲。福爾摩斯貼出了廣告，並訪談了馬車夫圈子裡不少人物，我則盡可能找出公孫壽剩餘的家僕，和他們談話。自從雇主死後，他兩棟房子裡的僕人們便分道揚鑣，在不同地方找到新工作。無論男女都發誓，他們不曉得賽克的下場，他們和警方說過這個答案，也告訴我

---

61 譯注：*Book of Iod*，美國作家亨利・庫特納（Henry Kuttner）筆下的克蘇魯神話故事中出現的魔法書。

62 譯注：*Tablets of Nhing*，出現於《穿越銀鑰之門》（*Through the Gates of the Silver Key*），為一組留存在雅帝斯星球（Yaddith）的碑文。

同樣的說法，而我並不質疑他們的言論。

我經常看到福爾摩斯拿著那張未署名的字條，也就是公孫壽收到的那份通知，同時也成了他的死亡證明。中國佬死後不久，福爾摩斯就從對方口袋取走紙條，也經常在空閒時間研究它，彷彿上頭簡短的八個字：「天啊，公孫先生！天啊！」能揭露大量祕密。連貫的字跡整齊但平淡無奇，紙張品質優秀，但在任何優質的文具店都能買到。如果他希望這張宛如羅塞塔石碑[63]的紙條，能奇蹟般解開寄件人的身分，似乎注定要失望了。

過了一陣子，我的大腦已塞滿了驚人新知識，似乎已經沒有空間再添加新東西。我離開博物館後，在隔離典籍區讀到的許多用語與畫面，依然停留在我腦海中，並繚繞我的夢境。加上我也睡不好，我們和那些蠕動暗影與其中無形物體的遭遇，使我對黑暗產生了難以消除的警覺性。我開始習慣整晚都在床邊放盞燃燒的油燈，並經常在油量短缺時醒來，隨即補充油料。白天外頭的每絲黯淡影子，都足以讓我畏縮和抱怨。我已經知道，黑暗並不是朋友，這份恐懼一直延續到我老年時。這份恐懼原本應該在孩童心中逐漸消失，在我身上卻逐漸增長，而且依然無法完全消失。這只是我諸多恐懼之一，而它們都有確切理由。

＊　＊　＊

在隔離典籍區持續逗留的過程，難以避免地將我們指向《死靈之書》（*Necronomicon*）。或者該說，如果那本書還在資料庫中的話，本該如此。

福爾摩斯請塔斯克小姐幫他拿博物館中的《死靈之書》時，她就因找不到這本書而大感驚愕。她仔細檢查，想知道是不是放錯位置了，或許是某個心不在焉的閱覽者將書放進錯誤的空格中。等到她檢視過庫內每座書架，卻一無所獲後，就變得慌亂無比。

「我……我不敢相信。」她說，同時感到訝異又憤怒。「它完全消失了，這不該發生的。這種事前所未聞，我從來沒有弄丟書過，一次都沒有！我的標準相當嚴格，誰會偷走那本書？」

《死靈之書》是與克蘇魯等神明有關的終極資訊庫，我和福爾摩斯這幾天來的學習與研究，都導向了這本書。它是我們最終的目標，也為了它而勤奮地準備。

這本書於西元七三〇年由葉門神祕主義者與學者阿布杜·阿爾哈茲瑞德（Abdul Alhazred）撰寫而成，兩百年後則由君士坦丁堡的席歐多魯斯·費列提斯（Theodorus Philetas）從阿拉伯文翻譯為古典希臘文，一二二八年則由出生於日德蘭（Jutland）的歐勞斯·沃米厄斯（Olaus Wormius）翻譯為拉丁文。之後出現過不同的現代語言版本，據稱賽凡提斯[64]曾製作過西班牙譯本，星象學家與神祕學者約翰·狄博士（John Dee）也曾將之翻譯為英文版。

人們認為，記載了儀式、符號與咒語的《死靈之書》，對於編撰與理解邪神，以及在所需時間召喚祂們時相當重要，但其歷史滿是悲劇與恐怖。阿布杜·阿爾哈茲瑞德會被稱為「阿拉伯狂人」並非空穴來風，因為每本碰過他著作的人都遭遇了瘋狂下場，也經常落得慘死的結局。

---

63 譯注：Rosetta Stone，上頭刻有三種不同古代埃及文字的石碑，現存於大英博物館。

64 譯注：Miguel de Cervantes，《唐吉軻德》的作者。

阿爾哈茲瑞德本人在大馬士革街上遭到隱形野獸撕裂。一七七一年，一位名叫喬瑟夫·柯溫[65]的羅德島商人與巫師，曾擁有一本《死靈之書》，當普羅維登斯某幾個相當具有影響力的人掠奪了他位於帕土瑟特（Pawtuxet）的農莊後，他便神祕地消失。一八四〇年，出版過德文譯本的倒楣人馮·榮茲，則被人發現陳屍在自己的房間中，房門從屋裡反鎖，他的喉嚨則彷彿遭到利爪狠狠撕裂。

當局燒毀了許多副本，教宗格列高里九世（Gregory IX）也將它列入《禁書目錄》（*Index Expurgatorius*），還經常有人搞丟不完整的譯本稿件，從此再也無法尋獲。《死靈之書》在其漫長的歷史中，似乎只引來了悲劇與不幸。

從許多層面看來，我都對大英博物館的副本遺失一事感到慶幸。

塔斯克小姐去博物館另一座文獻收藏庫找書，認為可能由於分類錯誤，導致它被擺進中世紀解剖學書區，不過她的語氣顯示，她認為這是不可能發生的狀況。她失魂落魄地回來，但並非兩手空空，帶回了紀錄冊，裡頭記載了來到隔離典籍區的訪客名單，以及每個人調閱的書本，她一絲不苟地記下每個人在何時看了哪本書。一八八〇年十二月寫滿了夏洛克·福爾摩斯與約翰·華生的條目，我們的簽名則位於打印出的姓名旁，加上我們每天抵達和離開的時間，一分一秒都沒有誤差。她往回翻閱書頁，找尋上次何時有人借閱《死靈之書》。上一次是去年五月。

「對了。」她說。「我記得這個人，他很有禮貌，也出奇地有魅力，不過長相和外表差了一點。他只來過一次，且只對《死靈之書》有興趣，整個早上都在仔細鑽研那本書，然後他……」

她皺起眉頭，感到大惑不解。

「你知道嗎？很奇怪。他來過，我很清楚這點，我記得他走進來介紹自己，然後說他想看《死靈之書》，但我完全不記得他離開時的狀況。他當然有離開，中途也一定會經過我的辦公桌，但我不記得看過他走掉，我也不是個健忘的人。」

「再說，」我說，「妳也得先為他解鎖書庫的門。他和我們一樣，都被鎖在裡頭。」

「他要從這裡離開並不困難。」福爾摩斯說。「只有外頭有鑰匙孔，但他可以把手伸出柵欄外。鎖頭相當老舊，也能輕易用銼刀將它打開。」

「我會聽到他發出的聲音。」塔斯克小姐說。「除非，當時我睡著了，但我不習慣那樣。在工作時打瞌睡？我寧可去死。」

「不過，他肯定找出辦法離開了，也沒有讓妳看見，還把書藏在身上。我想大膽請問，塔斯克小姐，那天妳是否有因內急而離開崗位？」

「很有可能，但我對這類行為很小心，我對這些書抱持著強烈的責任感。它們由我負責，我是它們的管理員，也不願在無人看管的狀況下拋下它們。噢，福爾摩斯先生，我絞盡腦汁想回憶那天的經過，但已經過了一年半，我也不再年輕了。細節變得……唉，很模糊。」

「別責怪自己，夫人。」

「我會為此丟了工作，我很確定這點。」

「得先過我這關。」福爾摩斯宣稱。儘管他從未表明對任何異性的興趣（即使是他相當景仰的迷

65　譯注：Joseph Curwen，洛夫克拉夫特所著《查爾斯．迪克斯特．瓦德事件》（*The Case of Charles Dexter Ward*）中，主角的巫師祖先。

人敵手艾琳．艾德勒[66]），我朋友卻對女性一視同仁地展現出優雅態度，落難女子總是會激發他的騎士精神。「華生和我會找到這個人，如果他握有那本書，我們就會要他交回書本。請問，他叫什麼名字？」

「哎，他的名字是……」

塔斯克小姐用手指在記錄簿的行列上往下滑，直到她找到正確的條目。

「啊，對。」她說。「莫里亞蒂。沒錯。詹姆斯．莫里亞蒂教授（Professor James Moriarty）。」

66 譯注：Irene Adler，出現於《波希米亞醜聞》（*A Scandal in Bohemia*），後人的作品經常將她描寫為福爾摩斯愛慕的對象，但道爾原作中並未如此描寫。

第十八章　莫里亞蒂

Moriarty

福爾摩斯第一次聽聞這個名字時，完全沒有任何感覺。怎麼會有呢？當時我們倆都不認識莫里亞蒂，大眾也是一樣。他的名字並未激發任何聯想與緊張感，那只是個名字。

不過，印刷姓名旁的簽名確實激起了福爾摩斯的興趣。他瞇眼看著字體，接著從外套中取出公孫壽收到的字條，將它展開並撫平皺紋，再將紙條擺在記錄簿的頁面旁。他花了三分鐘，仔細檢視簽名與字條上的筆跡，接著對我說：「你看看，比較一下筆跡，你看出什麼了嗎？」

「它們十分相似。」

「相似？它們一模一樣！注意看『公孫（Gong-Fen）』那小寫g底下的圓圈，和『莫里亞蒂（Moriarty）』的y底下的圓圈，它們的形狀和大小完全相同，兩個字母收尾處與往下筆劃重疊的距離也完全一樣；兩個字中i上頭的點，也與i底下的筆劃距離相同；『先生（Mr）』與『莫里亞蒂』中大寫的M，無論是尖端或凹陷處的大小都一樣，內部角度也如出一轍，這兩個字母就像是雙胞胎。」

「或許你沒說錯。」

「我當然沒說錯，事實上，我相當堅信這點，寫給公孫壽的字條，正是來自拿筆在這份紀錄簿上簽名的人。這位莫里亞蒂教授，就是中國佬先前的盟友，公孫壽自行決定成為我的導師時，使他大為不滿，於是這名導師對公孫壽做了反撲，我很確定這點。如果你還不信的話，想想這點，他似乎是在可憐的塔斯克小姐眼前，偷走了《死靈之書》，而這本書的性質，是記錄了邪神信仰的原始文本，因此這點無庸置疑。」

我越仔細思考，越覺得福爾摩斯的推論合理。

塔斯克小姐專心地傾聽我們倆的對話。此時，她忽然開口：「《死靈之書》惡名昭彰，人們說它很危險，能夠奪走人類的理智，據說落入惡人手中，它就能摧毀世界。對我來說，那完全是鬼話連篇，不過，這本《死靈之書》對我個人帶來了風險，因為它是在我的保管下遭竊，我的職業聲譽已經碰上危機了。我拜託你們，福爾摩斯先生、華生醫生，如果竊賊確實是這名莫里亞蒂教授的話，請幫我找到他，並從他的魔掌中奪回那本書。」

＊＊＊

當天接下來的時間，福爾摩斯將我獨自留在隔離典籍區進行研究，他則出外盡可能打探關於莫里亞蒂教授的情報。我當前的目標，是編寫出一套語言詞庫，大多人稱這個語言為拉萊耶語，少數人則稱之為阿克洛語。我為此找尋了諸多文獻，抄下所有使用過拉萊耶語字眼或詞彙的部分，如果還有附有翻譯的文獻，就與其交叉比對。這是份艱辛的工作，但我覺得它充滿怪異的成就感，以及有條不紊的性質，有股別具一格的正常。我慣於牢記骨骼、器官與疾病名稱的大腦，對此極有天賦。

關於拉萊耶語的資料非常罕見，據說它是克蘇魯和親族所使用的語言，某位不知名的作者，於一萬五千年前率先將這個語言寫在一組泥板上：拉萊耶黑泥板（Black Tablets of R'lyeh）。泥板的內容以卷軸的方式，於西元前三世紀的中國保存下來。用於呈現拉萊耶語的象形文字，相當類似中文字體，但也含有梵文特徵，文字上方都有水平的直線。

來自遠東的知識，往西散播到巴比倫與波斯。卷軸的拉丁譯本約莫在西元前兩百年忽然在羅馬出現，之後一本由拉丁文譯本轉譯的德國譯本，則於十八世紀出現在海德堡，名為《柳赫》（*Liyuhh*）。

第二代羅徹斯特伯爵約翰．威爾默特（John Wilmot）是知名的花花公子與登徒子，據說他在撰寫淫穢詩詞、和與半個貴族圈的人妻們上床以外的閒暇時間，曾翻譯過一部英文譯本，但該版本沒有任何副本留存於世。

我希望自己的細心程度，能讓福爾摩斯感到驕傲，我逐漸累積了對這古代語言有關的大量可用知識。理解拉萊耶語的句子並不容易，因為這個語言的話語結構並沒有顯著差異，也幾乎不存在文法規則，名詞可以擔任動詞，形容詞也能擔任助詞，還可以自由選用代名詞。動詞只有兩種時態：現在式和另一種可當作過去式、未來式、完成式和未完成式的時態，只能從內文剖析。單複數沒有意義，字彙順序有許多變化，必須靠猜測來判斷發音。整體而言，拉萊耶語似乎是設計用來讓人感到困惑、沮喪和混亂的，它與任何人類語言都完全不同，差異如同獅子的巨吼比上猴子嘰嘰喳喳的叫聲。

福爾摩斯憑藉記憶，寫下史坦福在蘇格蘭警場一再重複喊出的拉萊耶語，我則用自己的詞庫將它翻譯成英文。剛開始難以判斷他話語中的開頭或結尾，但最後透過堅持，我取得了成功：

史坦福：「**Fhtagn! Ebumna fhtagn! Hafh'drn wgah'n n'gha n'ghft**」

我的翻譯：「他在等待！他在深淵中等待！祭司在黑暗中控制死亡！」

我不太確定譯為「控制」是否正確。Wgah'n這字眼有雙重意義，也代表了「居住」。在這個狀況，「控制」似乎是較為合理的選擇，但也能將這個句子譯為「死亡與祭司居住在黑暗中！」這就是拉萊耶語的不準確性，或許只有神明能流暢地使用這種語言。

至於「在深淵中等待」的對象，是「祭司」嗎？還是某種「死亡」的人格化？

「我和你一樣猜不透。」福爾摩斯從短程任務返回後，與他分享我的研究成果時，我這樣對他說。

「嗯。」他這麼回答。「史坦福顯然急於表達某種意思。他在模仿某種自己聽過的東西嗎？還是他想以令人困惑的方式給我們線索？真希望他最後的清醒時間能長一點。好吧，你今天的進度很棒，華生，想聽聽我的發現嗎？」

「當然想。」

「那我們去喝杯咖啡提神吧，我再把一切告訴你。」

我們向塔斯克小姐道晚安，福爾摩斯也再度允諾，會盡全力幫她找回《死靈之書》，之後他和我到大羅素街（Great Russell Street）上一家咖啡廳休息。

「莫里亞蒂教授是個怪人。」福爾摩斯說。「他和我們年紀相仿，是位有高知名度的數學家，業界有些人甚至稱他為天才。二十一歲時，他寫下一篇關於二項式定理的論文，在歐洲享有盛名，也使他在我國規模較小的某間大學取得教授席位。他對小行星力學的演說，被視為該主題的最新研究，後來他也對此學說增添了許多細節，並將它寫為同名書籍。我得補充，那也是研究該主題唯一的著作，在樓上的數學區看過這本書後，我敢說沒人能駁斥書中的論點，因為只有莫里亞蒂能理解那些論述，或許連他自己也不懂。」

他發出輕笑。

「總而言之，從整體看來，我們碰上了一位前途大好的學者。牛津或劍橋的永久教職、桂冠殊榮和大學校長職位——這一切都等待著他。只有一個小問題。」

「是什麼?」

「莫里亞蒂蒙受了汙名。有件醜聞纏上了他,某種令人髮指的惡行使得學術圈驅走了他,現在他深居簡出,或許永遠無法脫離這種困境了。」

「他做了什麼?」

「啊,我們可以找出一些徵兆,但數量不多。我鑽研過報紙資料庫,也與倫敦大學的教授們談過此事。」

「我是那座學府的校友。」

「我知道。我在校內碰見的知名學者中,只有一人能解釋莫里亞蒂下台事件的來龍去脈。他是國王學院(King's College)政經學院現任院長,也是莫里亞蒂在另外一所大學的同事,該校位於英格蘭中部地區(Midlands)某處。他比莫里亞蒂早離開那間學校,但他知道和對方有關的謠言。有人談到妖術、瀆神行為與黑魔法儀式,不過,他聲稱他們見面時,莫里亞蒂總是溫文有禮。在交誼廳裡,我們的政經學者認為他博學多聞,個性有趣且友善。」

「他知道莫里亞蒂失去教職的理由嗎?」

「他只能從還有聯繫的前同事寄來的信中,得知一些隱晦消息,不過,從這些信件,和報紙上的零星報導中,我拼湊出了大概的來龍去脈。某天晚上,莫里亞蒂似乎在自己的房間內做出某種行為,引發了莫大騷動。鄰近宿舍的學生和教授們聽到一聲巨吼與尖聲嚎叫,彷彿來自某種憤怒的叢林野獸,隨後傳來一連串充滿碰撞聲的嘈雜巨響,也有人在其中聽到莫里亞蒂的叫聲,儘管有人敲門,卻無法阻止騷動,屋內住戶也沒有回應。最後噪音自行止息,莫里亞蒂也在一陣子後走到房外,看起來狼狽又疲倦，像是剛與重量級冠軍在格鬥場上打了幾回合。房裡一片雜亂，書本四散，家具遭砸爛，窗簾也被撕成碎片，看起來宛如颶風過境。當人們要求莫里亞蒂解釋時，他什麼也沒說。」

「或是拒絕提供理由。」

「沒錯。人們得出的唯一結論，是他發起某種不受控的脾氣，可能是由於《皇家天文學會月報》（*Royal Astronomical Society's Monthly Notices*）刊載了對《小行星力學》（*The Dynamics of an Asteroid*）的批判。人們認為，莫里亞蒂那不健全的心理狀態，可能會對同事與學生造成危險，因此董事會要求他自行辭職。」

「你相信『發脾氣』的說法嗎？」

「一點都不信，那晚在房裡發生了別的事。莫里亞蒂嘗試執行某種邪門的深奧儀式，結果情勢脫離控制，放出了某種東西，但他努力把那東西趕回老家去了。那是兩年前的事。這位好教授現在位於倫敦，繼續使用他的頭銜和隨頭銜而來的名望，至於薪水，就別提了。他教導有錢人的孩子，幫他們通過英國陸軍的軍官測驗，以勉強維生。而且……」

福爾摩斯看了看自己的錶。

「他在家中等我們，認為我們四十五分鐘內會到。當我發了封電報要求見面後，他便迅速回應。他住在沼澤門（Moorgate），如果我們想準時到達，不讓他無聊地擺弄拇指的話，最好快點上路。」

第十九章　催眠小花招

A Little Mesmeric Legerdemain

熟悉我出版的夏洛克．福爾摩斯冒險故事的讀者，會認為我從未見過莫里亞蒂教授，我也確實幾乎沒正眼看過他。在名為《最後一案》（*The Final Problem*）的故事中，我描寫自己瞥見某個遙遠的人影，站在瑞士的蔥鬱風光前——他有可能是莫里亞蒂，但我無法確定。我對這人外觀的詳細描述，來自福爾摩斯之口。

但我確實見過他，並在《恐怖谷》（*The Valley of Fear*）中形容他為「知名的謹慎罪犯」，他進入我們人生的時間點，比我在別處所提的更早。更精確的說法，是早了十一年。

莫里亞蒂本人並不起眼。他又高又瘦，和福爾摩斯的身材相仿，但前額寬大，頭骨輪廓明顯，底下則有一對凹陷且帶有皺紋的雙眼。他的肩膀很圓，顯示他花太多時間彎腰看書；蒼白的膚色，也說明他大多時間都待在封閉的室內，遠離新鮮空氣和陽光。他的微笑無意間說明了自己想表現魅力、也想討好他人的企圖，還露出了一排尖銳的牙齒，看來像頭怒犬，正不懷好意地瞪人。

他家位於沼澤門較為破舊的街道，是街上一棟較骯髒的老屋，整棟建築飄散出一股水煮白菜與黴菌的氣味。

他彬彬有禮且深諳待客之道，給了我們不加水的雪利酒。福爾摩斯接下酒杯，滿心質疑的我則予以婉拒。他邀請我們在嘎吱作響的沙發上坐下，當他用某種學者氣質誆騙學生時，無疑是坐在這張破舊家具上。他坐在一張堅硬的木椅上，觀察了我們一陣子，頭部前傾，並古怪地往左右擺動，那是種緩慢的探索動作，讓我聯想到蛇，我曾看過眼鏡王蛇在嚇呆的老鼠面前，以類似方式移動，不久便發出致命一擊。而儘管他外表溫和，比起那條爬蟲類，莫里亞蒂似乎只稍稍不那麼致命，速度和惡毒程度也只有些微差距。

「夏洛克・福爾摩斯先生。」他說。「我猜，我們倆遲早會碰面，不過，我沒料到會這麼快。我確實想像過，我倆的會面將在數年後發生，那時我們早已鞏固了各自領域中的地位，但能見上面，仍然使我備感榮幸。」

「告訴我，」福爾摩斯瞇起眼睛說。「我們之前有過交集嗎？」

「沒有。」對方回答。「今天之前都沒有。」

「但你的五官很眼熟，我也不太會遺忘別人的臉孔。」

我也覺得，特別是像莫里亞蒂這麼醜的人。

「你一定是搞錯了。」這位學者說。「我們互不相識，但我承認，自己對你剛起步的職業生涯有很大的興趣。你知道維克多・崔佛[67]和我曾是熟人嗎？」

「我的大學同學？」福爾摩斯說。「我不曉得這件事。」

「他在一八七六年曾修過植物學，那是你和他分道揚鑣後不久。我在同一間學校念研究所，他的成績並不突出，後來也退學去當茶園莊主……在孟加拉，對嗎？」

「特萊平原（Terai）。」福爾摩斯確認道。

「有次他曾把你們的小惡作劇告訴我。那件事和他爸有關，加上某艘前往澳洲的貨船榮蘇號上發生的罪犯叛亂事件，與他爸在事件中扮演的角色。他提到你敏銳的觀察技巧，你光憑老崔佛的耳朵形狀、他手肘上的刺青與隨身攜帶的枴杖，就推斷出不少與他有關的事實，還有，你解開了一封他收到

67 譯注：Victor Trevor，曾於《榮蘇號》（*The Adventure of the Gloria Scott*）出場，福爾摩斯在故事中調查過崔佛父親的過往。

的紙條中的密碼訊息。遺憾的是，你與這件事的牽扯，導致維克多的父親死亡，我認為那位心碎的兒子從未原諒你。維克多對你讚譽有加，但他的口氣有些受傷，畢竟他的心已難以釋出同情。」

「我並沒有害維克多的父親中風。」福爾摩斯語氣生硬地說。「那是某個來自他過往的人物出現所造成的，也就是寫了那張字條的人，是那張字條對他的健康造成嚴重影響。他遭到自身罪惡反撲，我並未促成或引發他的死亡，只是個有興趣的旁觀者。」

「好吧，如果你想這樣詮釋那些事……」

福爾摩斯氣得怒髮衝冠，接著讓自己冷靜下來。莫里亞蒂只是在挑釁他，但他不讓對方得逞，也不願讓對方覺得計畫成功。

「說到紙條……」他說，但對方打斷了他的話。

「自從維克多把你的事告訴我後，我就將你的名字記在腦海中，猜到自己可能需要多注意你，而且，你的名字真不尋常。夏洛克。你父母真有創意，你哥哥的名字也很獨特。邁克羅夫特（Mycroft）。」

我不禁往旁瞄了我同伴一眼。福爾摩斯和我還沒認識太久，他從未提起哥哥或任何手足的存在。我發現，他的口風非常緊，他不願分享自己的祕密與私生活，卻急於探索其他人的祕密。

「邁克羅夫特在政府任職，不是嗎？」莫里亞蒂繼續說。「很難判斷他扮演的角色，但知名人士大為讚揚他，據說他升遷得很快，也注定做出一番事業。」

「你知道我這麼多事，真讓我受寵若驚，教授。不過，到了某個階段，好奇心就會化為執著，恐怕你已經接近那種狀態了。」

「一點也不，福爾摩斯先生。一點也不。」

「我對這點感到特別擔心，甚至有些難堪，因為到今天為止，我都不曉得你的存在。」

「那是因為，我希望如此。」莫里亞蒂說。「要不是因為公孫壽和他企圖與你結盟的錯誤想法，情況便會維持原樣。當時他應該忽視你，或直接把你解決掉，他誤判了你，也使你走上通往這次會面的道路。我怪的是他外國人的身分，他覺得你是能成就偉大事業的聰明人，你也的確是這種人物，這點贏得了他的尊敬，導致他拋下了其餘考量。他並未察覺你無懈可擊的榮譽感，你的國人則會察覺這點。他沒有看過的，是不假思索地抱持善良、正直與**英雄主義**這類虛假想法的英國人。」

他惡狠狠地吐出「英雄主義」這個字眼，彷彿那是句髒話。

「公孫壽無法和我一樣看清你的性格。」他繼續說。「維克多．崔佛提到你時，我就明白你是哪種人。不久前，當我聽說你調查了法林托許太太與她的蛋白石頭飾[68]時，就更加確信這點。你像英勇的加拉哈德爵士[69]般，前往幫助那名女士，如果人們知道，她丈夫打算把保險公司為那只據傳遭竊的頭飾所支付的金額，用在哪種用途的話，肯定會是一大樁醜聞。你及時在法林托許太太身邊出現，將寶貴的傳家之寶歸還給她，甚至還為她和法林托許先生達成和解，使人們現在稱他們為社會上的模範夫妻之一，還是和諧婚姻的典範。你真會製造奇蹟！你也急於躲避公眾注意，經常讓警方的蠢材奪去你的功勞。我看得出公孫壽沒察覺到的事：你是個剛正不阿的正派人物，他想邀你加入我們的小團體，

68　譯注：Mrs. Farintosh，出自《花斑帶探案》（*The Adventure of the Speckled Band*）中福爾摩斯提及的過往案件。

69　譯注：Sir Galahad，亞瑟王手下的圓桌武士之一。

實在是愚蠢至極。」

「這個愚行害他付出了終極的代價。」

「嘖！」莫里亞提揮了一下手，彷彿在打蒼蠅。「那是他應得的下場。再說，在我看來，他也耗盡了用處，他曾經是個好同夥。」

「多虧了他的錢。」

莫里亞蒂點頭同意這點。「在那方面，他很有用。但近來他變得不太牢靠，我命令他去尋找供暗影食用的飼料。」

「祭壇上的羔羊牲禮，沙德維爾的無名小卒們。」

「對。最後一人是公孫壽的手下，他自願獻出那人，因為對方讓自己感到不悅。」

「你稱他們是飼料，我則稱他們是人類。」

「隨你便。那些擁有生命力的**人類**，滋養了某個對象，而我已經花了段時間培養對方的影響力。每個月的營養透過陰影輸送給祂，不只滿足了祂的食慾，也得到了祂的寵愛。」

「那個對象是……」

「我不能提起祂的名字。」

「克蘇魯？」

「不是祂，即使對我來說，那也太明目張膽了。福爾摩斯先生，或許我野心勃勃，但我並不瘋狂。總之，公孫壽同意幫忙，老實說，那男人已經完全受我掌控，願意幫我做任何事，但後來他選擇將責任分配給另一個人。」

「史坦福。」

「他居然這樣做！」莫里亞提驚呼。「把這麼重要的事，交給資質可疑的對象。我當然能夠了解他的理由，一名口才良好的英國人在城市鬧區中遊蕩，看起來較有信任感，比東方人更不可疑，也不會吸引注意。史坦福能融入公孫壽無法融入的文化背景之中，不過，公孫壽應該先和我討論，我會說服他，告訴他這是個錯誤。他太粗心了，甚至可說是懶惰，或許他的龐大財富使他變得心軟又馬虎了。」

「你真好心，願意幫他花掉一些錢。」

「錢有其用途，但並非一切。看看你周遭。」莫里亞蒂指向他破舊的住處，再指向自己不合身的廉價衣物。「物質生活對我而言沒有意義，凡俗中的一切稍縱即逝，世上有更偉大也更持久的獎勵，而它們並非源自凡世空間。總之，公孫壽隨即打算招募你，福爾摩斯先生，加入我們的小圈子，對我而言，那就是最後一根稻草。我可以忽視史坦福的事件，甚至原諒此事，不過，我無法寬宏大量地忍受他的決定，任何人都看得出來，他打算招募的男子遲早會牴觸我們的計畫。當我得知他越界的舉止，還犯下粗心的錯誤時，這個嘛……此時我明白，他已經沒有用處了。」

「用那些暗影生物攻擊公孫壽時，你差點把華生和我也殺了。」福爾摩斯說。「我猜那不會影響你的良心？」

「我不太需要良心。我承認，自己不曉得你們倆和他一起待在馬車裡頭。從某種角度來看，我很慶幸你們活了下來，不然我們現在就無法在這暢談了，對吧？另一方面，如果你們並未存活下來……哎，我就會除掉一個潛在麻煩，以及一個實際危機，徹徹底底的一石二鳥。」

「馬車夫賽克呢？他也是另一個你得除掉的『潛在麻煩』吧？」

莫里亞蒂露出古怪的笑容。「有人發現屍體了嗎？或許永遠不會吧。泰晤士河每年這時流得都很快，假如有某個人在半夜從滑鐵盧橋（Waterloo Bridge）上一躍而下，口袋裡裝滿石塊，可能會瞬間溺斃。隨著高潮退去，河水也往西邊流去，他的屍體或許會直接漂進德國海[70]，也不會有人得知他的下落。」

「自殺？」

「是自願的。你知道，我很有說服力，特別是對心智脆弱的對象。很容易就能操縱勞工階級的僕人心智，直到——」

我聽夠了，我再也無法忍受。莫里亞蒂教授沾沾自喜的自誇、花言巧語的語調和無比的傲慢，都使我感到忍無可忍。

「該死，福爾摩斯！」我怒吼道。「你認為我會繼續坐在這，聽這個惡棍說話嗎？我們應該把他拖到警局，確保有人為他上銬。他公開承認犯下兩件殺人案，也企圖殺害我們，他用自己的惡行嘲諷我們啊！」

「啊，終於呀。」莫里亞蒂說。「哈巴狗露出獠牙了。」

「哈巴狗？你這……！」

福爾摩斯阻止我撲過去痛打對方。

「華生，冷靜一點。莫里亞蒂教授和我都清楚，我們沒辦法佐證他與這些惡行的關聯。他可以恣意炫耀，相當清楚沒人能將他直接連結到公孫壽或賽克的死，沒有任何足以在法庭上作為呈堂證供的證據。」

「那張紙條。」我說。「他寄的紙條呢？」

「只是幾句語帶諷刺的不滿言論，很難構成惡意的證據。」

「那……那……從大英博物館的隔離典籍區偷走《死靈之書》，這樣呢？至少我們逮住這點了。」

我們只需要找出那本書，它一定在附近，就在這幾間房間裡。」

我在無的放矢，我清楚這點，福爾摩斯明白，莫里亞蒂也曉得，他高傲地搖頭並說：「我向你保證，它不在這，但我現在了解，你們是如何發現我的了。不是公孫壽把我的名字告訴你們，而是塔斯克小姐的紀錄簿。現在想想，我應該簽上假名的，不過，我是當下決定帶走《死靈之書》的，親眼見到隔離典籍區的保全措施有多馬虎之後，我才覺得這樣做最直接了當。保存在此建築物中滿布灰塵且孤立的區域，唯一的守衛還是個老太婆……這等於是公開鼓勵竊賊，我無法拒絕這種誘惑。我太衝動了，但事情就是這樣。」

「所以你破壞了門上的鎖，然後——」

「呸，福爾摩斯先生！破壞門鎖？沒那麼俗氣。我只需要叫塔斯克小姐過來，說服她讓我出去，也沒檢查我是否把書放回架上就好。她非常聽話地照做了。」

「那麼，你賄賂了她？」我說。「要她睜一隻眼，閉一隻眼？」

「這同樣俗氣，華生醫生，對她這麼盡職的人也沒有用。不，我依然使用了自己的說服力，只要

70　譯注：北海的古稱。

我想，很容易就能達到目標，我擁有絕佳口才。」

「教授，」福爾摩斯說，「儘管我覺得鬥嘴很有趣，但我們該談正事了。」

「當然了。」莫里亞蒂搓搓雙手。

「我認為你對倫敦，對大英帝國，或許對世界，都代表著莫大危險。你開始與擁有強大力量的存在交易，以增加自己的力量。這個行為太過莽撞，因此我來此要你停止，立刻住手，把《死靈之書》交給我，我才能將它歸還給隔離典籍區，無論你和哪種神明打了交道，也得立刻停止。還不算遲，你還可以回頭，你選擇的方向，只會通向毀滅，許多人都經歷過那種下場。」

「你的關心令人感動。」

「當你在大學房間裡召喚出怪物時，沒有學到教訓嗎？那件事沒有嚇得你恢復理智嗎？」

「你真是勤快，先生，還跑去挖掘我的過往，我應該感到受寵若驚。但我先回答你的問題：不，沒有，恰好相反，它讓我一窺舊日支配者與其同族無比的威嚴，以及難以言喻的力量。這讓我嘗到了偉大真正的滋味，太迷人了！」

「這些行為只會毀滅你。」福爾摩斯堅持道。「我夠了解克蘇魯和祂的親族，因此非常確定這點。你無法控制如此古老且致命的力量，當你企圖指揮神明時，其實是冒了打開地獄大門的風險。」

「或者，」莫里亞蒂說，「我冒著成為神明的風險。這樣遊戲就有價值多了，你不同意嗎？」

「那是你的目標嗎？成為神明？」

「類似吧。」莫里亞蒂嘆道，彷彿若有所思。「我研究過小行星，它們的軌道、拋物線與元素組成，也注視過群星與無垠的太空深淵。一開始，我透過望遠鏡觀看地球以外的星空，但隨著時間過去，我的天文研究漸漸變得與形上學有關。我經常從科學轉向古老法則，從新正統轉回流傳已久的傳統。我學得越多，越覺得儘管現代世界的我們擁有各種進步技術，懂的卻很少。野蠻的邏輯告訴我，宇宙冰冷且充滿敵意，我發現在宇宙創生之初，便產生了擁有上述相同特質的存在，使祂們相當適應這個環境。祂們是神明，但並非當代多數人類祭拜的神靈，祂們並不愛我們，同理可證，祂們也不恨我們，對我們全然無動於衷。有時祂們會使用我們，如同養蜂人使用自己飼養的蜜蜂，我們的靈魂對祂們而言宛如蜂蜜，那是我們生命中的副產品，就像蜜餞。如果可以的話，假若我們的膽子夠大，何不反過來利用祂們？我們為何不從祂們身上為自己奪回一點東西呢？」

「我警告你，莫里亞蒂……」

「不。」他的頭擺動的比先前更加劇烈，凹陷的雙眼令人不安地盯著我們不放。「**我**才要警告**你**，你們倆都是。你們該撤退了，到目前為止，我非常容忍你們，我不會再這樣做了。去當偵探吧，福爾摩斯先生，去破解犯罪事件，揭露兇手和取回失物。幫助被騙走遺產的繼承人，因某種過往疏忽而遭受黑函恐嚇的女子，和遭到地痞襲擊的無辜人民。你最適合做那種事了，讓你的朋友華生醫生待在身邊，把你的才智用在偵探生涯上，它很可能會為你帶來財富與名聲。這樣做不會造成傷害，也不丟臉。」

他向我們靠近，語氣和雙眼透出的光芒中，有某種讓我變得異常輕鬆的感覺，還出奇地接受他的話語，甚至變得溫順。他彷彿用言語編織了一幅掛毯，讓我感到入迷並渴望。在他描繪出的未來中，我看不出有任何問題，充滿冒險與公共服務的生活，裡頭沒有怪物，沒有諸神，沒有來自古老過往的醜惡永生神靈。為何不這樣過下去呢？

「對，」他繼續慵懶又平靜地說，「你打從內心深處明白，那就是你想要的。你想要確定性，而非變化；你要邏輯，而非神祕思想；仰賴經驗，而非不精確的猜測。遠離像你這種人不該接近的事物，如果你逆流而行，事情就會變得相當麻煩。」

* * *

我完全不記得從那刻開始之後一陣子的事，當我再度回神時，發現自己身處貝克街，坐在福爾摩斯對面，客廳中的時鐘則響起了午夜鐘聲。我沒有離開莫里亞蒂家中的記憶，也不記得曾穿越倫敦，腦中一片空白。

飄自煙斗的煙霧包裹住福爾摩斯，當我忽然醒來時，他正敲出煙灰，並重新裝滿煙斗。

「啊，你醒啦，老朋友。」他說，「終於回到人間了。」

「我不曉得自己失去意識了。而且……我們何時進來的？我們是走路回來嗎？還是搭車？」

他聳聳肩。「我不曉得，過去幾小時像是一場夢，醒來後也無法想起內容。我自己是在十一點過後一陣子才恢復神智，莫里亞蒂的咒語對你的影響，肯定比我更深。」

「咒語？魔法咒語嗎？」

他大笑一聲。「不對，比較可能是催眠。我猜他在過程中，使用了不那麼俗套，且更為怪誕的招數，但基礎則是動物磁流學說[71]。帶有韻律性的特定說話節奏，強烈的注視，以及鑽入他人耳內、並衝擊對方潛意識的話語……他必定是用了同種技巧取得公孫壽的好感，從塔斯克小姐面前偷走了

《死靈之書》，並哄騙賽克自行從滑鐵廬橋的欄杆旁一躍而下。從某種角度看來，我們很幸運，與其讓我們回家，莫里亞蒂能做出更可怕的事，但追根究柢，他或許沒說錯。」

「沒說錯？哪方面？」

「也許我們該遵照他的建議，不要插手管閒事。」福爾摩斯嚴肅且若有所思地點起了煙斗。「我挺喜歡當個單純的諮詢偵探這個點子。這是我一生的夢想，我們面前出現的另一條出路太過……極端，也太過繁雜。我喜歡不尋常的事，但這已經遠遠超過不尋常……」他露出淺笑。「外神。聰明的作法，就是聽他的建議，並趁我們還沒滅頂前先行撤退。」

我點頭。

我又搖了頭。

我再度點頭。

接著，我帶著激昂的情緒，並下定決心，再度搖頭。

「聽聽你自己說的話，福爾摩斯。這是你說的，還是莫里亞蒂？」

「當然是我。」

「不，他鑽進你的腦袋了。他利用了你的疑慮和疑惑，你不能讓他得逞。」

「你似乎很確定這點，為什麼？」

71　譯注：animal magnetism，十八世紀德國醫生弗朗茨．梅斯梅爾（Franz Mesmer）提出的能量傳輸理論，後來演變為催眠術。

「我不曉得。不對，我曉得。」我解開上衣最上層的兩顆鈕扣，接著把領口拉開，露出自己受傷的肩膀。「看到了嗎？看到這道疤了嗎？」

福爾摩斯觀察著那深邃的挖傷疤痕。「真糟糕。」他畏縮著說。「蜥蜴人肯定取走了他應得的那磅肉[72]。」

「的確，到現在我也還會感到疼痛。這份痛楚尚未消失，或許永遠也不會消散，像今天這樣的冷天氣，只會使它惡化。這道疤讓我永遠記得塔阿與羅德里克・哈洛比，還有我們厄運纏身的冒險。它會永遠和我共處，至少我已接受了它，以及它所代表的意義，不過直到最近遇見你和這些暗影生物犯下的謀殺案後，我才真的這樣去思考。如果我的遭遇中有任何正面意義，那就是這點：我準備好面對無從解釋的異域事件了，我或許不喜歡這些事，但在阿汗達布河谷的經歷，造就了今天的我。我好不容易和自己達成和解，可不會因詹姆斯・莫里亞蒂教授這種冥頑不靈的惡棍叫我停手，就放棄一切。你也不該放棄。」

福爾摩斯在煙霧中觀察著我，接著拍起手來。

「好傢伙！說得好。我只是在測試你的決心。」

是嗎？我內心存疑。

「你徹底通過了考驗。」他繼續說。「莫里亞蒂自然不可能以為，光靠幾句花言巧語和一點催眠小花招就能夠阻止我們，他只是給了我們一點機會而已。這只是他在演示自己極度的自信，並沒有把我們當作對手。」

他的表情變得嚴肅。

「那是個錯誤。」他冰冷地做出結論。「大錯特錯，他會後悔的。」

＊＊＊

隔天早上，早餐後福爾摩斯一句話也沒說，就消失得無影無蹤。他在半小時後回來，看起來嚴肅卻心滿意足。

「你去哪了？」我問道。

「電報局。我無法拋下我們與莫里亞蒂未解的恩怨，他還以為我們被他的催眠影響了。我發了封電報給他，以明確口吻告訴對方，我們值得他關注，也會繼續調查沙德維爾的死亡案件。他不該輕忽我們，把我們當成不值一提的對象。」

「那等同於宣戰。」

「理應如此。」福爾摩斯堅毅地說，我希望自己也能有同種氣魄。「既然莫里亞蒂已與我們為敵，就得面對後果。」

72　譯注：此處引用莎士比亞戲劇《威尼斯商人》（*The Merchant of Venice*）中的典故，「一磅肉」在劇中代表合法卻不合理的過分要求。

第二十章　不快樂的聖誕節

Unhappy Christmas

下個新月會落在新年前夕，在那之前，我們得阻止莫里亞蒂把下一名受害者交給沙德維爾暗影，進而讓他更接近與自己結盟的魔神，他希望能將對方的力量占為己有。

這代表我們得在隔離典籍區中花更多時間，塔斯克小姐依然願意提供協助，但她與我們之間已出現了冰冷鴻溝。我們無法依約取回《死靈之書》，使她感到失望：儘管她感謝我們的嘗試，卻顯得士氣低落。福爾摩斯堅稱自己最終會取回書本，她也同意先等幾周，再將書本遭竊的事報告上級。不過，她太有責任感了，難以保守祕密太久。

我們缺少《死靈之書》，不曉得莫里亞蒂究竟使用了哪種儀式，以及企圖從黑暗神界召喚哪位神明，並與之結盟。塔斯克小姐只知道有另外兩本屬於公共財產，所有人都能借閱。一本在布拉格的國家博物館（National Museum），但要閱覽它的話，至少得提前三個月申請，還得填完一份長達二十頁的表格，申請人還得經歷痛苦又繁瑣的官僚程序，最後也無法確定能順利申請。另一本則遠在美國，位於麻薩諸塞州阿卡漢（Arkham）的米斯卡托尼克大學（Miskatonic University）。這兩種狀況，時間都對我們不利，取得布拉格《死靈之書》的閱覽同意要花太多時間，前去研究位於阿卡漢的《死靈之書》，並在新年前返國，距離也太遠了。在這方面，我們遭受到重重阻撓。

對我們而言，那年的聖誕節並不快樂。教堂的鐘聲響起，家人們坐下來享用烤鵝，眾人交換禮物，孩童們則對新玩具感到興奮不已，不過福爾摩斯和我，則覺得有股充滿壓迫的烏雲懸在我們頭上。我們的房間依然沒有裝上節日擺設，除了壁爐上擺了封福爾摩斯的哥哥邁克羅夫特寄來的聖誕卡外，屋裡沒有任何佳節氛圍。就我所知，福爾摩斯並未回信，這似乎加深了我的憂鬱，因為這使我想到自己的大哥，當時他還在世，但正身陷週期性的貧困狀況。由於因酗酒習慣而耗盡錢財，他已從當前的住處遭到驅離，目前居無定所。真希望我能寄張卡片給自己唯一活著的家人，甚至前往造訪他，但我不曉得他的下落。

聖誕節當天，哈德遜太太邀我們和幾位朋友到樓下一起享用節慶大餐，我們婉拒了。我們待在自己的房裡，傾聽樓下的笑聲與談話聲。有人掰開餅乾，高腳杯發出敲擊聲，話語聲變得高亢，人們此起彼落地說起笑話。即使我們想嚐試，也無法共享快樂氣氛，氣氛令人感到相當沮喪。

隨著無趣的節禮日（Boxing Day）後到來的，則是聖誕節到新年之間的空虛時期，那段虎頭蛇尾的階段稱不上任何日子，不是假日，也並非完全復工的時期。雪花無力地落下，足以為樹枝點綴白色色彩，但不夠在地面形成厚重的雪層，反而在人行道上留下灰色污漬，也成了道路上的冰冷棕泥。殘雪和刺骨的北風使人們足不出戶，而且大英博物館也關門了，因此我們沒有該去的地方。

福爾摩斯像籠中動物般踱步。他在客廳中繞圈，眉頭深鎖到令我覺得他眉間會留下永久的皺紋。煙斗從未離開他嘴邊，煙草店的送貨員每天都為他送來一包劣質煙絲。他經常拉著小提琴，但心不在焉，也沒有定性。情況嚴重到他完全不願意開口，如果他對我發出咕噥聲，我就算幸運了。

我曾提議說，我們應該乾脆點，直接去莫里亞蒂家將他屈打成招，不過這項提議只換來了短暫的冷漠。

「那人不可能給我們這種機會，對吧？他只需要再度對我們使用催眠術，讓我們變得無助就好，這次他或許還會逼我們互相攻擊。」

「如果我們埋伏襲擊他呢？在他開口前，就用破布塞住他的嘴？一旦失敗，也能使用警棍……」

「但即使我們逮到莫里亞蒂本人，也得考慮另一項威脅。與他結盟的神明依然在外遊蕩，就算少了莫里亞蒂，神靈使用的暗影化身也不會消失。它們可能會四處大鬧，成為比那名任性學者更難纏的危機。不，華生，我們最好試著同時擊敗兩名敵人：莫里亞蒂與神明。真希望我知道該怎麼做。」

事情因此陷入僵局。儘管福爾摩斯極力嘗試，卻想不出解決問題的方法。

接下來發生的兩樁事件，則使整件事陷入危機。

第二十一章　來訪者與電報

A Caller and a Telegram

當時是新年前夕早上。如果莫里亞蒂打算向他所選的神靈獻上祭品，就得在那晚下手，以便配合無月光期。

結果，福爾摩斯的心情變得極為陰沉，他落入了充斥沮喪與自責的谷底。前一晚我上床時，便獨留他坐在扶手椅上，他把雙膝靠在下巴底下，雙手扣在瘦削的雙頰旁，盯著一段距離外看。隔天早上我下樓時，他依然維持著同樣的姿勢，唯一不同的是，房裡的煙草味更濃，他身旁的煙灰缸也塞滿了捻熄的煙蒂。

「福爾摩斯，你有睡覺嗎？從你通紅的雙眼看來，我相當質疑這點。」

他微微扭動了頭一下，彷彿聽到遠方傳來無法辨識的聲音。「噢。什麼？嗯！睡覺？或許有，可能吧，可能沒有。」

「這個嘛，至少吃點東西。我去樓下叫哈德遜太太，我聞到她在煮好吃的惡魔羊腰[73]了。」

「我不餓。我怎麼會餓？今晚倫敦有人會死去，死法還將相當悽慘，而我無力阻止這件事。我無法得知對方是誰，以及莫里亞蒂究竟在這座城市裡挑了哪個對象。即使知道獻祭過程將發生在沙德維爾某處，也沒有幫助，我無法巡邏整個區域。」

「那就找警方來。聯絡葛雷格森探長，請他來幫忙。」

「對葛雷格森而言，已經結案了。是我們促成的，記得嗎？我們騙他相信公孫壽自殺，瘦弱死者的連環死亡事件也結束了。我們現在無法去找他，然後承認自己說謊，還希望他會願意忽視這點，並給予我們蘇格蘭場的全力援助。他沒把我們關進大牢就算幸運了，這是我們自作自受。」

「那找其他人呢？」我說。「你評論過的另一個人，他叫什麼名字？雷斯特？」

「雷斯垂德。」

「沒錯。我們還沒對他做過偽證，對吧？我們可以試著找他。」

「搞什麼，華生！」福爾摩斯輕蔑地怒斥，彷彿他從未聽過如此荒謬的言論。「如果你想不出有意義的建議，最好就閉嘴。」

「我說呀，福爾摩斯，你沒有權利這樣對我說話，我只是想幫忙。」

「那就別幫忙。」

「找雷斯垂德來為何比找葛雷格森更糟？」

「糟透了。首先，這會使我們落入和找葛雷格森時會碰到的相同困境。我們得解釋為何公孫壽的『自殺』並未結束這一連串謀殺案，同時也會連累自己。雷斯垂德會想知道，我們為何沒有把真相全盤告知葛雷格森，這樣會害我們遭受妨礙警方辦案的控訴。」

「我們可以再撒一次謊，宣稱自己犯了錯。」

「雷斯垂德不會因此喜歡我們的意見。」

「如果我們宣稱，犯錯的是葛雷格森呢？你告訴過我，這兩人是競爭對手，雷斯垂德可能會急於抓住能侮蔑探長同僚的機會。」

「我承認，他們彼此之間的妒意，和互妒的美女不相上下。」福爾摩斯說，「但他們同時也是蘇格蘭場的成員，是徹頭徹尾的警察。他們彼此的忠誠或許脆弱，但他們對法律的忠誠超越了一切。雷斯

73 譯注：devilled kidneys，以羔羊腎臟與多種醬料混合煮成的英國料理。

垂德會先和葛雷格森確認，看看我們的指控是否有所依據，接下來他會發現事情毫無憑據，我們則再度回到起點，或許還會更深陷泥沼。不，華生，這個狀況下，找尋警方協助沒有好處，其他行為似乎也毫無幫助，這恐怕是我第一次真正的失敗，還發生在我的職業生涯初期，有條無辜的性命將成為代價。」

我想不出能說什麼，好讓他擺脫陰霾並打起精神，他的外表和外頭的灰色天空同樣陰沉。黎明時下了陣冬雨，雨水灑落在屋頂與街道上，哈德遜太太送來早餐，我散漫地吃著餐點，福爾摩斯則一口都沒吃。

一小時後，門鈴鏗鏘作響，一位長有黑眼珠與雪貂般的臉孔、身材纖瘦矮小的男子踏進房內，福爾摩斯認識他，但我不知道他的身分。這人剛好是我們剛談論的兩人之一，雷斯垂德探長比葛雷格森更陰鬱，後者散發出小狗般的熱切感，雷斯垂德則壓抑且嚴肅，說話時有種鼻音般的哀鳴感，聽起來有些過度殷勤。

我與雷斯垂德介紹彼此，他也清楚我確實是福爾摩斯的同伴後，便說：「打擾了，福爾摩斯先生，我不想在這時麻煩你──」

福爾摩斯打斷他的話。「快說，閣下，把該說的話說出來。」

雷斯垂德因他的倉促而嚇了一跳，但馬上打起精神。「嚴格來說，這是警方案件，但我覺得你應該參與，因為你曾經跟當事人合作過。」

「老實說，也是由於你碰上難題了。我觀察到你緊抓圓禮帽邊緣，以及用手旋轉帽子的方式。你在抽搐，雷斯垂德，只要在調查中遇到瓶頸，你就會顯露出這種狀況。帽子頂端沾了濕氣，這讓我得知你在這樣的惡劣天氣下，一大早就已經出門，除非你得在街上進行某種漫長又徒勞無功的工作，不然為何要一大早出門呢？最後，由於你在這裡出現，讓我推論出你需要我幫忙，處理一樁你幾乎或完全無法理出頭緒的案件。」

「對，嗯，是這樣沒錯。」雷斯垂德看起來有些羞愧。「是這樣的，葛雷格森探長出事了。」

福爾摩斯在座位上挺起身子，昏沉感也迅速消散。那天，這是他首度打起一點精神。「他怎麼了？」

「他不見了。」

「不見了？」

「他連續兩天沒來上班，」雷斯垂德說。「我們沒有收到他的病假或事假之類的通知。昨天早上，我派了名警察去他位於巴特西（Battersea）的公寓，去看他是否在家。沒有人幫員警應門，而當他爬上排水管，從沒上鎖的窗戶進屋時，發現房裡空無一人，這裡我先補充一下，這位員警的行為非常不恰當，稍後會受到處分。葛雷格森消失得無影無蹤，但也沒有任何不利於他的跡象。」

「你是指，看不出他究竟是打包了行囊離開，或是在搏鬥後遭到綁架。」

「正是如此。公寓裡收拾得十分整潔，被褥鋪好了，客廳一塵不染，水槽裡沒有沒洗的碗盤，沒有任何跡象顯示他被迫迅速離開，或遭到挾持。」

福爾摩斯把腿伸直身體前傾，手肘靠在大腿上，雙手手指交叉。「如果他住在公寓，那屋裡一定還有其他房客。他們有注意到任何人進出嗎？」

「那名員警確實詢問過。住在一樓的老夫婦說，二十九日早上他們聽到葛雷格森離開前門，時間與平常相同，頂樓的律師助理也確認了這點。葛雷格森彷彿是出門搭公用馬車上班……然後就此消失。昨天我派人出去找了他一整天，到他常去的場所打探，但沒有任何成果，這件事非常奇怪。」

「確實很怪。」福爾摩斯附和道。「而且在這種情況下，也有點令人不安。」

「啊哈，」雷斯垂德說，「聽起來，你已經清楚某些我不懂的事了。聖誕節前，葛雷格森曾找你諮詢一樁案件，不是嗎？那樁案件最後以公孫壽的死作結。你認為他的失蹤跟那件事有關嗎？他可能遭到和公孫壽有關的東方人綁架，做為報復手段嗎？會不會是他們幫派搞的鬼，那些……他們叫什麼來著？堂口。」

雷斯垂德看起來相當樂觀，他顯然希望能為這個謎團找出簡單的解答，以及他能處理的合理解決方式。他這樣想有錯嗎？

「如果是這樣，」他說，「我就能派幾十個人，甚至是上百名警力搜索萊姆豪斯，就像這樣。」他打了個響指。「他們馬上就能找到葛雷格森。」

「探長，」福爾摩斯說，「我無法告訴你，葛雷格森的失蹤和公孫壽完全無關，但我也沒辦法說這兩件事確實有關。」

「噢。」雷斯垂德變得垂頭喪氣。「好吧，那你**能**告訴我什麼？」

「目前不太多。葛雷格森失蹤的這種行為，完全不像他的作風嗎？你比我和他更熟，之前沒發生過這種翹班事件嗎？」

「完全沒有。葛雷格森的出席紀錄堪稱典範，無論我對他身為警探的能力有什麼意見，都得承認這點。」

「那就更令人擔心了，我自然得去看看他的公寓，找尋潛在線索。我希望你的員警不要搞亂屋內狀態，和裡頭可能出現的有用證據。警察經常是笨手笨腳的莽漢。」

「好啦，好啦，福爾摩斯先生……」

「你也知道這是事實，雷斯垂德。我的第一站就是他家，你說在巴特西是嗎？我需要詳細地址。」

＊＊＊

雷斯垂德離開二二一號B時，腳步比來的時候輕快許多。夏洛克．福爾摩斯要接下這份案件，明顯讓他感到開心。

福爾摩斯變得精神奕奕，同時也十分憂心。

「我想認為這只是巧合。」他拿起大衣與圍巾時這麼說道，我也為了惡劣的天氣而穿上厚衣服。

「但你不這麼想。」

「葛雷格森或許是去處理某些家中急事，一時忙碌而忘了通知上級。」

「對，華生，我不覺得如此。他太過一絲不苟，也太拘泥於禮節了。我認為如此靠近新月的時間點，有極為重要的意義。我想，恐怕莫里亞蒂已經挑好了下一個受害者，問題是，為何要選葛雷格森？每個月的受害人都是無名小卒，身為警官的葛雷格森，稱得上是個有頭有臉的人。」

「公孫壽也是。」我指出。

「沒錯，但那是不同的狀況。那是處分，也不符合犯案周期，時間點發生在兩次新月期之間。我認為挑選葛雷格森，和莫里亞蒂至今為止的行為模式截然不同。這可能顯示局勢正在演變與擴大，而且……」

門鈴再度打斷了他。這次是位帶了電報來的信差，電報上寫道：

福爾摩斯先生：

請盡快來第歐根尼俱樂部（Diogenes Club）。

——惠特沃斯（Whitworth）

「第歐根尼俱樂部？」我說。「我從來沒聽過這個機構。」

「很少有人聽過。」福爾摩斯回答。「我哥哥是它的成員，也是創辦人之一。簡單來說，它是基督教國家中最怪異的俱樂部，成員們宛如《英國名人錄》[74]中的各類怪人，沒有其他俱樂部會接納這些人，他們最擅長的事，就是搞壞與他人的關係。」

「噢。」我差點問福爾摩斯是不是會員了。「惠特沃斯是誰？」

「俱樂部的祕書。」

「他找你做什麼？」

「這就不清楚了。但他居然會連絡我，這相當不尋常，因為除了認識邁克羅夫特外，我們沒有任何共通點，那麼我只能推論，他是為了邁克羅夫特的事而想見我。」

「你認為是什麼狀況？」

「我不曉得，但電報中簡潔的命令語氣不是個好現象。比起要求，這看起來更像是召喚，不過我得照做。」

「但葛雷格森……巴特西……」

「可以等。」福爾摩斯說，一面戴上高禮帽，並走向門口。「邁克羅夫特優先。」

74 譯注：*Who's Who*，從一八四九年出版至今的英國人物資料書。

第二十二章　基督教國家最怪異的俱樂部

The Queerest Club in Christendom

在我已出版的作品集中，我在《希臘語譯員》（*The Adventure of the Greek Interpreter*）裡首度提到第歐根尼俱樂部，與它最知名的成員邁克羅夫特．福爾摩斯，故事敘述本書事件的七年後，發生於一八八七年的事件。我在那篇故事中說，在那之前自己不曉得邁克羅夫特的存在，也不認為福爾摩斯有仍在世的親人。

那當然是捏造出來的，本書也詳述了這點。我猜我選一八八七年做為福爾摩斯讓我得知自己有兄長的年份，是因為那年春天，我自己的兄長因長期酗酒過世。當一名兄弟離世，讓另一位兄弟進入故事，似乎能帶來宜人的對稱性，與美感上的平衡。

一八八〇年，第歐根尼俱樂部才剛起步，但已經成為英格蘭最不擅社交的人士們尋求的避風港。那些人想找尋同伴，卻不想交談，他們偏好在沉默中進行社交，也不太在意其他會員，別人和隱形人沒有差別。當時在俱樂部中，尚未出現另一個俱樂部，也就是人稱達貢俱樂部（Dagon Club）的祕密子組織。

但我講得太快了，達貢俱樂部與其目的，得等到這些回憶錄的第二集與第三集才會出現。

我們坐車到帕摩爾（Pall Mall），來到第歐根尼俱樂部門前，它距離卡爾頓府（Carlton House）有一小段距離，當時大約是十點過後不久。我們在大廳把名片交給一位男僕，他無聲地帶我們走過玻璃嵌板，可以透過嵌板看到俱樂部中龐大奢華的閱覽室，再往前走到那座小房間內，那是俱樂部中唯一能開口說話的場所：陌生人室（Stranger's Room）。裡頭有位挺著大肚皮、外表拘謹的男子，我想他就是惠特沃斯。

一等房門在我們背後關上，夏洛克．福爾摩斯就說：「好了，惠特沃斯。快說，有什麼狀況？我哥哥在哪？」

惠特沃斯遺憾地垂下頭。「就是這樣，福爾摩斯先生。」他說。「我不曉得，所以我才請你過來。身為俱樂部祕書，我比大多數人更常來第歐根尼俱樂部，但我來的頻率也比不上你哥哥。你也清楚，他每天如時鐘般準時地來此，從下午四點四十五分待到晚間七點四十分，甚至能用他對時。但從前天到昨天，他已經連續兩天沒有露面了。」

福爾摩斯瞇起雙眼，嘴巴也嚴肅地閉成一條線。「你確定嗎？沒有搞錯吧？」

「如果你想的話，可以檢查紀錄簿。即使他沒有登記，那兩天晚上我也都在這，但沒有看到他。更重要的是，其他會員也沒有見到他，已經有好幾個人把我拉到這座房間裡，告訴我這件事，他們覺得這件事非比尋常。我們或許不太在意第歐根尼俱樂部中彼此的動靜，但會注意到有人缺席，特別是發生在邁克羅夫特．福爾摩斯這種大人物身上時，他是這間俱樂部的核心，甚至可以說是家具的一部分了。」

「很難忽視他的身材。」

「因此，如果他沒在該出現的時間現身，就更容易讓人注意到這點。由於他每晚都在這裡用餐，僕人們也察覺到他並未現身一事。老實說，這一切令我十分困惑，也感到有些不安。另一位福爾摩斯先生沒生病吧？我本來希望你會知道這點。」

「邁克羅夫特和我不太親近。」福爾摩斯說。「我不曉得他每日的活動。或許是生病了，也可能沒有。」

「這樣的話，就不好意思打擾你了，先生。」惠特沃斯說，以卑躬屈膝的態度面對福爾摩斯草率的說法。「我只是覺得自己應當詢問一下，以免有……某種憾事發生。我是說，另外一位福爾摩斯先生還很年輕，但以他的體態……」

「你是說肥胖。」

「還有他的食慾……」

「貪吃。」

「對，好吧。一切都很難講，什麼事都可能發生。」

＊＊＊

「我也非常擔心確實有事發生。」當我們離開第歐根尼俱樂部時，福爾摩斯說。「但不是惠特沃斯暗示的事。至少，那種事還沒發生。」

「你認為除了葛雷格森以外，莫里亞蒂也綁架了你哥哥？」

「兩件無法解釋的失蹤案件，再加上兩個消失超過四十八小時的人，我不禁注意到莫里亞蒂幕後的魔掌。」

「但為何要綁架兩個人？到目前為止，他一次都只抓一個人。」

「人質的身分比數量重要多了，他們倆都不是隨機選出的對象。兩人我都認識，其中一人還是我的近親。」

「他綁架他們的原因，是為了吸引你的注意。」

「這是唯一合理的推論。」

「好吧，福爾摩斯，」我說，「你只能怪自己。你用那份電報激怒了莫里亞蒂，你捅了馬蜂窩，這就是結果。」

福爾摩斯瞪著我，但我在他的眼神中察覺到一絲罪惡感。他又變成和公孫壽一起搭車前往多爾金，全然無視於後果的浮躁年輕人。不過，現在他開始明白，魯莽的行動不僅會害到自己，還可能使他人陷入危機。

「可能吧。」他說，「但教授會發現，我的刺也相當危險。」

說完，福爾摩斯就跨越帕摩爾，敏捷地躲過車潮，似乎不太在意我有沒有跟著他。我們抵達對街路肩，站在一處豪華的聯排別墅前。福爾摩斯爬上階梯，敲了門環。

「是誰住在這裡？」我問道。

「邁克羅夫特，他在二樓有幾間套房。」

我往後看對街的第歐根尼俱樂部，心想：**地點非常方便**。搭車過來的途中，福爾摩斯告訴我，他哥哥在白廳工作，而白廳就位於街角。整體而言，邁克羅夫特．福爾摩斯似乎偏好將自己鎖在倫敦這一座小區塊中，過著井然有序且故步自封的生活。

有名侍從讓我們進門，福爾摩斯隨即從他口中得知，邁克羅夫特不在家。侍從也說，自從星期三之後，就沒有看過「福爾摩斯先生的蹤影」了，也承認自己覺得這有點不尋常。

「星期三那天，他有沒有任何訪客？」

「我記得沒有，先生。」

「完全沒人來找他嗎?」福爾摩斯追問道。

「這個嘛……」年輕人搖搖頭。「我有種感覺,可能有個陌生人來過,我也有幫他應門。是星期三嗎?可能吧,我完全不確定。我可能把那天跟星期二搞混了,或是……或是……」

「是個口才良好、魅力出眾,但長得不好看的男人?」

福爾摩斯描述了莫里亞蒂的長相,但侍從看起來不知所措。

「你知道嗎,我彷彿記得見過有那種長相的人。但奇怪的是,好像發生過,又好像沒有。我幾乎以為自己是夢見的,你有過那種感覺嗎?當你確定自己做了某件事,但或許沒做,可能只是想像出來的?就是這種感覺。」

福爾摩斯望向我,眼神驗證了我的結論:那名侍從受到莫里亞蒂的「絕佳口才」影響了。男孩的腦筋一片混沌,記憶中只留下朦朧片段,像是雨後的粉筆畫。

福爾摩斯拿出自己的名片,讓侍從明白自己是邁克羅夫特的弟弟,並說他想看看邁克羅夫特的房間。侍從說他沒有鑰匙,但福爾摩斯說邁克羅夫特給了他一把備用鑰匙。

我們爬上三樓。福爾摩斯自稱擁有備用鑰匙,這點並不完全屬實,他沒有鑰匙。他有一組開鎖工具,而這必定是他用來闖進史坦福公寓的工具。他要我站在樓梯間把風,以免侍從起了疑心,回來看我們,或是有別的住戶或商人經過。

我沒看清楚福爾摩斯如何使用工具,但門鎖似乎只是個小障礙。靈巧地處理了幾秒後,隨著一股喀嚓聲,他就解開門鎖,打開房門,過程頂多只花了十五秒。

邁克羅夫特習慣維持高度整潔,我們踏進他房裡時,這點顯而易見。房間一塵不染,裡頭沒有任何歪斜的家具，也沒有一絲灰塵。窗簾掛得筆直，皺褶也相當統一，彷彿它們是以尺與三角板測量後打造而成的大理石雕像，就連堆在煤桶旁的煤炭，看起來也井然有序。

「你確定這個人是你哥嗎？」我忍不住對身旁的同伴說。「不久前你說他是個胖子，你自己則瘦得像個稻草人。我現在發現，他喜歡有條有理，你則偏好雜亂。」

「如果可以形容兩個人是同一枚硬幣的兩面的話，那就是邁克羅夫特和我。」福爾摩斯回答。「我們還是男孩時，情況便是如此。我們的父親來自古老的軍事家族，他的行事風格也都帶有軍事紀律。我們的母親則不同，她的叔叔是法國藝術家霍勒斯·韋爾內[75]，她也有類似波希米亞人的自由個性。邁克羅夫特和我從雙方家族中汲取了特點，但方向截然不同。他喜歡食物，我則只把食物當作身心靈的燃料；他渴求一致性和系統化，我則偏好創造性混亂。好了，如果你不介意的話，我還有事得做。」

說完，福爾摩斯就開始仔細且有條不紊地檢查空曠的房間。他從客廳走到書房，再前往臥房和更衣間以及浴室，在每座房間從天花板到地板詳細檢視了一番。他好幾次拿出一只放大鏡來窺探某些東西：一塊簷口、一只椅子腳輪、洗臉盆上的水龍頭和門把，觀察時的嚴謹注意力，彷彿是在審視《蒙娜麗莎》上的細節。這段耗費體力的過程，花了接近一小時才結束，最後福爾摩斯宣布，自己確定他哥哥確實遭到綁架，犯人也是莫里亞蒂。

「這裡有根頭髮，只可能來自我們那位走上歧途的學者。」他說，邊拿起一根短小的黑頭髮給我

75 譯注：Horace Vernet，十九世紀法國畫家，擅長描繪戰爭與歷史情節。

看。「它的長度和莫里亞蒂的頭髮相同，也有種椰子和伊蘭伊蘭精油（ylang-ylang）的氣味。」他嗅了嗅髮絲。「對，完全和莫里亞蒂使用的望加錫（Macassar）髮油品牌羅蘭（Rowland's）一模一樣。」

「那就對了，該死。」

「但有更好的消息。我很高興的發現，邁克羅夫特為我們留下了線索，指出了自己當前的下落。」

「線索？在哪？是怎麼樣的線索？」

「這座客廳中有些東西位置不太對勁，有點歪歪的。」

「你在開玩笑吧？」我喊道。「不太對勁？我看不出有人**住過**這裡的跡象。這座公寓像是娃娃屋，裡頭太過完美且嶄新了，更別提根本不像有人住過。」

「四處看看。」

我照做了。「書桌上的墨水瓶？」我猜道。「它離桌子中央差了一英吋嗎？不對嗎？那麼，是毛毯吧，它和地板的角度差了一兩度？」

「你在亂猜。」

「我當然在亂猜。架上的書？是嗎？」

我掃視書架，房裡有三座書架，都以打光過的胡桃木製成，彼此距離相等，擺在同一張牆邊。邁克羅夫特的私人圖書館，大多充斥著劇情正面的小說，和詩集與論文集，也根據書本的顏色、裝訂與大小擺放，對開本和對開本擺在一起，四開本和四開本擺在一起等等。所有書本都擺放得十分密集，整齊且閃爍著光澤。

「你還是在猜。」福爾摩斯說。「但你快猜中了，確實是一本書，但不在架上。」

他說的只可能是一本龐大的欽訂版聖經（King James Bible），那本書放在窗口邊的講台上。它在架子上微微歪斜，如果沒有仔細看的話，不會發現角度上的差異，但是，在一切井然有序的房間裡，就連最細小的變化，都顯得十分突兀。

福爾摩斯小心地拿起聖經。那是本沉重又精美的書本，印在牢固的牛皮紙上，用小牛皮裝訂，書頁上則有金箔裝飾。

「仔細看，華生，上頭有指孔索引（thumb index）。」他指向書頁右邊挖出的一連串小圓洞。「每個陷進去的凹槽中，都有三篇聖經章節名稱的縮寫，讓讀者能快速翻閱到想讀的段落。你也可以觀察到，其中一處凹槽上有個凹痕。在這裡，上頭寫著『COR GAL EPH』。」

黑色紙張和金色文字之間的半圓形小凹槽中，確實有個記號，那是道半英吋長的纖細凹痕。

「這本書其他部分完好無缺。」福爾摩斯說。「邁克羅夫特鮮少打開它，可能從未翻開過。他擁有這本書的原因，是由於這是本美麗的書籍，而不是因為它帶來的靈性助益。上頭的凹痕很新，跟整本書相當不協調，因此具有重要意義。另一項重要的部分，則是講台其中一條支柱底部的擦傷，你有看到嗎？」

我彎下腰，發現木製鑲板上有塊菱形的黑色靴印。

「這告訴了你什麼？」

「連你哥哥都無法讓家裡一塵不染？」我猜道。

「這告訴了我，邁克羅夫特是倚著講台掙扎，用腳在上頭留下擦痕，同時用指甲在索引槽上留下記號。」

「是意外嗎？」

「不，我覺得這兩項行為都是故意的，他假裝自己很笨拙。」

「你很確定嗎？」

「完全不懷疑。」福爾摩斯有些粗暴地回答。「不過，我能根據現有的證據進行推論，就像你能用醫學知識評估病人的症狀，再做出詳細診斷一樣。邁克羅夫特知道，一等我得知他失蹤，就會搜索他房間，因此他故意稍微移動聖經，並巧妙地將其損毀，好為我留下線索。不知道他用了什麼方法誘騙莫里亞蒂，讓對方說出要將自己送去什麼地點；或是，在莫里亞蒂的催眠術控制他前，他運用自己的邏輯思考能力想出了答案。在演繹法這個領域，邁克羅夫特與我平分秋色，或許比我更厲害。」

「國內還有另一個人擁有和你一樣的頭腦？」我訝異地說。

「如果加上莫里亞蒂的話，就有三個人。不過就邁克羅夫特的狀況來說，儘管他腦力強大，卻從未訓練，注意力也不集中。由於天生懶散，一時興起下偶爾使用智力他便滿足了。他讓政府徵用自己的智慧，但其餘時間則悠閒度日，這是他和我之間的另一項差異。我的大腦從不悠閒，它拒絕如此。」

「但至少，他在極端情況下用上大腦了。」

「當然，這使得他和我們掌握了優勢。」

「我看不懂指孔索引上的凹痕會指出什麼。」

「我提過它的位置，『COR GAL EPH』。」

「《哥林多前書》（Corinthians），《加拉太書》（Galatians）和《以弗所書》（Ephesians）。」

「這三卷書組成了《保羅書信》(Pauline Epistles)。」

「我們該從中得出哪種解釋?」

「仔細想。」福爾摩斯說。「試著別當笨蛋。」

「《保羅書信》。保羅。他之前是大數的掃羅(Saul of Tarsus),在前往大馬士革的路上改變信仰前,他一直是基督徒的剋星,之後他成為使徒,最後則為了自己的信仰而遭尼祿(Nero)殺害,至少大眾是這麼相信的。」

「繼續說。」

「我只能猜到這裡。我不是神學家,也不是專精於研究聖保羅一生事業的專家。」

「你快猜到了,在一旁看著真是難過。我想繼續誘導你,直到你想出答案,但時間緊迫,我也沒耐心了。是聖保羅,華生。記得我說過那是個地點嗎?倫敦哪裡有以他為名的地方?」

我拍了自己的前額。「聖保羅座堂(St. Paul's Cathedral)。」

「對,但也不對。」

「但儘管這有悖常理,卻合乎邏輯。」我堅持道。「聽我解釋。莫里亞蒂抓走了邁克羅夫特和葛雷格森。他對他們施展催眠能力,使他們自願和他一同前往他選擇的地點。」

「對,我也是這樣想。他分別控制了兩個人,就像花衣魔笛手一樣[76]。」

「所以,那你為何不覺得他把他們帶到聖保羅座堂了?聖保羅有象徵意義,那是英國僅次於西敏

76　譯注:Pied Piper,德國民間童話中的角色,能以笛聲催眠老鼠與兒童。

寺的重要宗教建築。莫里亞蒂肯定能在褻瀆它的同時，得到邪惡的滿足感，並將它轉變為……」

我克制住自己，讓福爾摩斯幫我說完那句話。

「生人獻祭的場所。」

「我不想那樣說。」

「我也感謝你想得周到，但在這件事上，我們不需要拐彎抹角。我完全清楚，今晚莫里亞蒂對我哥哥和可憐的葛雷格森有什麼打算。」

「在這種狀況下，你顯得相當冷靜。」

「你覺得這是冷靜，華生，但這只是目標始終如一。我無法讓情緒掌控自己，恐懼毫無生產力，只會阻礙我的努力。為了讓我們有機會拯救邁克羅夫特與葛雷格森的性命，我必須盡量維持思路清晰。」

我對他的自制力感到驚奇。如果是我哥哥落入莫里亞蒂的魔爪，我肯定無法控制自己。

「來談談你對聖保羅座堂的論點。」福爾摩斯繼續說。「你忽略的，是倫敦不只有一間聖保羅教堂，但你可能不清楚這點。有許多教堂都使用這個名稱，我不需要查年鑑就能告訴你，騎士橋（Knightsbridge）有一座，另一座在柯芬園（Covent Garden），還有一座在漢默史密斯（Hammersmith）。」

「你是說，地點可能是這三座教堂之一。」我喪氣地說。「或是說，英格蘭內任何一間，但國內肯定有數十座聖保羅教堂，我們根本無從搜索起。」

「並非如此。因為有一座聖保羅教堂，位於和我們的案件有關的區域，而根據邏輯推論，莫里亞蒂已將邁克羅夫特與葛雷格森帶往該處——沙德維爾的聖保羅教堂。」

第二十三章　有備而來的老鼠

Forearmed Mice

「準備好，華生。」福爾摩斯說。「這裡就是目的地。」

我們抵達了沙德維爾的聖保羅教堂，馬車一往遠處駛去，我們便停下腳步仔細觀察。

這座聖保羅教堂是六十年前因國會法案建立的其中一座滑鐵盧教堂，原址是一座更古老的教堂，造型採用晚期喬治亞風格，頂端有圓頂尖塔，高聳的前端柱廊則帶有某種希臘神殿風格。它位於拉特克里夫公路（Ratcliffe Highway）與沙德維爾盆地（Shadwell Basin）之間，與後者的距離相當近，因此雖然停泊船隻的嘎吱聲、船錨鐵鍊的尖鳴，與拍打碼頭木樁的水波聲有些遙遠，我們依然聽得見這些聲音。長滿青草的教堂墓園將它和市區隔開，像是城堡旁的護城河。聳立的尖刺欄杆成了另一道阻絕外界的屏障，而這座鋼鐵圍欄後方，還種了一排高大的法國梧桐。

時間已經超過晚間七點，雨水持續從漆黑的天空落下，已經下了一整天。這種雨水能在數分鐘內使人冷得入骨，也導致福爾摩斯和我在搭車過來途中，街上沒看到幾個慶祝新年前夕的狂歡者。夜晚才剛開始，但今年的跨年宴會可能不會太過盛大，天氣打消了人們的興致。

我們花了一整天準備這項危險任務，福爾摩斯在化學工作台邊待了好幾小時，忙碌地進行許多複雜且臭氣熏天的工作，像是調製、過濾、煮沸和滴定測量藥劑。他利用聖誕節前在隔離典籍區寫下的筆記，來進行這些實驗，在我看來，福爾摩斯面前的筆記本裡只寫滿了無法辨識的潦草文字，他的筆跡相當可怕，但對他而言，這些紀錄是重要資訊的來源。

至於我，則仔細清理了威百利—普萊斯手槍，並為所有可動零件上油。「能正常運作的槍，才是能拯救你性命的槍。」我以前的軍團士官長總愛這樣說。我也確保福爾摩斯吃下足夠的食物，如果我不堅持，他肯定會略過吃東西這件事。軍團士官長有另一句格言，由於他一再重述，使我牢記在心：

「空腹的士兵，在戰場上就和裁縫師的假人一樣沒用。」這是他個人對拿破崙口中的「軍無糧則散」所做的詮釋。

我們站在教堂大門前時，我只想到：如果福爾摩斯和我現在沒準備好面對莫里亞蒂的話，就永遠沒有機會了。

然而，我不禁說出自從我們離開邁克羅夫特家後，就一直在我心頭糾結的問題。在我們如此靠近目的地的這一刻，我無法不說出這件疑慮。

「當然了，我們可能會直接踏入莫里亞蒂的陷阱。」我說。

福爾摩斯嚴肅地點頭。「可能？沒有『可能』這種事，我敢說可能性超過百分之九十。」

「我得提出這點。」

「我認為這點無庸置疑。邁克羅夫特會在聖經上留下線索，確實可能並非出於自願，而是莫里亞蒂想讓我們前來此處。」

「為什麼？」

「如果我們沒在場觀看人質受苦，那何必犧牲我哥哥和葛雷格森？那等於是在無人的大廳舉辦音樂會。再說，莫里亞蒂可能佈署了某種策略，來危害任何前來援救受害者的人，也就是我們。」

「所以我們才獨自前來嗎？這就是你不把事件發展告訴雷斯垂德的原因嗎？」

「當然了，華生，你真聰明。莫里亞蒂的目標是我們，這樣一來，我們展開救援行動時，就得承受所有他設下的防禦措施。何必拖別人下水呢？我們才是激怒他的人。」

「你說的是**自己**，因為你發了那封電報，如果你沒那樣做，莫里亞蒂就不會把你我當成威脅。他在房裡的時候，輕輕鬆鬆就制服了我們，不是嗎？他覺得自己確保我們會聽話了，但你偏偏要激怒他。」

「這是深思熟慮過的行動。」福爾摩斯說。

「才不是。」

「我承認，電報中的用語或許可以不那麼辛辣，但發電報確實是吸引他注意的招數。我們一停留在他視野中，他就可能對我們發動攻擊。」

「你在我們背上畫了靶眼。」

「難道有更好的方法，能逼狙擊手現身嗎？我沒考量到的是，莫里亞蒂居然把別人牽扯進來，我也為此感到自責。我沒料到那該死的惡棍居然這麼下流！說到這裡，我覺得到了這個環節，自己有義務說：華生，你不需要參與接下來的行動，不需要淌這趟渾水。由於今晚的狀況可能相當險惡，如果你想退出，我也不會因此瞧不起你。」

「福爾摩斯，」我反駁道。「你侮辱了我，我跟包括你在內的任何人一樣，想在看到莫里亞蒂在這個世界引發更多恐怖事件前，先行阻止他。葛雷格森探長跟你哥哥有生命危險時，我也不能袖手旁觀。身為你的朋友，以及人類，逃跑的話就太沒道德了，也違背了我的良心。」

「好傢伙，我就知道能仰賴你。」

「總之，我還是覺得自己像是嗅著起司的老鼠，陷阱的血盆大口則懸在頭頂。」

「啊，但差別在於，你和我都不算是老邁鼠輩。我們有備而來，你的手槍裡，裝了一些我給你的子彈吧？」

「對。」我拍拍大衣口袋。「我也把剩下的子彈帶在身上。」我拍了拍另一側口袋。

「太好了，我自己也帶了獨特的武裝。好啦，我們拖得夠久了。」

福爾摩斯推開門，我們踏入教堂墓園。首都中許多教堂今晚都在舉辦新年前夕的儀式，但沙德維爾的聖彼得教堂並非其中之一，這座教堂已經遭到棄置。我們經過法國梧桐光禿禿的樹枝底下，接著踏上一條礫石路，兩側有許多墓碑，大部分是水手的墳墓，這是由於長久以來聖彼得教堂的信眾都是海事人員。人們將原本的十七世紀建築稱為船長教堂（Church of Sea Captains），教區信徒也包括了詹姆斯，庫克[77]。當它遭到拆毀，以便興建新建築時，與它有關的傳統並未廢棄。

我們走近建築時，倫敦的夜間喧囂便化為沈默，取而代之的是颯颯風聲與光禿樹枝的咖啦聲。沙德維爾本身過去曾是鹽沼，而在當晚的教堂周圍，空氣便瀰漫著泥沼的氣味，常見的都市臭味，則夾雜了濕氣、泥土和汙濁鹹水的臭味。福爾摩斯和我彷彿已將文明拋在腦後，並踏入過去，到達更荒涼且原始的時代。

「現在來看看，我們的朋友莫里亞蒂究竟躲在哪。」

福爾摩斯拿出一只用瓶塞塞住的試管，裡頭裝了黏膩的混濁藍色液體。

「我們在邁克羅夫特家中找到的頭髮，讓我製作出一種磁石溶劑，《蠕蟲的奧祕》中記載了這種配方。」他說。「我只希望它有效。我完全遵照『食譜』的要求，但我是新手大廚，無法確定這帖藥有用。」

---

77 譯注：James Cook，首位登陸澳洲與夏威夷群島的歐洲探險家。

「需要蠑螈的眼睛，和青蛙的腳趾嗎？」

「其實是硝酸鉀和沒藥（myrrh）酊劑。華生，這不是魔法，而是煉金術，你可能會認為差異極小，不過這點十分重要。煉金術是現代化學的前身，而且這兩者之間的共通點，比一般人想像中要多得多。在這個情況下，靠近頭髮主人時，溶解的頭髮會使溶劑發出可見反應，皮膚碎屑效果更好，至少普林是這麼說的，身體分泌物是更好的選擇，但頭髮應該也能產生效果。」

「應該嗎？是絕對有效。」

「我希望你對我的信心有實際根據。好了，如果莫里亞蒂在附近……啊哈！這是什麼？」

磁石溶劑開始散發出迷濛的天藍色光芒。福爾摩斯將試管移到不同方向，當他把試管往左側移，光芒就黯淡下來；往右側移，光芒就明顯增強。他往那個方向走了幾步，一面搖晃並高舉試管，用試管波動的光芒引導自己。

於是，透過不斷試誤，我們來到教堂西側，旁邊有一小段階梯，底部有扇刻有浮雕的木門，那是地下樓層的入口，或許能通往墓穴。福爾摩斯一把試管移到門邊，磁石溶劑就變得更加燦爛。

「找到了。」他低聲說。「我們的獵物就在裡頭。」

他收起試管，拿出一只老舊的口袋型提燈，並小心點亮裡頭的蠟燭。

「如果要徹底證明這件事……」他舉起提燈，靠近門上的掛鎖。「華生，你看到了嗎？」

「看到什麼？」

「什麼？差異啊。」

「哪兩個的？」

「掛鎖和鎖扣。一個是全新的，另一個腐朽且老舊。」

「這很特別嗎？可能是之前的鎖生鏽了，所以得替換掉。」

「你可能會這樣想。你可能也會認為，某人想進出這道門，但缺少原本掛鎖的鑰匙，因此最近才更換了掛鎖。如果你仔細看鎖扣，就會在掛鎖的鉤環後方看到筆直又平行的刮痕，除非我大錯特錯，否則那就是螺栓割刀的尖端切斷原本掛鎖中的鉤環時留下的痕跡。

「這並沒有推翻我的解釋。如果第一道鎖打不開，還是能用螺栓割刀剪掉它，使用人自然是教堂司事。」

「可以從門上鬆開鎖扣的螺絲，這是更簡單也更合理的處理方式。沒人打開鎖扣，使用螺栓割刀，代表有人想花最小的工夫迅速解鎖。那表示對方鬼鬼祟祟，只有不想被逮的人才會這樣做，換句話說，不是教堂司事、管理員或其他神職人員做的。拿好這個。」

福爾摩斯把提燈遞給我，接著取出裝了開鎖工具的小皮袋。

「先用扭力扳手。」他低語道，並將L型工具插入鑰匙孔中。這是我首次在旁觀看他的俐落手法。「嗯，三式彈子鎖，沒什麼特別，半鑽鑿就能處理。把燈拿穩點，好嗎？」他把鑿子插入鑰匙孔，並沿著孔道輕柔地戳弄。「沒錯，這就是固定器，有點難開。好了，下一個固定器，在剪切線上頭。最後則是……」

哐啷一聲，掛鎖打了開來。

「好了！小事一樁。」

「你不覺得太簡單了嗎？」我說。「如果是莫里亞蒂替換了掛鎖，他難道不會更謹慎地防範入侵者嗎？」

福爾摩斯輕笑，但接著他的臉沉了下來。

「噢，華生，我真希望你沒那樣說。」

「因為這顯得我愛發牢騷？」

「不，因為你說對了，我也太激動了。」他指向鬆垮地吊在鎖扣長柄上的掛鎖。「看那裡，鉤環尖端，就在凹槽上方。」

金屬棍裡刻了個特殊小記號。它由手工鑿成，掛鎖關上時，就把它遮了起來。我認不出符號本身，但我清楚那是某種魔法符號。我們觀看時，一絲明亮的白光沿著凹槽蔓延而出，接著瞬間消失，速度和眨眼一樣快，只在我的視網膜上留下一抹紅色殘像。

「如果我沒猜錯的話，這是帕爾葛洛斯牢咒（Palgroth's Ward）。」福爾摩斯說。「好吧，至少莫里亞蒂現在知道有訪客上門了，我不想猜是什麼東西正等著接待我們。」

第二十四章　魔法子彈

Magic Bullets

福爾摩斯把門往內推，接著我們低身經過低矮的門楣，小心翼翼地走入墓穴。口袋型提燈的光線照亮了排列成網格狀的成排磚柱，支撐著拱形屋頂。鋪石地板並不平整，四處密密麻麻的佈滿了層層堆疊，且破破爛爛的蜘蛛網。空氣中的灰塵與溼氣塞住了我的喉嚨，使我嚐到黏土的味道。

很難看出墓穴有多深，因為提燈受到鏡面加強的光線，只能照亮黑暗中幾碼的距離。我想，它應該與地面上的教堂主體佔地相同，確實很大，但我聽說過有些墓穴的大小超越了上頭教堂的面積，並往兩側延伸出隧道。我想知道，這裡是否就是那類墓穴。我希望不是，我們周圍已經太過陰暗，讓我感到不安，有太多我無法看見的地方，也有太多藏身處了。

「保持警覺，華生。」福爾摩斯說。

「我有更好的辦法。」我回答，並抽出左輪手槍。

我們從入口旁離開，福爾摩斯前後移動提燈，以便形成弧光，盡可能照亮我們周遭。有好幾次，我以為自己在微光中察覺到動靜，像是有某人或某物迅速掠過，於是我迅速把槍指往那個方向，但每次都只是因敞開大門吹來的微風而飄動的蜘蛛網。

「你太緊張了。」福爾摩斯責難道。

「你能怪我嗎？」

「你看到陰影就緊張。」

「我害怕陰影，理由也很充分。」

我們往前走，逐漸深入墓穴，每一步都讓我們離唯一的出口更遠。我一再計算，要花多久才能跑回門邊，並測量磚柱迷宮最直接通往門口的路線。

接著我瞥見一個光景，使我全身起了雞皮疙瘩，說我「全身寒毛直立」也不過分。從黑暗中盯著我瞧的，是張沒有牙齒、眼窩凹陷的棕色臉孔。

我花了幾秒鐘，才明白自己正盯著一具屍體的頭部看。它躺在壁龕中，顯然非常古老，且經歷了自然的脫水過程，因此現在只是用如紙般細薄的皮膚、和腐朽的殘餘衣物包裹的一具骨骸。它已經死亡多年，不可能對我造成危害，雖然讓我嚇了一跳，但也僅此而已。

我平復心情那段期間，福爾摩斯走近屍體。就算一開始他跟我一樣，被燈光下突然出現的張口乾屍給嚇到，也沒有任何驚嚇的反應。他照了照周圍的環境，發現這並非唯一的屍體。墓穴其中一道牆面上，設有諸多相同的壁龕，每座壁龕大小都與臥鋪相仿，並都存放了一具人類遺體。

「是水手，」他說。「都來自上個世紀。這些人是海軍軍官，你可以從殘存的制服看出這點。這個人戴著蒙馬斯帽[78]，另一個人戴了高禮帽，帽緣上還有個『記帳標誌』，那是上頭繡有他船隻名稱的緞帶，不過畫在上頭的文字早已褪色，無法解讀；那個人戴了海軍見習生的捲邊帽，這裡有條海軍藍圍巾，那裡有件縫了黃銅鈕扣的禮服大衣，顏色也是海軍藍；這個人應該是位船長，白色西裝背心和金色穗帶，加上雙角帽[79]。我猜，這些水手都來自沙德維爾較為富裕的家族，他們不使用埋在土裡的普通棺材，也不讓遺體受到蟲子侵害，他們最後的長眠處，擁有更受控的條件。」

---

78 譯注：Monmouth cap，十五到十八世紀常見的毛帽。

79 譯注：bicorn，十八世紀歐洲陸軍與海軍將領配戴的帽子，因肖像中的拿破崙經常配戴這類帽子而為人所知。

「我相信那很棒。」我說。「但我們是不是應該繼續進行來這裡的目的了？」我們越快找到莫里亞蒂與他的俘虜，就能越早離開墓穴。如非必要，我完全不想待在這座墓穴。

我們轉身繼續搜索，不過，還沒踏出幾步，身後傳來的輕柔摩擦聲，就吸引了我們的注意。我們同時轉身，福爾摩斯把提燈對準了壁龕。

我覺得一切安好。屍體依然躺在安眠處，每座壁龕都存放著腐朽了數十年的水手。

「華生……」

提燈的光線停在其中一處壁龕上。

裡頭空無一人。

「那裡之前沒有遺體。」我悄聲說道。

「之前有。」福爾摩斯肯定地說。

「我知道，這只是我一廂情願的想法。」

「注意點，老朋友。」

「你不會真的認為……」

我原本會用「……屍體會起身走路吧」把這句話說完，但我不需要說了。

因為屍體確實起身走路了。

證據就在我們眼前，它正用搖搖晃晃且嘎吱作響的雙腿，蹣跚步入光線之中。

＊＊＊

奇怪的是，比起不久前瞥見那毫無動靜的骷髏臉龐，走動的屍體反而沒讓我那麼緊張。復活的屍體太過超現實，太不可能出現了，無法讓我產生同樣的衝擊。它屬於幻想的領域，完全超出正常範疇，使我的心靈無法輕易接受它的存在。第一眼，我相信自己看到的，是某種醜陋的等身大傀儡，是混擬紙漿與木雕組成的產物，也是躲藏在隱匿處的操偶師控制的人偶。如果我往上看它頭頂，或許還能找到支撐它的細線。

即使福爾摩斯罵了一句髒話，表達他無法置信的絕望時，我依然無法完全接受屍體的現況：死人因某種原因復活，這種解釋似乎怪異且庸俗。或許我終於開始從容看待超自然的狀況了，對我而言，異常事件已成為稀鬆平常之事。

我太天真了，居然以為自己能完全適應福爾摩斯和我現在身處的新世界。

當屍體踏出僵硬又緩慢的步伐向我們前進時，第二具屍體也伸出一條腿，從存放自己的壁龕上滑了下來，第三具和第四具屍體也隨之落下。它們的動作都不快，讓我想起因類風濕性關節炎而行動不便的老人，身上的關節和生鏽的門板鉸鍊一樣難以動彈。它們的平衡感不太好，經歷長期平躺後，過往的海軍軍官們似乎難以習慣直立動作。可以這麼說，它們尚未重拾其「活生生的腿」，走路搖搖晃晃的，彷彿每個蹣跚步伐都有可能讓它們摔到地上。

儘管它們笨拙無比，卻擁有明確且毫不動搖的目的。它們逼近福爾摩斯和我，接連舉起雙臂，向我們伸出雙手。那些手是瘦長又乾癟的附肢，手上的掌骨與趾骨清晰可見，有些遺體則少了幾根手指，手掌向我們抓來。那些屍體似乎打算抓住我們，我不曉得它們打算對我們造成那種可怕傷害，如果它們力氣足夠，可能會將我們大卸八塊。隨著屍體而來的，則是破布的沙沙聲，和骨頭之間不斷摩擦發出的聲音。

「怎麼樣？」福爾摩斯對我說，此時六名死亡水手在我們周遭圍成半圓形，我們則依次後退。

「你不做些什麼嗎？」

「你有什麼建議？如果你指的是對它們開火，那有什麼用？這些怪物毫無意識，它們是死肉做成的稻草人，因妖術而得到虛假的生命，自然不怕傳統武器吧？」

「你帶的是傳統武器嗎？」

「威百利手槍？這當然是傳統武器啊！」

「但**槍裡**裝了什麼？」福爾摩斯追問道。「看在老天的份上，快想想！今天下午，我有沒有改裝一整盒伊雷牌二號子彈，就為了對付面前這種威脅？我是不是花了一點時間，用加了我自己鮮血的黏膠，將某個叫做顯真印（Seal of Unravelling）的東西塗在每顆子彈的彈頭上？」

「你有。」我窘迫地說。

「你也忘了這件事。」

「在這種水深火熱的時候……」

「快開槍，華生。」我們靠在其中一座柱子，背部貼著磚瓦。「六具屍體，你的威百利手槍彈巢中有六個膛室，看看你能不能不重新裝彈就解決它們。」

「我應該瞄準哪個部位嗎？」

「為了產生最大效果，盡量瞄準中央。」

我把槍對準最近的屍體，也就是福爾摩斯口中的海軍見習生。**轟然槍響**在密閉空間中大得震耳欲聾，宛如鑽入耳膜的肉叉，槍管發出的強光看起來跟閃電差不多亮。

子彈打中了見習生的胸骨，衝擊力道使屍體稍微晃了一下，但它幾乎立刻繼續踏著不穩定的步伐向前走。

顯真印就只有這點能耐。我往旁向同伴瞄了一眼，福爾摩斯的表情難以捉摸，但以煉金術強化過的子彈居然失效，肯定也讓他感到失望。

接著屍體在途中停下。如果對方乾癟腐朽的五官能做出表情，可能會流露出訝異的神情。

隨之而來的，則是驚愕與焦急，因為見習生胸口上的彈孔開始散發出一道道橘色亮光。光線逐漸擴散，像碎玻璃上的裂痕般不斷增加，還發出如同火種起火時的霹啪聲響。乾燥的皮肉，空洞的骨頭，甚至是衣物，滾燙的橘色光線蔓延到所有東西上，直到屍體從頭到腳遍布冒出閃爍光線的小裂縫，我的鼻孔也充斥著強烈的燃燒氣味。

不死怪物立刻失去聚合力，分裂成上百萬個碎塊，並如同劇烈山崩般忽然瓦解。見習生倒在地上，軀體顆粒撒得滿地都是，除了質地宛如煤渣的焦黑殘骸外，什麼也沒剩下，殘骸上頭還飄起裊裊煙霧。

我停下動作，驚訝於顯真印的毀滅效果，這果然是強力手段。

接著我任意射擊剩餘五具屍體，每顆子彈都擊中目標。海軍官員們的第二條性命遭到抹殺，變成一坨滾燙的光線聚合體，並隨之崩解。

事情結束後，我的雙耳依然嗡嗡作響，但我心中升起一股強烈的滿足感，也感到一陣樂觀。我們面對的敵人，或許能嚇倒且殺掉所有缺少我們擁有的這種專業技能的對象，但我們戰勝了。

「如果那是莫里亞蒂對我們的殺手鐧……」我開口說道，但福爾摩斯謹慎地搖了搖手指，打斷我的話。

「別挑釁命運。」他說。「我們證明了自己能應付這個挑戰，但可能還有別的危險等著我們。」

墓穴深處傳來緩慢的響亮拍手聲，接著則是一股嗓音：「恭喜，福爾摩斯先生，你確實能應付這個挑戰，但如果幾個笨拙緩慢的亡靈就能把你打敗，那可真是一場悲劇，幾乎令人感到難堪。我對你的期待，比這樣還稍高了點。」

莫里亞蒂教授的身影從黑暗中浮現。

他並非獨自一人。

第二十五章　三蛇王冠

The Triophidian Crown

跟隨著這位學者的，是個有著斜倚伸長的眉毛，且全身長滿鱗片的人型生物。剛開始我嚇了一跳，以為他是其中一隻塔阿的蜥蜴人，兩者外型非常類似。接著我發現，儘管那生物的外表充滿爬蟲類特徵，卻來自該類生物的不同子群。鱗片大小不同，雙眼沒有眼瞼，最不同的是，分叉的舌頭在上翹的嘴唇之間閃動。那麼，這並不是蜥蜴人，而是某種近親，即蛇人。

這怪物的特殊本質與和蜥蜴人的相似性，並不使我感到訝異，我在《納克特抄本》中讀過不少與缺乏哺乳類特質的古代類人種族有關的紀錄。根據更接近當代的紀錄，有些生物至今仍存活著，據說有座名叫印斯茅斯（Innsmouth）的新英格蘭海港，就住有近似蛙類的人類，我國南部海岸，也有一兩件目擊類似生物的紀錄。人類的演化似乎經歷過某些異變，比達爾文博士料想的還要頻繁。

蛇型生物站在莫里亞蒂身旁，擺出部下般的駝姿，其目光緊盯著他，彷彿在等候指示，像是等主人一聲令下，就會衝去拾回墜地松雞的獵犬。

莫里亞蒂本人看起來沉穩且充滿自信，程度比我們首度見面時有過之而無不及。他的禮服大衣和錐形細條紋長褲增加了新配件，頭上戴了一只用青銅打造的小型王冠，上頭雕有交叉設計，樣式類似凱爾特結。其前端有個飾物，形狀像三顆蛇頭，每顆蛇頭都彎往不同方向。儘管我當時無法判斷王冠真正的目的，卻覺得那不只是裝飾品，這個蛇型雕飾肯定與伴隨莫里亞蒂的類人生物有關。

「對，如果光憑這些骷髏就能阻止或打敗你，」莫里亞蒂說，「那就太可惜了，福爾摩斯先生。那種東西太脆弱了，一陣風就可以把它們吹垮。假若你真的失敗，我會感到非常失望，特別是在公孫壽大肆讚揚你後，他稱你是『最富天賦的人』。」

「公孫壽太過獎了。」福爾摩斯說。「我確實預測到你會使用那類小花招。教堂裡什麼東西最多？

人類遺骸。用正確的手法，加上正確的藥水和魔咒，就能將遺骸化為武器。」他指向六具屍體化成的數堆灰燼。「是殭屍，對嗎？你用海地人洪安[80]的方式，以惡名昭彰的黑釀法（Black Brew）將它們復活，再讓它們照你的意志活動。」

「你做了不少功課，閣下，我為你喝采。而我猜，你朋友發射的子彈不是用鉛製成，而是鐵吧？」

「鐵是殭屍的剋星，也會對其它超自然事物造成傷害。但不對，你說錯了。」

莫里亞蒂皺起眉頭，接著露出微笑，彷彿自己迅速解決了謎題或某種數學公式。「顯真印，當然了。真是優雅的招數，用途相當廣泛，厲害。」

「既然我們在這互相揶揄，那在無可避免的衝突開始前，」福爾摩斯說，「我想，你戴的頭飾是三蛇王冠（Triophidian Crown）。」

「的確如此，你喜歡嗎？」

「它確實遮住了你後退的髮線。我也認為，它讓你得以控制身旁長滿鱗片的生物。」

「三蛇王冠？」我說。

「你不記得我們的研究嗎，華生？特別是《伊波恩之書》？三蛇王冠是種強大道具，能讓配戴者得到控制所有蛇類的能力，看來，似乎也能操控身上有蛇類血統的對象。莫里亞蒂的王冠似乎是嶄新的自製品，而不是原版王冠之一，目前只有三頂王冠留存下來。」

「沒人能取得任何一頂王冠。」莫里亞蒂說。「其中一頂是某位富有的美國古物收藏家的私人收

80　譯注：houngan，巫毒教中的男祭司。

藏，他貪婪地守著自己的財產，為此有二十多年沒踏出家門了。他拒絕接見訪客，且除了家僕外，任何靠近他家的人，都會遭受豪宅樓上窗戶發出的散彈槍攻擊落荒而逃。」

「這代表即使是擁有獨特說服技巧的你，也難以進屋。」福爾摩斯說。

「除非被射得滿臉都是彈孔。另一頂原版三蛇王冠位於亞馬遜叢林深處的神殿，神殿地點則是個大祕密。不過，據說那頂王冠已經成了廢物，由於鮮少使用，數世紀以來它的力量已大幅下降，現在只不過是個漂亮飾品。第三頂則在波斯某座博物館，館方將它鎖在地下存庫。無法取得那頂王冠的原因，並不是由於存庫固若金湯，儘管它確實戒護森嚴，但實際上是因為它被掩藏在數千個相似古物之中，館方將所有物品用相同的包裝箱收藏，無法用任何文件或記號辨別它們。得花上好幾個月，甚至是好幾年，才能從那團混亂中挖出王冠，自己製作三蛇王冠似乎是最明智的選擇。」

「那並不容易。」

「我必須找來不少效力較弱的魔法物品，並汲取它們的古老魔力，再將之轉換到無用的黃銅管線組合物中。過程一點都不簡單容易，但我很享受這種挑戰。」

「你去年出國旅行，就是為了收集這些物品。」

莫里亞蒂點頭。「我在世界各地搜索了好幾個月，一路上非常辛苦，但也是場讓人大開眼界的經驗。人們說旅行能拓展心靈，不過也會讓荷包變薄。」

「幸好那不是你的荷包，而是公孫壽的。」

「它厚到幾乎感覺不出損失。」

「你又是在國外哪裡找到這位蛇族同伴的？他躲在半掩埋於沙漠中的某座廢棄古城嗎？或者他是

貝都因人旅行商隊的囚犯，被當成怪胎擺在市集裡賺錢？」

「噢不，福爾摩斯先生，我這位朋友是本地人，也可以說，他比任何倫敦人都來得道地。」

蛇人似乎察覺到自己成了談話主題，便輕柔地發出嘶嘶聲並左右搖晃，不過依然沒有把目光從莫里亞蒂身上移開。那雙亮晶晶的橢圓形眼睛中帶有某種崇拜，也有某種情緒潛伏於下，我覺得那是惱怒。他是三蛇王冠不幸的奴隸，也不喜歡這種狀況。

「你是說，」我說，「他來自這座城市。」

「沒錯。」

「好吧，他住在哪？如果他一直都待在城裡，怎麼這麼久都沒人發現他？他住在下水道嗎？是這樣嗎？自從那些隧道完工後，他就一直住在我們腳底下嗎？」

「不，他的家比那更深，深到連巴澤爾傑特[81]先生的工程師們，都從未在挖掘時發現該處，遠在那項大型公共工程開始前，他和其族人就住在這裡了。首都有些地方，市民從來不知道它的存在，有些遠比人類社會古老的文明，一直祕密地與人類社會共存，而我們對此一無所知。」

「那麼一來，其實你的蛇人並沒有那麼罕見，」福爾摩斯說。「數量還更多。」

「非常、非常多。」莫里亞蒂說，他用一隻手觸摸三蛇王冠。「我何不介紹他們給你認識呢？」

他皺起眉頭，王冠則開始散發出柔和綠光，同時產生一股低沉的振動嗡鳴，我感受到、也聽見了這股聲響。聲音似乎穿透頭骨，沿著骨縫不斷迴響，這種感受就像是牙醫用鑽子挖入臼齒，不適感也

---

81 譯注：Joseph Bazalgette，十九世紀英國土木工程師，打造出倫敦的汙水處理系統。

只比那少了一點。

更多蛇人從我們周圍的黑暗中冒了出來，他們從柱子後悄悄走出來，或是從天花板落下，優雅地降到地面，幾乎沒發出任何聲音。有兩名蛇人從壁龕中滑出，先前他們躺在裡頭等待，躲在仰臥的屍體後頭。

現場有數十個類人生物，雖然他們全都擁有蛇類特徵，但有些成員的特徵還更明顯些。有幾個蛇人看起來像是一般人類，除了眼睛以外——他們的眼球又大又圓，眼球間的距離也很寬，不過肩膀和手臂後方只長有零星鱗片。有些成員的頭部比例與蛇完全相同，連結到長滿鱗片的身體，還有纖瘦結實的軀幹與往尖端逐漸變細的四肢。其中一人甚至長有眼鏡蛇般的皮摺，皮膚顏色也各有不同，從翠綠色、肉桂紅到深黑，加上環紋、斑點和眼狀花紋。

這些生物在莫里亞蒂的精神命令下，向福爾摩斯和我移動。我們不斷後退，直到背部靠上牆壁，蛇人們則節節逼近，以寬闊的半圓形隊型圍繞我們。他們彼此間隔了一條手臂的距離，使我們無法在不被抓住的情況下，穿過蛇人間的空隙。這種陣式宛如怪異又精確的舞蹈，莫里亞蒂則如同擺放玩具士兵般，讓他們大步向前。多虧了三蛇王冠，他只需要想出指令，就能將思緒傳入蛇人心中，成為控制他們的指令，也是無法抗拒的內心衝動。

從他臉上專心的皺眉表情、和前額凝聚的汗珠看來，這對他也十分費勁。王冠是個調整得恰到好處的儀器，需要使用者貢獻出技巧與專注力，但他似乎足以應付這件差事。

我身旁的福爾摩斯變得相當緊繃。我從眼角瞥見他如同拳擊手般，將重心往後傾，他準備好發動攻擊了。

我也仿效他，從口袋取出左輪手槍，並舉起雙拳。槍裡沒有子彈，也沒時間重新裝彈了，莫里亞蒂不會給我這種機會。

「福爾摩斯……」我開口說道。

「盡力就好，老朋友。這是你唯一能做的事，好好表現。」

「但他們數量太多了，我們非常吃虧。」

「那就別讓他們輕鬆獲勝，讓他們吃點苦頭。」

莫里亞蒂咧嘴一笑，笑容也和蛇類有些相似。「這麼嚴格的英國精神，不過，福爾摩斯先生，這是你自己的錯。我給你機會，建議你不要管我的閒事，但你反而發了那封電報挑釁我，宣稱要和我為敵，還自稱和我旗鼓相當，現在你和你的夥伴得面臨後果。」

他揮了一下手。

「朋友們——解決他們。」

蛇人們向我們一擁而上，一面發出嘶嘶聲與吼叫，福爾摩斯和我隨即展開肉搏戰，儘管人數差異過大，我們依然應付得宜。我沒有武器，因此被迫使用在學校學到的拳擊技巧，以及在橄欖球混戰中學會的下流搏鬥技術。不過，福爾摩斯帶了把木劍來，他把武器藏在大衣襯料特別縫製的長型口袋，位於鈕扣下擺旁。他華麗地抽出警棍般的武器，立刻往左右和中央痛毆蛇人，動作和擊劍手一般靈巧且幹練。木劍揮擊時發出了**喀啦聲**，三不五時會加上骨頭碎裂的**啪聲**，以及受害者悽慘的尖叫，對方隨即一跛一跛地撤退。但蛇人的體格普遍強健，且身上擁有大量鱗片的成員，則像是穿戴了盔甲，能夠抵擋福爾摩斯的全力打擊。原本能夠擊退或打殘正常人類的一擊，對這些生物而言可能不痛不癢。

在此同時，我則毆打對方的下顎，並打掉抓來的手。我的鼻孔嗅到一股辛辣臭氣，蛇人身體上傳來一股阿摩尼亞般的臭味，那是某種天生的體味，味道令人頭暈作噁，但也讓我得到額外動機。我更努力回擊，只為了讓臭氣與散發臭味的生物遠離自己。

但最後人數優勢依然勝出，就連福爾摩斯的木劍也無法為我們扭轉局勢。其中一名蛇人成功從他手中奪走木劍，並立刻赤手將它折成兩半；我的同伴用上了巴流術，造成了一陣混亂，但他也迅速遭到制伏；蛇人們圍在他身旁，緊緊抓住他，並用群體重量將他壓倒在地，我也遭受到相同狀況。福爾摩斯和我不斷掙扎，但他們將我們緊緊壓住。

眼鏡蛇般的蛇人站在我上方，嘴巴大張，露出一對尖牙。它們和我的小指一樣長，並邪惡地彎曲著，我還從牙尖銳利的中空尖端，看到清澈的黃色液體凝聚成小珠。

是毒液。

我做出最後一次大力抵抗，但徒勞無功，尖牙向我的脖子落下。

第二十六章　縞瑪瑙方尖碑

The Onyx Obelisk

我發出臨死前的叛逆怒吼，彷彿光靠吼聲就可以嚇阻死神，我只能這樣做了。眼鏡蛇人的咬傷會造成哪種死法？那肯定漫長又痛苦。我在阿富汗見過蛇毒的效果，當時我試圖拯救一名來自第十四菲奧茲普爾錫克軍團（14 Ferozepore Sikhs）的中尉，最後徒勞無功。他不小心踩到了一條角蝰，血毒素（haemotoxia）如同野火般迅速擴散到這人全身的血液之中。他的四肢腫脹，皮膚變紫，在尖叫又抽搐了半小時後，就這樣死去。

我唯一能仰賴的悲哀希望，是眼鏡蛇人會向我注入和他體型相稱的毒液量。換句話說，他會在我體內釋放出大量毒素，使我死得比那個錫克人更快，但過程也會更加痛苦。

「**N'rhn!**」

眼鏡蛇人停了下來，他的尖牙離我的喉嚨只剩下一英吋。

莫里亞蒂又說了一次指令。「**N'rhn!**」我認出那是拉萊耶語的「停止！」

眼鏡蛇人轉過頭去，忿忿不平地吼道：「**K'na n'rhn?**（**我為什麼要停？**）」

「我要你們制服他們。」莫里亞蒂繼續用古老語言回答。「他們不能死，還不行。」

「但他是我的獵物，我打敗他了。」

「不准違抗我！」莫里亞蒂怒吼。他走進我的視野之內，且頭上的三蛇王冠正放出前所未見的明亮光芒，將他包裹在閃爍的翠綠光線中。「如果你殺了他，我會讓你嘗到無法想像的痛苦。」

眼鏡蛇人顯然想抵抗他，用盡全身上下每一絲力氣，企圖將尖牙刺進我身體。但莫里亞蒂不允許這點，並發揮了三蛇王冠的完整力量，以達到自己的目的。這是主人與奴隸間意志的鬥爭，王冠上的能量劈啪作響，光芒明亮奪目。

其他蛇人饒富興味地旁觀，好幾個蛇人低聲對眼鏡蛇人說話，建議他放棄。他們說的拉萊耶語較為原始且不符慣例，不過我依然能理解話中含意。比起標準語言，他們的方言有更多齒擦音，喉音則較少，較適合類蛇生物的聲帶——至少和我研究過、以及當時聽史坦福說出的版本相比之下是如此。最後，眼鏡蛇人還是放棄了。他發出頹喪的吼聲，從我身上站起來，悄悄離開。莫里亞蒂用跋扈的眼神盯著他，不過我注意到這位教授的雙頰變得蒼白，看起來站得也不穩。全力發揮王冠能力所帶來的精神壓力肯定很大，他或許無法再面對一次外人對他權威的挑戰，在這麼快的情況下辦不到。

莫里亞蒂稍微回過神來，並對其他蛇人示意，似乎也下達了無聲的心靈指令。蛇人將我和福爾摩斯拉起來，把我們的雙手扭轉到我們背後，再將緊緊綁住，使我們被迫往前屈身。蛇人們強壯無比，我們沒有辦法輕易甩開他們的掌握。

「我得道歉，醫生。」莫里亞蒂對我說。三蛇王冠的光芒已恢復成先前的微光。「剛剛的狀況太無禮了，我希望這件事從未發生。」

「教授，饒了我只會讓我有另一次取你性命的機會。」

「饒了你？呵呵！我有嗎？不，先生。我只是讓你多活了幾分鐘。但千萬別難過，這樣看起來太可憐了。」

他撿起福爾摩斯的口袋型提燈，我的同伴在與蛇人搏鬥前，已將提燈擺在地上。打鬥過程中，它奇蹟般地沒有遭到踢翻，火光也持續燃燒。莫里亞蒂用它的光線照亮我們的通道，並帶我們前往墓穴北端遠處。

這裡有塊區域的地板被挖了開來，形狀略呈正方形，每邊都約五碼長。石板整齊地堆疊在附近，還有好幾堆挖出的土，其中一堆土上放了一把鶴嘴鋤和一把鏟子。

「你看起來相當忙碌，莫里亞蒂。」福爾摩斯觀察道。「我從沒想像過你是會付出體力勞動的人，但我面前的狀況明顯出自一人之手，不然就會有更多組挖掘工具了。」

「我得承認，那確實是項大工程。」對方回答。「水泡，背痛，夜復一夜地趕工……但這是必要任務，似乎也該由我獨立完成。你可以說，苦行本身象徵了微弱的自我折磨，也算是汗水的祭禮。」坑洞很深，我也得為此佩服莫里亞蒂。它深達十英呎，肯定至少花了一百小時挖掘，我並不羨慕他為此付出的努力。

我看到地洞中間挖出的物體時，便立刻明白這項工程的目的。這是座約有七或八英呎高的方尖碑，形狀像是陡峭的金字塔。它由光滑閃爍的黑石打造而成，上頭刻滿大量以拉萊耶語寫下的碑文。方尖碑上的符文和其他特色，讓我覺得它極度古老。它無疑已在此深藏了數世紀之久，原本的聖保羅教堂完工前，就已埋在地底了。

「你問自己的問題是：我在看什麼？」莫里亞蒂說。「這個從地底突起的縞瑪瑙製品究竟是什麼東西？」

「某種古物吧。」我漫不經心地說。「某種來自石器時代或更久之前的產物。」

「嗯，對，但不僅僅如此。福爾摩斯先生？你想提供意見嗎？」

福爾摩斯審視著方尖碑。他在格鬥之中遭到毆打，全身相當狼狽，狀況和我相仿，但他的雙眼依然保有平常的強烈好奇。

「如果我對碑文的解讀正確的話，」他說，「這是某種門口，是『通往下界的大門』，只有『說出正確話語的人』能使用它。那應該代表，得用某種咒語才能打開它。」

「我正好會說咒語，來吧。」

莫里亞蒂爬下斜靠在坑洞一側牆面的梯子。福爾摩斯和我下去的方式較不優雅，因為抓住我們的蛇人把我們往下丟給其他同伴，對方早已爬到坑下，準備接住我們。這種處理方式有失尊嚴且粗鄙下流，我也為此大聲抗議，但蛇人毫不在乎。等我們倆再度被綁住後，蛇人們就幫助骨頭遭福爾摩斯用木劍打斷的同胞下坑，受傷的蛇人們被放入坑洞中的方式，比我們的遭遇更加溫柔且細心。

在此同時，莫里亞蒂站在方尖碑其中一面之前。他用拉萊耶語唸出一連串句子，其中有兩個字出現了好幾次：**nglui**，意指「門」或「門檻」，和 **ktharl**，意思則是「解鎖」。他的嗓音隨著吟唱而漸趨宏亮，音調也逐漸變低，方尖碑的表面迅速平順地下陷，產生了一處三角形裂口，可以看到底下有階梯延伸到黑暗之中。

「兩位，你們先請。」莫里亞蒂說，一面揮揮手，像是名帶著賓客入座的餐廳經理。

＊＊＊

階梯往左彎，接著再往左彎了一次，隨即又轉了一次，間隔也變得越來越短，我馬上明白，我們正走下逐漸變寬的螺旋梯。我們右邊總有冰冷石牆，傾斜角度和方尖碑表面相同，而透過提燈微弱的光線，我在左邊只看到開闊空間。隨著我們往下走，腳步聲的回音越變越大，彷彿迴蕩在更廣大的空地中。我們顯然位於某座龐大空曠的地下建物之內，樓梯則沿著內部周圍延伸，並隨著我們往下深入而逐漸變寬。

福爾摩斯做出了同樣的結論，不過我相信他早在我之前就發現了。「所以方尖碑並不是方尖碑，」他對莫里亞蒂說。「而是更龐大物體的尖端，是真正的冰山一角。」

「我們目前所在的金字塔，」莫里亞蒂說，「比吉薩（Giza）所有的金字塔都要來得高，也更為古老。」

「我想請問，你是怎麼找到它的？可能是從《死靈之書》裡得知的吧？」

「書中暗示過它的地點。我統整了書中各種線索與資料，接著運用了探地術[82]。先將一塊水晶製的靈擺[83]放在倫敦地圖上，對金字塔的位置進行三角測量。之後我用一雙占卜棒[84]調查聖彼得教堂的墓穴，因此查出了確切地點。我在第一晚的挖掘中，就找出了金字塔頂點，它只位於石板下幾英呎而已。這迅速證明了我的方法，也令人感到滿意。對於這種建築居然會埋在教堂底下，我或許感到有些訝異，不過……」

「不過基督教經常將自己出現前的重要地點納為己有。」福爾摩斯說。「這是教會長久以來的習慣，特別是在教會草創期，人們夷平神廟、神殿等其他異教文化的聖地，並在上頭建造教堂。這個宗教也以同樣方式奪走了異教節慶，於是農神節（Saturnalia）成了聖誕節，薩溫節（Samhain）成為萬聖節。早期基督教以這種方式奠定了主宰地位，取代了競爭對手的聖地與傳統，使對方的信徒只好離開當地，找別的地方進行自己的儀式或傳教。」

「沙德維爾的聖保羅教堂是個完美範例。在它出現前，這裡是新石器時代的聖地，德魯伊們經常為了收成期和春分儀式，前往立石和石棚墓（dolmen）等遺址。**在那之前**，地面較為低矮，也只有一座縞瑪瑙方尖碑驕傲地矗立在地面。」

「它的存在，象徵了地底世界與地表世界相交的位置。」

「福爾摩斯，」我插嘴道，「你怎麼能彷彿只是在閒聊般這樣和他交談？他是我們的劊子手，而且我們還快被殺了。」

「華生，無論狀況為何，都不需要失禮。再說，智慧上的好奇心需要得到滿足，而它永遠無法令人滿意。」

「你確實是同道中人，福爾摩斯先生。」莫里亞蒂說。「真希望命運沒讓我們走向截然不同的道路，也讓你的基礎性格與我更加接近，這樣一來，我們會是很棒的同僚。可惜的是，我們卻是同一枚硬幣的正反面，永遠無法採納對方的觀點。」

「那麼，為了滿足好奇心，」福爾摩斯繼續說，「我想詢問和這些蛇人有關的事。」

「我偏好稱他們為爬蟲智人（Homo sapiens reptiliensis）。」

「這樣稱呼在分類學上似乎相當精確。」我的同伴讚許地點頭。「從他們不同的軀體特徵來看（有些看起來更像人類），他們在過去曾與人類雜交。」

82　譯注：geomancy，透過地面物體痕跡進行占卜的技術。

83　譯注：dowsing pendulum，用於尋找地下水或金礦的占卜道具。

84　譯注：divining rod，尋水術使用的占卜道具。

「我同意，我相信這件事確實發生過。我也相信，族系兩端都曾出現雜交狀況，當今世上必定仍有些人，其體內還殘留著爬蟲智人的血脈，自己卻全然不知。我們不是會將某些冷淡的人稱為『冷血』嗎？我們不都遇過看似擁有明顯爬蟲類性格的人嗎？」

「這種人現在離我並不遠，教授。」我說，一面回想起自己對他的第一印象，當時他曾像條催眠獵物的蛇般搖晃腦袋。

「我不認為那是種侮辱，醫生，我猜你話中帶刺。沒錯，我的確屬於那種人，也認為因此自己才能熟練地用我的三蛇王冠控制蛇人。我也覺得，自己近年來磨練得十分傑出的催眠能力，源自遙遠的蛇族血統。」

「民間傳說中，有許多綜合了人類與蛇兩者特質的生物。」福爾摩斯說。「雅典的第一位國王凱克洛普斯（Cecrops），據說擁有半蛇血統。」

「拉米亞[85]和戈爾貢[86]也是。」

「還有阿茲特克的神明特拉洛克（Tlaloc）、印度人的那伽（Naga）與希臘神明格利康（Glycon），也別忘了中國神話中的亞當與夏娃：伏羲與女媧……誰說這些神話沒有事實根據？誰說我不是這種生物遙遠的後代？」

「撒旦也是蛇，不是嗎？」我說。

我的諷刺和之前一樣，對莫里亞蒂毫無效用。他似乎完全不把我放在眼裡，比起他景仰的福爾摩斯，我只是條煩人小蟲。

「你們倆真是奇怪的一對。」這位學者輕笑著說。「福爾摩斯先生好奇的心靈，總是願意接受新知識，而華生醫生這位只會虛張聲勢的莽漢，寧可攻擊也不願學習。即使這種錯誤的組合在今晚倖存下來，我也看不出你們會有什麼未來。你們倆似乎完全無法彼此配合，我想知道，醫生，難道福爾摩斯先生認為你只是某種寵物或吉祥物嗎？」

我惡狠狠地怒吼一聲，而我猜這種舉動，可能只肯定了莫里亞蒂的反諷問題。

我打算以某種粗魯的惡言回應，但此時我們漫長又蜿蜒的路程已來到盡頭。

我們穿過低矮又寬闊的前廳，走進一座洞穴，儘管這裡沒有容納塔阿的山洞那麼雄偉，卻依然龐大無比。零星的火炬在山洞中撒下光芒，它們能夠逼退黑暗，卻不足以將之完全驅離。火炬照亮了我們身後金字塔的巨大形體，它的頂端消失在上方的岩層之中，宛如藏在雲層中的山頂。結果，只有頂端鑲有縞瑪瑙，剩餘的結構主體由未加工的石材砌成。火炬也點亮了我們面前的一座黑水池，它的直徑有四十碼，閃爍的水面十分平靜，宛如一片純粹的火山黑曜岩。

池子周圍站滿蛇人，總共有數百個性別與年齡各異的成員。他們蹲在水池旁，有些橫躺在桌型的外突岩石上，或是蹲踞在粗糙岩架的頂端，以及洞穴牆面的突起物上。許多蛇人啃咬著老鼠的屍體，那必定是他們主要的食物來源。部分沒坐著也沒躺著的蛇人，則以滑溜彎曲的方式來回走動，三不五時會有幾個蛇人互撞，隨即展現出攻擊性，露出獠牙，伴隨著一連串嘶嘶聲，有時甚至會發生簡短爭吵，最後，其中一個蛇人會被壓倒在地，被迫表現出降服姿態。

85　譯注：Lamia，希臘神話中的半人半蛇女妖。

86　譯注：Gorgon，希臘神話中的蛇髮女妖。

不過大致而言，蛇人們的注意力都聚焦在我們這些新來客身上。莫里亞蒂露臉時，這群蛇人便發出充滿感激的低語聲，甚至還有些蛇人笨拙地試圖說出他的名字：「密亞蒂敲授，密亞蒂敲授。」他宛如王者般揮手，回應了他們的招呼。

「夏洛克！」

池邊洞穴像是某種天然臺座的突起處，傳來一股叫聲。臺座中央矗立著一座高大石筍，周長約有二十英呎，它尖銳的頂端往上指向一座相應的鐘乳石，不過尺寸更大些，從上方垂下。石筍與人同高的部位有根巨大的環眼螺栓，環眼中套滿了好幾條粗鍊。鍊子組成鐐銬，目前有兩條鍊子銬住了兩個人，我認識其中一人，另一人儘管我不認識，卻也立刻認出了他的身分。

前者是托拜亞斯．葛雷格森探長，看起來非常悽慘。他癱坐著，雙腿在前方打直，鍊子將他的雙手掛在頭頂，他低垂的頭部與陰鬱神情，傳達出難以置信、後悔且頹喪的情緒。

第二人直挺挺地靠在石筍上，看起來宛如夏洛克．福爾摩斯，但體重可能多了兩倍。他的樣貌與福爾摩斯相仿，不過輪廓較為鬆軟，看起來像是糊掉的肖像。他的雙眼有某種老鷹般的銳利感，也有與福爾摩斯相同的鷹勾鼻，但他長了肥胖的雙下巴，額頭也相當肥厚。他的衣著比福爾摩斯更花俏，包括有渦漩花紋的絲質領巾與錦緞背心，背心則緊緊包裹著大肚子，儘管如此，他和我的同伴一定是近親，我眼前的正是知名的邁克羅夫特。

他就是從山洞另一側喊出福爾摩斯名字的人，他弟弟則草草回答了一聲「邁克羅夫特」。

「你也該現身了。」邁克羅夫特說。「地下太濕了，對我的鼻竇不好。」

聽他說話，你可能不會覺得他在四十八小時前遭到綁架，且自此之後就成了人質。他講話的方式，彷彿是和忘了在琴湯尼中加檸檬切片的服務生交談，這點和沮喪不堪的葛雷格森完全相反。邁克羅夫特開口時，他曾短暫振作起精神，但一看到福爾摩斯成了莫里亞蒂的囚犯，而不是來到洞穴的救兵時，就再度陷入愁雲慘霧之中。我瞥見他拋來的悲哀眼神，但無法向他表達任何慰藉，我和他一樣，對我們的狀況感到悲觀。

在莫里亞蒂的無聲指示下，蛇人們強迫福爾摩斯和我走向石筍，以及等待著我們的空鍊子，準備將我們綁在邁克羅夫特和葛雷格森旁。

「真是的，夏洛克。」我們走近時，年長的福爾摩斯責難道。「你怎麼拖這麼久？這位警察和我在這裡待一兩天了，幾乎什麼也沒吃，真是不方便，你不能早點來找我們嗎？」

「抱歉，哥哥。我一聽說你失蹤，就立刻展開行動了，你還想要求什麼？」

「我猜，你找到我留下的小線索了。」

「是莫里亞蒂要你留下的。」

「對，他沒給我選擇，我覺得自己得照他的話做，太難抗拒了。我知道自己不該照做，但無法自制，我安慰自己說，你還是會來找我，所以讓這件任務變得更直接有什麼不好？這顯然是個用來誘捕你的計謀，但我想你會看出這種明顯的詭計，並帶大批人馬前來進攻。但是，」他有些遺憾地補充，「看得出來你並沒有這樣做，反而只帶了一個幫手來，下場也不好，太可惜了。」

「我們並非全盤皆輸。」

「真正的福爾摩斯家成員就會這樣說。我覺得或許有轉機，但你得原諒我，我不覺得發生的機率有多高。這些蛇怪一直期待我們死去，看看他們，他們就像馬克西穆斯競技場（Circus Maximus）裡的羅馬人，等著被拋向獅子的基督徒，我不認為他們會失望。」

「他們是恐怖的怪獸。」葛雷格森咕噥道。「根本不應該存在，全是害蟲。」

「好啦，老傢伙。」邁克羅夫特說。「別因為他們長相不同就嘲笑他們，或許我們在他們眼裡也一樣噁心。」

「他們很臭，而且太邪惡了。」

對話繼續進行，但我沒有繼續聽，鐵鍊將我和福爾摩斯的手腕扣住，我再度盡全力掙扎。我認為，如果自己可以掙脫，或許就能反敗為勝。假若我可以逮住莫里亞蒂，難道會不能赤手把他掐死嗎？就算失敗，也能把三蛇王冠從他頭上打飛。一旦他無法控制蛇人，他們就會亂成一片，困惑且群龍無首，這麼一來，我們就能在混亂中逃跑。

但我的努力徒勞無功，蛇人們繼續發揮強大力氣，使我無法抵抗，這令人感到相當沮喪。一把宛如螺絲的粗糙鑰匙鎖住了鐵鍊，而我站在原地，手臂彎曲，雙手吊在肩膀高度，十分無助。鍊子的鬆弛度使我能夠像邁克羅夫特與葛雷格森一樣坐下，但我決定在還能站時挺身站好。儘管情勢已跌到谷底，我還沒有失敗。

福爾摩斯則默許遭到綑綁一事，彷彿已接受了無法扭轉的事實，但對我而言，這並不像他。我認識他的時間可能不夠長，但他並非宿命論者，我不禁認為，他還藏著某個最終妙計。

蛇人們將我們綁好後就後退離去，離開岩石臺座，回到散佈在洞穴中的兄弟姐妹身旁，鎖住鐵鍊的鑰匙則由莫里亞蒂保管。

在此同時，他打開了一只匣子，從裡頭取出一只用油布包住的物品。他將布料掀開，露出一本又大又厚的書，它的體積有兩本《大英百科全書》（*Encyclopaedia Britannica*）那麼大，以漆黑的皮革裝訂，使它看上去不會反射亮光，反而會吸收光線。書頁邊緣染了色來搭配裝訂，因此整本書就像一塊完美的黑暗長方體，也像是固態的虛空，宛如太空中的立體空洞。

皮革並未刻上文字，封面或書脊也沒有任何敘述文字。換句話說，上頭沒有標示書名。

但我非常清楚這本書的底細，這只可能是那本書。

在我面前出現的，正是從大英博物館中消失的《死靈之書》。

第二十七章　重質不重量

An Issue of Quality not Quantity

莫里亞蒂謹慎地拿起那本恐怖魔法書，用雙手將它端起。他似乎不想讓書落下，彷彿它是以防水炸藥（gelignite）製成，只要輕微震動或傾斜，就會發生災難性後果。他將書放在一座頂端平坦的岩石上，這的簡陋講台的目的，就是要擺放這部邪教聖經。他翻開書封，開始用一根手指翻閱沉重的書頁。

福爾摩斯開口說話。「教授，看來你正要對自己的神明做出孤注一擲的最終請願。目前為止你獻上的人類祭品，無法讓你取得自己渴求的特殊賞識，祂們覺得還不夠。」

莫里亞蒂將目光從《死靈之書》上抬起。「祂確實不滿意我獻祭的弱小靈魂。我以為，如果自己定期給祂足夠的犧牲品，祂便會對我釋出慷慨獎賞。是我判斷錯誤，因此我認為，問題不在數量，而在品質。」

「公孫壽在此派上了用場。他是第一個『有品質』的犧牲者，現在我們要接續這樣的作法。」

「我考慮過其他人選，可以是高等法院的法官，或是我國某個較為清高的政客，甚至可以是皇室成員。最後，我認為應該挑你，福爾摩斯先生，這位備受誇讚、前途無量的年輕偵探。」

「你認為我比這些厲害人物還強，這讓我受寵若驚。」

「別客氣了。」莫里亞蒂說。「我選你的原因，大抵上是由於你那封傲慢的電報。這可能顯得小家子氣，但我確實不容許無禮的行為。我比你年長，各方面也都優於你，你最好得尊重這點。這樣的話，我就能提供有點品質的供品，並讓某個厚顏無恥的後生晚輩知道，我不是那種可以輕視的人。」

「如果我有這種價值，何不放了其他人？」福爾摩斯說，一面向他哥哥、葛雷格森和我點頭示意。「我一個人就夠了，讓他們走吧。」

莫里亞蒂諷刺地搖了頭。「不可能。」

「你有我了。」福爾摩斯堅持道。「他們是多餘的。」

「我承認，華生醫生不怎麼重要。」

我對這句挖苦感到怒髮衝冠，並對莫里亞蒂咕噥了幾句髒話，不過心中膽小懦弱的部分卻希望，不怎麼重要的自己能因此重獲自由。

「但是，」莫里亞蒂繼續說，「他和你的合作關係，讓羞辱你的感覺更甜美了，所以他得留下，你哥哥和警察也一樣。」

「葛雷格森和我根本就不熟。」

「那不太對吧，福爾摩斯先生？你們倆不只熟識，還交情匪淺。」

「嗯，我真想知道，你是從哪聽來這件事的？啊，對了，當然了，你在公孫壽的死亡地點看過我們。你躲在旁觀群眾裡頭，對吧？我就知道表面上我們初次見面是在你房間，但我在那之前就曾經看過你了。」

「對，我或許在那方面誤導了你，你的記憶力並未欺騙你，我確實在那，見證自己行為的後果。我一聽到葛雷格森探長喊你的名字，就知道你是讓公孫壽著迷的夏洛克．福爾摩斯。我發現你和葛雷格森相當友好，所以當我準備誘使你到沙德維爾的聖彼得教堂時，就覺得，為何不將警探當作兩份誘餌之一呢？另一條更肥美的蟲子，自然是邁克羅夫特．福爾摩斯。」

「蟲子！？」邁克羅夫特抗議道。

「只是種比喻說法，閣下。」莫里亞蒂再度向較年輕的福爾摩斯開口：「我的主要計畫，是綁架你哥哥，以便誘導你出現。接著我想：『夏洛克．福爾摩斯是個觀察力敏銳的人，但如果他身邊只有一人失蹤，他可能也不會注意到。另一方面，如果有兩人消失，會讓他感到警覺，也能發出明確訊息。』既然你在這裡，我的推論就沒有錯，這也代表我能獻上一頓豐盛大餐。這位好醫生可以擔任前菜，接著是優秀的葛雷格森探長，他是令人敬重的法律代表，正好是辛辣的開胃菜。最後，則是雙重主菜：邁克羅夫特．福爾摩斯，無人能及的政治專家與陰謀家，在權力中樞富有盛名，以及他的弟弟夏洛克，前途無可限量的私家偵探。兩名英格蘭的傑出人士，整體而言，是場饗宴呀！」

「給誰的饗宴？」邁克羅夫特吼道。

「很顯然的，就是這些蛇怪。」葛雷格森說。「他們一定會吃人吧，難道不是嗎？大抵上是如此，我們則是注定得下鍋的傳教士。」

「說得好。夏洛克確實提過某位神明，或許他們會透過食用我們來祭拜祂。算是某種病態的聖餐禮，等同於他們的聖體與寶血，也是實際發生的變體論[87]。」

聽到這裡，葛雷格森顫抖起來，並發出絕望的呻吟。「這樣不對，我們要活生生的被非人怪物吃掉了！」

「振作點。」邁克羅夫特說。「如果我們要面對死亡，態度也得像個男子漢。再說，看看我的體型，再跟你相比，你覺得誰被吃會花掉他們比較多時間？像你這樣的瘦皮猴，一下子就歸西了，夏洛克也是。」

葛雷格森的精神顯然沒有因這玩笑而變好，但他至少把邁克羅夫特的訓誡聽進去了，抬起頭並咬緊牙關。我只能猜測，邁克羅夫特在這段囚禁期都用這種方式激勵他，有時煩他，有時又用上了陰森的幽默感。儘管縱容自己外表柔軟肥胖，福爾摩斯哥哥的狡猾與骨氣卻與弟弟相同，要在充滿殺戮與背叛的西敏市[88]世界中生存，怎麼能缺乏這種特質呢？

「時間快到了。」莫里亞蒂說，一面看了看自己的懷錶。「夜晚最黑暗的時刻快要到了，你知道，傳統上而言，新月象徵新事物以及新開始。印度人認為它相當重要，也經常等到新月期才舉辦慶典，或開展某項有創造力的計畫。伊斯蘭教徒用它來判斷曆法中的月份，猶太人也是。在某些更古老的信仰中，新月象徵不同世界間的藩籬最薄弱的時刻，此時人們也能更輕易地和神明溝通。」

「這裡，」福爾摩斯說，「指的是奈亞拉索特普（Nyarlathotep）。」

一聽到這個名字，蛇人之間就飄出竊竊私語，還出現了一股騷動，有些蛇人開始鞠躬跪拜，甚至俯臥在地。

「噢，做得好！真聰明！」莫里亞蒂說。「你是什麼時候知道的？」

「靠邏輯推理，我慢慢累積資料，並排除其他選擇。有好幾名古神（Elder God）和舊日支配者能化身為陰影，並透過這種化身，將自己送進地球空間。不過，華生和我曾目睹攻擊公孫壽馬車的其中一個陰影，擁有千變萬化的型態，而那些神明並沒有這種能力。我們看到的東西並非沒有外型，而是擁有多種型態，儘管我在這個領域還算新手，但就連我也曉得，有個神靈有諸多化身，本體的核心也沒有固定型態。」

87　譯注：*Transubstantiation*，指聖餐中的麵包與葡萄酒，成了耶穌的聖體與寶血。

88　譯注：Westminister，倫敦行政區，為政治機關的聚集地。

「因此奈亞拉索特普得到了廣為人知的綽號：伏行混沌（Crawling Chaos）。」

「祂還有諸多稱號，祂不也是大信差（Great Messenger）嗎？黑法老（Black Pharaoh）？暗黑祟魔（The Haunter of the Dark）？從開羅到剛果，從蘇格蘭到新英格蘭，幾乎所有知道奈亞拉索特普的人，都是透過不同的化身而認識祂，彷彿祂會隨著觀者的目光而改變外型，變成祂認為最適合當下的型態，以便發揮最理想的效果，無論是敬畏、恐懼與親近感，或這三者的不同組合。」

「對，有些神祕學者推測，這種變化能力讓祂足以擔任古神的私人使者。」莫里亞蒂說。「祂能以讓每位古神感到開心的形象出現，因此如果祂捎來的訊息不受歡迎，也能緩和古神們的怒火。」

「當我在方尖碑上看到祂那被方格框起來的名字時，馬上就知道奈亞拉索特普是你宣誓效忠的神明。那名字是個象形繭（cartouche），古埃及人在象形文字中使用這種符號，用來代表神明或皇室成員的名字。」

我們被拖進墓穴中的坑洞時，福爾摩斯居然能夠仔細端睨方尖碑，這點使我大感驚奇。即使處於壓力下，他的心智依然極度敏銳，他有停止觀察、評估和收集資料過嗎？

「在地底此處，」他繼續說，「必定有我們這個世界與奈亞拉索特普家園之間的進出點，據說祂的家位於地球中心。在這座洞穴某處，有個可以將祂召喚出來的通道，如果這個通道不是在那邊的水池，我會覺得非常吃驚。」

莫里亞蒂望向池子並點頭。「我們的蛇類朋友長久以來都知道，只要有恰當的誘因，奈亞拉索特普就會從水池中出現。數世紀以來，當他們經歷艱困時期，像是食物短缺，或是生育率降低到危險標準時，便會從同族中選出祭品給祂。奈亞拉索特普曾為他們向更偉大的神明請願，並改善了其部落的運氣。不然你認為，他們怎麼能以這種數量，在地下生存這麼久？近親交配與物資短缺早就會害他們絕種了。」

「用一兩名同族的性命，換來上天的干預。」

「我也打算透過同樣的方式，自行取得這種上天干預。」

「你想要什麼，莫里亞蒂？」我質問道。「看在上帝份上，你追求的究竟是什麼？這一切有什麼目的？」

「直接了當呀，醫生，你的問題直搗問題核心。我想要什麼？我這樣解釋好了，神明有什麼東西，是我們凡人所缺少的？」

在我想出答案前，福爾摩斯就插了嘴。

「自然是長生不死。」

莫里亞蒂笑出聲來。「還有呢……？」

「力量。」

「長生不死與力量。」莫里亞蒂說。「當然了，就是這兩種東西，讓神明與我們不同。祂們能永遠存活，也擁有難以言喻的力量，祂們能輕易使用這種力量，恣意影響人類事務。」

「你想取得一點那種力量。」

「哪個正常人不會想？」

「正常人？」邁克羅夫特說。「這樣的描述不適合你，莫里亞蒂。先生，你是個瘋子，瘋得徹底。你真的相信自己說出的鬼話嗎？池子裡的神？長生不死？」

「我相信，你弟弟也是。」

邁克羅夫特往前傾，以便略過我並望向福爾摩斯，對方坐在我另一側。「夏洛克？是真的嗎？」

「我相信莫里亞蒂說的話。」

「真的嗎？我是說，我聽你和他討論這個『納瓦提普』，但我以為你談的是抽象概念，只是某種智慧的譬喻，像是人們說起吸血鬼、狼人和其他虛構生物時一樣。」

「之前你不也把這些蛇人視為『虛構生物』嗎，邁克羅夫特？」福爾摩斯說。「迷信？但從當前的證據來看，他們的真實性無可駁斥。」

「這是某種畸形反祖現象。」邁克羅夫特說。「他們是人類演化史上的某種爬蟲類支系。」

「金字塔呢？」

「如果古埃及人能建造金字塔，我們的祖先為何辦不到呢？這一切不會令其他神祕學鬼話成真。我可以接受莫里亞蒂為了某種異教神明而殺了我們，以便得到某種天賜恩澤，就連文明的白人，都可能接受那類黑暗時代的幻想。但我很難接受，你居然認為他確實可能成功。」

「我從沒說過他會成功，事實上，我認為奈亞拉索特普不太可能實現莫里亞蒂教授的願望。伏行混沌並非故事書裡的神燈精靈，祂是個邪惡威脅，其禮物經常將接收者導向毀滅一途。莫里亞蒂成為神的夢想，其實既脆弱又悲哀。」

「福爾摩斯先生，如果認為我會失敗能讓你感到放心的話，就請繼續幻想吧。」莫里亞蒂說。

「我相信你永遠會失敗，閣下。」福爾摩斯反駁道。「儘管你智力超群，卻是個失敗的學者。你在社會生活上失敗，只能當家教老師維生，最重要的是，」他繼續說，顯然越談越有興致。「你是個失敗的人類，無法和別人培養友誼，或是任何不牽扯到你與他人之間優劣地位的關係。成神本身就是不可能發生的事，也不會改變任何事。你內心依然是個卑劣的失敗者，最可怕的是，你也清楚這點。你明白自己的不足，知道問題有多大，更清楚無論自己爬得多高，無論自己變成什麼身分，都永遠無法擺脫它們。」

莫里亞蒂終於發怒了。福爾摩斯以一種儘管我盡了最大努力，卻仍然辦不到的方式，迅速的激怒他。看到那張蠟黃色的臉孔逐漸漲紅，凹陷的雙頰顯露出膽汁般的紅色，雙眼同時浮現受傷的眼神，令人心曠神怡。即使莫里亞蒂企圖駁斥，但此刻的情況證明了福爾摩斯的主張。

「胡說八道，夏洛克．福爾摩斯。」他罵道。「你居然會說出這種毀謗言論，真是有違你的尊嚴。我猜，在你死前，恐懼已掌握了你的心靈。我對你也有同感，或許我早該明白，你會讓我感到失望。畢竟，所有人都是如此。」

「你何不閉上嘴巴，趕快開始？」暴躁的葛雷格森探長說道，他明顯受夠了這整件事。「給我們個痛快吧，怎麼樣也比聽你說整晚廢話來的好！」

「我確實應當如此。」莫里亞蒂光火地回答。他把注意力轉回《死靈之書》上，手指再度翻閱頁面，但比先前少了些細心與謹慎。

他的怒氣強化了自己對當前任務的專注。

也讓他忽略了其他事。

當莫里亞蒂傾身看書時，福爾摩斯開始移動自己的右臂。

他做出一連串隱密的扭動動作，並從襯衫袖口中取出某種東西。那是根小鋼管，和香煙一樣細長。他伸展前臂肌肉，讓鋼管向他的手指移動，並讓手指準備好，在可觸及鋼管時將它夾住。

我不曉得那根管子是什麼，或是它能做什麼。

但我記得，當時感受到一股突如其來的莫大欣喜。

當下的福爾摩斯，確實留有一手。

他現在需要的，是下手的時機。

第二十八章　伏行混沌降臨！

The Crawling Chaos Comes!

福爾摩斯一從袖口完全抽出鋼管，莫里亞蒂就在《死靈之書》中找到自己需要的部分。他把目光從書上抬起，並露出一抹勝利的竊笑。

福爾摩斯立刻用手掌藏起鋼管，將它扣在拇指下，並用其他手指勾起它，使它消失在視野中，他的手看起來也像之前一樣，鬆弛地掛在鐵鍊上。

莫里亞蒂有發現他鬼鬼祟祟的舉動嗎？

我期盼沒有。我努力將視線固定在前方，試著不要露出有事發生的模樣。莫里亞蒂和葛雷格森都沒注意到福爾摩斯的行為，要不是我被銬在他身旁時，從眼角瞥見他的動作，可能也不會發現這件事。我努力維持面無表情的狀態，這點在打牌時相當有用，無論鋼管中有什麼東西，我猜那肯定能幫助福爾摩斯脫逃。我這才明白，福爾摩斯是故意讓我們被逮，並被綁在這座金字塔中的，因為他清楚，自己有辦法逃走。他已經為此作好了準備，知道這是他救出哥哥與葛雷格森最佳的機會。

莫里亞蒂瞪著我，再望向福爾摩斯，然後又看看我。在那恐怖的幾秒內，我怕計畫被他發現，我們渺小的優勢也將就此被奪去。莫里亞蒂只需要走向前，把鋼管從福爾摩斯手中奪走，就能摧毀我們的希望。

讓我大為放心的是，他並沒有那樣做。他顯然什麼也沒發現，並將目光轉回《死靈之書》，掃視上頭特定的段落，彷彿想重新記熟內容。接著他抬起頭部與雙手，開始用拉萊耶語唸出咒文。

開頭的字眼讓我覺得十分熟悉：「**Fhtagn! Ebumna fhtagn! Hafh'drn wgah'n n'gha n'ghft!**」這些是史坦福在牢房中一再喊出的語句。「他在等待！他在深淵中等待！祭司在黑暗中控制死亡！」史坦福必定曾在某個狀況下聽過公孫壽或莫里亞蒂說過這些話，話語則深深刻入他的記憶之中。他處於吸食鴉片後的瘋癲狀態時，這些話語必然曾從他的潛意識中浮現，不經意地揭開餓死事件背後的真相。

祭司（Hafh'drn）本人莫里亞蒂就在這裡，在這個漆黑的地下區域再度喚醒死神。不過，這次死神要造訪的對象，並不是來自社會底層的不幸平民。祂將造訪四個人，其中至少有兩人充滿高尚素質，並一口將他們全數吞沒。

他繼續唸出咒文，洞穴中的傳聲效果則為莫里亞蒂的嗓音，添加了一種宏亮的莊嚴感。

「**Nyarlathotep uln shugg Ch'nglui shogg Sll'ha orr'see ah fhayak. Dlloi hafh'drn mnahn'. Y'hah.**」這句話的粗略翻譯為：「奈亞拉索特普，我將祢召來地球，從祢的黑暗國度跨越門檻。我邀祢享用我獻上的靈魂，傾聽祢卑微的召喚者。阿門。」

在此同時，福爾摩斯開始行動。我將雙眼轉向他，但沒有轉頭，看著他開始用拇指尖端轉開鋼管的蓋子。他被迫緩緩又偷偷摸摸地進行這個動作，以免吸引不必要的關注。我在心裡央求他加快速度，即使我清楚他對此無能為力。每個人的目光都聚焦在莫里亞蒂身上，但如果有名蛇人或莫里亞蒂剛好看到他的動作，就會產生戒心。唯一的選擇，便是小心謹慎的作法。

莫里亞蒂把雙手舉高打直，像是賜福的神職人員，或是發表鼓動性演說的群眾煽動者。他用拉萊耶語懇求奈亞拉索特普傾聽自己的呼喚，並賜予他以神明職權所能賦予的一切。他懇求讓自己卑微的凡俗肉體，得到一丁點舊日支配者的精華。他要求分享祂們的閃耀榮光，讓他能如皇帝般宰制眾人，並用永保青春且不會老去的軀體，度過無垠歲月。這項祈求並非出自《死靈之書》，我之後才明白，那是莫里亞蒂自己寫出的字句，是種私人請願。最後他大喊：「**Iä, Nyarlathotep! Iä! Iä!**」，意思是：「萬歲，奈亞拉索特普！萬歲！萬歲！」他越來越熱切地呼喊著這個語句。

蛇人們一同念起這句話，和莫里亞蒂一同大喊：「**Iä, Nyarlathotep! Iä! Iä!**」

此時，福爾摩斯終於轉開了蓋子。他將管子反轉，讓管子在鐐銬頂端上下顛倒，一股如糖漿般黏稠的液體，開始從管中滴了出來，質地和蜂蜜一樣清澈，但顏色則呈現鮮紅。

「**Iä, Nyarlathotep! Iä! Iä!**」

我認為這種物質是某種潤滑液，或許能讓福爾摩斯的手腕掙脫鐐銬，接著我發現，它的流動方式不像正常液體。當它碰到金屬時，便分裂成數道細小支流，這些支流如同膿液構成的細小手指般鑽入鎖中，彷彿擁有知覺與自我意識。

「**Iä, Nyarlathotep! Iä! Iä!**」

吟唱聲越趨高漲，直到數百張嘴巴異口同聲地發出震耳欲聾的巨響。蛇人們搖晃身體，有些成員顫抖起來，彷彿正經歷狂喜。莫里亞蒂本人似乎已然昇華，臉上流露出至福的眼神，喜悅的神情看起來十分滑稽。

「**Iä, Nyarlathotep! Iä! Iä!**」

至於邁克羅夫特和葛雷格森，一個眉頭深鎖，另一個悶悶不樂。他們可能不知道接下來會發生什麼事，但兩人都知道那絕非好事。

「**Iä, Nyarlathotep! Iä! Iä!**」

我望向水池。水面依然平靜無波。我暗自希望，莫里亞蒂的召喚會遭到忽視，伏行混沌今晚不會出現，我們也會得到緩刑。

「**Iä, Nyarlathotep! Iä! Iä!**」

接著池面開始振動，從中央產生的漣漪漂過玻璃般的黑色水面。同時，遠方也傳來了笛音般的樂器演奏聲，音樂不知怎地從池中飄出，無聲卻又刺耳。沒有任何旋律和它相仿，只是尖銳音程和無調性音符所組成的不和諧音調，一切充滿了衝擊與不協調。我覺得，這是地獄會彈奏的音樂。

笛聲與池中的動靜，只讓蛇人們感到更加興奮，他們的吟唱聲提昇至另一波全新的狂熱高峰。

福爾摩斯則專心地處理鐐銬。鮮紅液體的細小手指如同勤奮的螞蟻般，將鎖完全腐蝕掉，此時我注意到，我同伴的嘴正微微顫動著。我這才明白，他正在對那物質說話，他向它低語，並給予指示。我只能推測，他發明了某種會遵從言語指令的液體，並把它當作開鎖工具。這是那天下午，他在化學工作台忙著製作的另一種煉金術產品，那時他還製作了磁石溶劑，與供我的威百利手槍使用的特殊除魔子彈。

池中的漣漪逐漸變深，接著突然瓦解，其規律的樣式遭到破壞。整座池子不斷往岸邊發出拍打、堆疊的浪花，波峰越來越強，形狀變得又高又尖。這時，音樂也更加不協調，節奏逐漸變快，音符也增強到宛如尖鳴，直到不見蹤影的樂師彷彿聽從指揮的命令，忽然陷入沉默。

它們的沉默預示了某種東西的到來。

有某種東西，在水池的黑暗深處蠢動。

有東西正浮上水面。

它笨重地升起，從漆黑的水中不疾不徐地現身。我從水面折射看到的物體，就是陰影在鐵路橋下攻擊公孫壽的馬車時，自己所目睹的東西。那是個長有無數眼睛、型態不定的生物，它如同受到強風吹拂的雲朵般持續翻滾；它扭曲擴張，收縮又重組外型，似乎同時是上千種不同的物體，全都擠在同一個空間中，彼此爭奪主權；它現在像隻類似蝗蟲的昆蟲，接著又長出女人的五官，腫脹又病態地肥胖。我察覺它擁有某種類似人面獅身獸的特質，接著它忽然變得宛如公牛，再來忽然化為獅子。在這萬千變化中，還有法老、矮人、一名黑皮膚男子、一個如天使般長有閃爍金髮的白人女子、長有突出鼻口部的惡魔和有翼野獸。

這些形象和其他形體不斷出現又消失，它們都是奈亞拉索特普的無數化身，是祂在時空中使用過的眾多外型。觀看祂，會令人感到驚奇，但我同時也幾乎不敢直視，因為祂身體的形態太多、變得太快、太複雜、反覆收縮、繞過自己又躲藏在自己底下，彷彿完全不遵守已知的生物學或物理學法則。還有那些眼睛。奈亞拉索特普有許多眼睛，數量太多了，每隻眼睛都散發出貪婪、殘忍又充滿心機的眼神。

我自問，怎麼有東西能不斷經歷巨大轉變，卻依然存活？它要如何維繫自己的存在？它怎麼可能符合邏輯？連貫性呢？還有理智呢？

我內心理性的部分提出了這些問題，試圖理解自己看到的事物。但奈亞拉索特普抗拒任何詮釋，祂推翻了可理解性，是純粹的反邏輯。當有人主張科學能夠編排、分類與量化一切時，祂就顛覆了這個論點。祂冒犯了所有開明且正確的事物。

當祂靠近水面時，我便再也無法控制自己。「福爾摩斯！」我用氣音嘶聲說道。「看在上帝的份上，你怎麼搞這麼久？」

在那瞬間，鮮紅色的液體完工了。隨著響亮的喀嚓聲，鐐銬頓時落下。

福爾摩斯毫不猶豫。他衝向前，用力拉扯還纏在鐐銬中的手，使得鐵鍊沙沙作響地迅速從眼孔中滑出，福爾摩斯完全脫身了。他繼續向前跑，衝向莫里亞蒂教授，鬆垮的鐵鍊在他身後甩動。這一切在幾秒內發生，當福爾摩斯快要撲上莫里亞蒂時，對方還沒注意到其中一名犧牲品已經掙脫了。

這兩名男子赤手空拳的決鬥，我毫不遲疑地認為，福爾摩斯一定會得勝。而且，他還有個額外優勢：在他身後拖行的鍊子，他將鍊子摺疊起來，作為臨時武器。他迅速將鐵鍊一把甩起，用空出來的手抓住它，接著將長端甩向莫里亞蒂。鐵鍊打中學者的臉，力道大得使他向後翻倒，也讓三蛇王冠從他頭上落下。莫里亞蒂發出了女孩般的刺耳尖叫，就連在蛇人嘶啞的叫囂聲中，也能聽到這股尖叫。他踉蹌地後退，痛苦地抓著自己的臉頰。

福爾摩斯扯回鍊子，準備往敵人揮出第二擊。

此時奈亞拉索特普從池中破水而出。祂伸出自己的一部分，看起來像是黏滑的觸手，和男人的大腿一樣粗，尖端則有顆滿布血絲、又從不眨眼的眼球，大小和網球相同。觸手的外層薄膜呈現醜陋的黃色，色彩類似人類身體能排出最噁心的物質，它從水中蠕動爬出，伸向臺座。

我恐怕得說，一看到這只長形肉條，葛雷格森探長就立刻失控了。他開始尖叫和啜泣，並瘋狂地拉著鐵鍊，彷彿希望能透過歇斯底里的血肉之力將它們扯斷。就連邁克羅夫特都不再沉著，我也看到他的嘴巴喃喃念出主禱文的內容。

觸手蜿蜒滑過臺座地面，留下一道潮濕的痕跡，裡頭部分是水，部分則是某種噁心又閃爍著的軟體動物分泌物。它探向石筍，透過長久以來的經驗，奈亞拉索特普知道食物在哪，觸手尖端的眼睛流露出飢餓與貪婪。

福爾摩斯再度將鐵鍊甩向莫里亞蒂。第一次出手，他是趁莫里亞蒂不注意時發動奇襲，不過，這次我們的敵人已做好準備。當鐵鍊向他飛來時，他便抓住鍊子末端。莫里亞蒂咧嘴一笑，他的臉頰正在流血，上頭有一大塊部位腫了起來，像是裂開的李子。

「讓你打一次。」他說。「只有一次，福爾摩斯先生。你得努力獲取其他機會。」

他用力拉扯鐵鍊，讓福爾摩斯絆了一跤。

這只是表象，事實上，福爾摩斯做了個假動作。他跌向莫里亞蒂，彷彿自己失去平衡，正企圖重整陣腳。緊接著在最後一瞬，當他離敵人只有一臂之遙時，他就站穩腳步，並向莫里亞蒂的下巴揮出閃電般迅速的一擊。

莫里亞蒂閃到一旁，此舉讓福爾摩斯和我大為震驚，因此那一拳呼嘯只是掠過他的太陽穴。他用上鉤拳做出反擊，穩穩打在福爾摩斯下顎底部，讓對方的頭往後彈。

我的同伴跌撞地後退，他和我都低估了莫里亞蒂的格鬥能力。儘管看起來體力不佳且瘦弱，這位學者依然對拳擊技巧略知一二。他並非無拳套拳擊冠軍傑姆・梅斯（Jem Mace），但他肯定能應付赤手搏擊。

他也十分狡猾。當福爾摩斯還沒從那記上鉤拳平復過來時，莫里亞蒂就用雙手抓住自己那一端的鍊子，並拔腿奔跑。福爾摩斯被纏住的手臂立刻被拉直，他也無助地被拖向前，直接被拉向一座及腰的小石筍，他以高速撞上石筍，也無法避開。他屈起身子，一時喘不過氣來。

莫里亞蒂繼續出擊，用打傷自己臉頰的鎖鍊敲擊福爾摩斯的後腦。福爾摩斯痛苦地喘息，我也絕望地發出哀嚎。再那樣打幾下，我的朋友就無力還擊了。

不過，福爾摩斯比我想像的還要堅強。莫里亞蒂準備揮下第二擊時，他往側面滾離石筍，幾乎在同一時間，他用腳跟踢向對手的膝蓋。明顯的喀啦聲讓我明白，對方的關節已經脫臼了，莫里亞蒂痛苦的嚎叫證明了這點。

在此同時，奈亞拉索特普的觸手離大型石筍越來越近，帶著令人作嘔的目的性四處摸索。它非常靠近我們三人，近到一踢腳就能碰觸到它，於是我便一腳踢了出去。但觸手相當敏捷，反應也很快，躲開了我的腳，而且，我的踢擊比平常更弱，也更不準確，因為我再度感受到那股可怕的虛弱感，沙德維爾的暗影在那座鐵路橋墩下出現時，我也經歷過同樣的感受，只要靠近奈亞拉索特普，就會產生這種感覺。虛弱感滲入我的骨髓，流進我的靈魂，像是種靈性氯仿[89]。伏行混沌肯定鮮少遇到會掙扎的獵物，祂的存在就足以麻痺受害者，並奪走他們的生存意志。

祂使人衰弱的影響力，已擴散到邁克羅夫特與葛雷格森身上。年長的福爾摩斯停止向基督教上帝低聲禱告；警官也沒有企圖掙脫鐵鍊。我們三人宛如遭到遺忘的木偶，被綁在石筍上，等待著無可避免的命運到來。

不過，我還保有足夠的理智，明白我們唯一的逃命機會，就在夏洛克・福爾摩斯身上，只要他仍在奮鬥，就尚未全盤皆輸。

莫里亞蒂或許得一拐一拐地跛行，但他尚未被擊敗。他咬緊牙關，忍受膝蓋的痛楚，並撲向福爾摩斯，此時福爾摩斯依然暈頭轉向地喘氣。兩人在地上狠狠互毆，比起人類打架，看起來更像是搏鬥中的動物。有時其中一人占了上風，但很快就輪到另一人掌握優勢，他們翻滾又摳抓對方，使勁地揮

89　譯注：chloroform，過去曾用於製作冷媒的化學藥品。

拳並發出咕噥聲。莫里亞蒂擁有瘋狂情緒所產生的精力，福爾摩斯則相反，他知道其他三人命在旦夕，不只是自己身處險境而已，且如果他輸了這場打鬥，或許全世界都會陷入危機，因此他帶著一股熱血應戰。如果莫里亞蒂推翻我們的預料，並照他所計畫地受到奈亞拉索特普拔擢，他肯定不會抱持著智慧與仁慈來運用新得到的神力。他會成為最惡質的獨裁者，像利用三蛇王冠宰制蛇人一樣，暴虐無道地統治人類同胞。他將成為邪惡的恐怖君王，能與成吉思汗、希律王[90]和卡利古拉[91]分庭抗禮，他會成為新的拿破崙。

奈亞拉索特普的觸手在我面前揚起，我也敢發誓，伏行混沌正在享受這一刻，像老饕品酒時「聞香」一樣，汲取我的氣味。他異常的眼睛轉向邁克羅夫特，再望向葛雷格森，彷彿在選擇該先抓住我們之間的哪個人，並將他吸乾。他慢條斯理地考慮，在選擇時的期待感中得到無比樂趣，

福爾摩斯和莫里亞蒂的激烈格鬥越來越靠近水池邊緣，現在幾乎逼近了觸手冒出的位置。這並非意外，其實，福爾摩斯正刻意讓他們走往那個方向。

他忽然用力推開莫里亞蒂，讓那位學者摔在摸索中的觸手上。

觸手尖端立刻轉過去，彎曲地移向莫里亞蒂，它滿懷惡意的眼珠瞪著莫里亞蒂。

「奈亞拉索特普。」學者驚呼道。「我道歉，請原諒我。我並不是故意碰觸祢的身體，這不是我的錯。」

他試著把自己推離觸手，但此舉徒勞無功，奈亞拉索特普讓人癱軟的氣息已包覆住他。

伏行混沌似乎感到相當有趣，觸手立刻以驚人速度移動。它如同紅尾蚺般纏住莫里亞蒂，先包覆住他的軀幹，接著是他的雙腿。

「不……」莫里亞蒂無力地抗議道。「不……這不是……不是……」

但觸手繼續收緊。奈亞拉索特普嘗到了詹姆斯．莫里亞蒂教授的滋味，而且似乎相當喜歡。

倒在附近的福爾摩斯說：「啊哈，教授，你的神渴望品質，也找到了優質供品，還有誰比你更符合他的喜好呢？充滿病態性情的偉大頭腦，你的靈魂比我們更具風味。」

「不。不！」

莫里亞蒂忽然往手邊一抓，猛地握住鐵鍊鬆弛的一端，另一端仍纏在福爾摩斯的手腕上。

「我不會獨自赴死。」他聲稱道。「祂會帶走我們倆！」

觸手開始往後撤退，慢慢回到水池中，一面拖走莫里亞蒂，莫里亞蒂則拖著福爾摩斯往前。他雙手牢牢地抓緊鍊子，將我同伴的身軀拖過了臺座，福爾摩斯用盡全力抵抗，用力踏穩腳跟，盡可能反抗身上的拉力，但沒有地方能讓他的腳施力。儘管他本身的力氣驚人，卻無法與觸手抗衡，他甚至試圖用拳頭毆打莫里亞蒂的雙手，但完全無法逼一心想復仇的對方放開鐵鍊。

莫里亞蒂滑過臺座邊緣，掉進水池。他的臉孔從水面消失前，我看了他最後一眼，他的臉龐流露出屈服的神情，彷彿接受了他的偉大計劃最終反撲自己這件事，但他眼中也有種奇異光芒，似乎代表他也勝利了。那不僅是因為，他成功確保福爾摩斯將與自己共享恐怖的死法，情況幾乎像是，他想出了如何將這個局勢化為優勢的方法。即使面臨駭人死亡，莫里亞蒂教授依然心懷鬼胎。

---

90 譯注：Herod，羅馬帝國猶太行省的從屬王。

91 譯注：Caligula，羅馬帝國第三任皇帝，被認為是當時典型的暴君。

接著他就此在水面下消失，仍舊不屈掙扎的福爾摩斯，則跟上了對方的腳步。他從臺座上跌落，以笨拙的方式滑入池中，被纏住的手臂依然遭到拖行。

音量高亢的撲通聲在洞穴中迴盪，等到回音消散，洞裡只剩下靜默，就連蛇人們也啞口無言，一切發生的太快了。前一刻，奈亞拉索特普還在準備接受犧牲品，祂在蛇人歷史上已進行過多次這種行為，下一刻，他們的神明就抓起主持儀式的祭司，也就是那名自稱為蛇人領袖的人類，並將他當作祭品，加上其中一名原先準備的受害者。有好一陣子，蛇人們感到慌亂且六神無主。

但他們的失落感比不上我。我盯著水池，而福爾摩斯下沉時產生的漣漪緩緩往外漂移。我希望他能回來，我等待他的頭探出水面，我期待他隨時會安全地再度現身。

儘管我們只認識一個多月，我卻相信夏洛克・福爾摩斯是我見過最優秀、也最睿智的人，往後也不可能見到和他相仿的人了，我無法接受他已永遠沉入了黑暗深淵。

第二十九章　蛇群暴徒

A Serpentine Lynch Mob

我身旁的邁克羅夫特・福爾摩斯同樣震驚且悲傷，可能比我的感受更深。他表現這種情緒的方式，是大聲咒罵，要他弟弟別「當愚蠢的笨蛋」，不要再「胡鬧了」，立刻上來呼吸。

「你會游泳，不是嗎？」他責罵著不在場的福爾摩斯。「看在老天份上，快游啊！」

「光憑大叫，沒辦法讓他起死回生。」我絕望地說。

「我可以，也會這樣做。」邁克羅夫特回答。

在此同時，蛇人們也為他們先前的領袖發出悲嘆，不斷哀嚎著他的名字：「密亞蒂敲授」。他們曾是他不幸的奴隸，受到他透過三蛇王冠發出的力量壓榨。他們並不敬愛他，也不想受他統治，但他的死依舊在他們的生活中留下了空洞。他們接受訓練，要遵從莫里亞蒂的命令，少了他後，蛇人們便不曉得該如何適應。

不過，他們那股深奧難解的悲傷期並未持續太久，悲傷轉化為抱怨，接著是怒氣。我聽到他們彼此以口齒不清的拉萊耶方言低語，接著望向邁克羅夫特、葛雷格森和我，我們依然被鐵鍊綁在石筍邊，無法逃脫。他們的注視化為瞪視，咕噥聲轉為低吼，有幾個蛇人向我們走來，看起來乖戾且滿懷報復心。

「好吧，這可真糟糕。」葛雷格森說，他已從先前的慌亂中回神。「這些該死的東西準備解決我們，彷彿我們得對剛才發生的事負責。他們變成暴民了，我以前在街頭看過這種情況，私刑就是這樣發生的。」

現在有好幾個蛇人站在臺座上，其他人則往我們的方向移動。看起來，我們躲過了一樁死劫，卻落入了另一道鬼門關。集結起來的蛇人主要由成年雄性組成，其中混雜了幾個雌性成員，全都對我們發出咒罵。大多數話語我都聽不懂，聽得懂的內容，多半是用粗鄙的言詞批判我們的衣物和頭髮，因為蛇人們未著半縷。此外，對光頭的爬蟲智人而言，我們的頭髮是種怪異又異常的生理特質。

「你們在等什麼？」邁克羅夫特對他們叛逆地吼道。「我聽不懂你們的鬼話，如果你們只會瞎扯這些廢話，就別對我們說話了。」

私刑暴民們（葛雷格森的形容相當恰當）逐漸逼近，我也清楚，自己的死期到了。過去幾個月來，從在阿富汗時開始，我就經常與死亡擦身而過，死神的鐮刀好幾次掠過我的頭頂，近到使我感受到刀鋒掠過帶來的冷冽微風。它一次又一次地掠過，但現在我終於耗盡了運氣，也準備感受死神最終的刀吻。此時我二十八歲，這段人生並不長，但也並非全無樂趣或苦難。這輩子夠充實了，只能接受這個事實。

有個眼鏡蛇人出現在我面前，跟在墓穴中差點對我注入毒液的是同一個人，他似乎是暴民的領袖，是鼓吹其他人痛下殺手的雄性支配者。我認為，要不是莫里亞蒂奪取了主權，他早就當上蛇人的領袖了。現在他重拾地位，第一道命令便是完成先前在上頭遭到阻止的行為。

他發出愉悅的嘶嘶聲，並張開血盆大口，露出嘴裡上排的邪惡尖牙。

「快下手吧，你這個怪物。」我勉強說出口。「希望能把你噎死。」

「**N'hrn!**」一股我熟識的嗓音說道，我本來以為永遠不會再聽到這個聲音了。

眼鏡蛇人迅速轉身。

那個人站在暴民後頭，潮濕的頭髮貼在頭皮上，水則從浸濕的衣物中流下，在腳邊形成小水窪——他就是夏洛克・福爾摩斯。

* * *

在我出版的兩個故事，《最後一案》（*The Final Problem*）與《空屋》（*The Adventure of the Empty House*）中，我描寫了福爾摩斯表面上的死亡，與後續奇蹟般的復活。我寫出他是如何在和莫里亞蒂教授的決鬥中喪命，並認為他們倆落入了瑞士的萊辛巴赫瀑布（Reichenbach Falls）；但他在三年後再度走入我的生命，當年是為了躲避某些仍然在世的敵人，才假造了自己的死亡。

我用這種方式，將上述差異不大的經過描寫為虛構事件。我將舞台轉換到阿勒河峽谷（Aare Gorge），並將洞穴中危機四伏的靜水池，改寫為瀑布底下的洶湧白色漩渦。這讓我有機會能表達出，當自己以為福爾摩斯遭到莫里亞蒂和奈亞拉索特普拖入水底時而死時，所感到的驚懼，和他的回歸所帶來的訝異與喜悅——一切都加上了一層詩意般的外表。

事實上，我們並未橫跨歐洲，憤怒的莫里亞蒂也從未追趕在後；也從來沒有畸形又矮小的書籍收藏家來到我家，並揭露出那只是福爾摩斯的喬裝身分之一。所謂的公園路懸案（Park Lane Mystery）確實發生過，但事情並非如我所述，先前我敘述該事件為羅納德·阿德爾爵士（Sir Ronald Adair）遭到賽巴斯丁·莫蘭中校（Colonel Sebastian Moran）用空氣槍謀殺的案件。有些人稱這兩篇故事之間的時期為「大間斷」（Great Hiatus），而我在故事中表現的情緒真切無比，但內容大致上是杜撰而成。

* * *

總之，福爾摩斯從水池中起身。鐵鍊鬆垮的一端纏在他的前臂上，他從地面拾起三蛇王冠，雙手捧著它。

他對眼鏡蛇人和其他蛇人重複指令：「**N'hrn!**」他的嗓音帶有足夠的威權，吸引了對方的注意，也使他們遵從他的要求，即使那只是出自他們的訝異。福爾摩斯要他們停止，他們也照做了。但那不過是暫時的手段，只是權宜之計。當蛇人們停下腳步，臉上浮現困惑時，福爾摩斯便戴上三蛇王冠。

王冠對他而言有點太大了，因為莫里亞蒂的頭圍尺寸比福爾摩斯大了兩號。它歪斜地靠在他頭頂，靠著雙耳維持平衡。

只要他能令那頂魔法冠冕為他所用，尺寸就不重要。

我看到他皺起眉頭。他努力集中精神，灰色眼珠失了焦，並緊咬牙關。

三蛇王冠發出光芒，剛開始似乎像是在試探，光線忽明忽暗。一抹綠光閃過它的青銅管狀輪廓，光芒沒比鬼火亮多少，一下子就消失了。

等到福爾摩斯完全控制王冠，光芒便再度浮現，變得更為強烈穩定。儘管先前從未配戴過這個裝置，他依然快速理解了使用方法，或許沒有其他人能以這麼快的速度達成此事。

他將自己的思緒、意志與願望投射至蛇人心中。暴民中較為順從的成員立刻往一旁退去，離開臺座；較為叛逆的成員則等了久一點才離開，但所有人都聽了話。

最後只有兩人留下，其中一人是眼鏡蛇人，他和全身長滿黃黑條紋的同伴，顯然是群體中最獨立也最頑固的成員。他們不輕易屈服，堅定地站穩腳步，決心完成起初的計畫，對三名被鐵鍊綁住的人類展開報復。他們的身體如同小提琴弦般顫抖，心中兩種截然不同的慾望彼此爭鬥。一邊是嗜血慾望，另一邊則是福爾摩斯的禁令。

長有黃黑條紋的蛇人投降了。他飽含恨意地噘起嘴巴，從石筍邊離開。

眼鏡蛇人繼續堅定地抵抗福爾摩斯，我同伴的眉頭皺得更深，我看得出他用上了所有心力，以便控制王冠。和莫里亞蒂不同的是，他沒有練習過這種技巧，也沒有天生的超自然催眠能力，只能仰賴自己的理智、智慧與毅力。這樣就夠了，一定得成功。

王冠放出比先前更燦爛的光芒，固執的眼鏡蛇人最後終於放棄，屈服的他，也離開了臺座。他沉重地步行，雙肩下垂，看起來像個遭到責罵的頑劣孩童。

福爾摩斯趕緊跑向前，從我的口袋中取出左輪手槍和備用彈藥。

「鎖鍊鑰匙和莫里亞蒂一起下沉了。」他說。「現在也沒時間開鎖了，我沒辦法同時開鎖和控制蛇人。我們得跳過繁瑣的過程，用粗暴的方式釋放你們。」

他裝填了子彈。

「把臉移開，華生。」

在我頭部旁響起的槍響，音量高得震耳欲聾。

子彈擊斷了鐵鍊。

他往鐵鍊另一端開火。

鍊子依然纏在我兩個手腕上，但我自由了。

福爾摩斯迅速用同樣的方式救出他哥哥與葛雷格森。子彈上的顯真印對鐵鍊沒有特殊效果，因為那只是普通的鍛造金屬，並未注入魔法或煉金術的力量。不過，子彈本身足以擊碎鐵鍊。

「我有邊耳朵可能聾了。」邁克羅夫特發著牢騷。

「不客氣。」福爾摩斯回答。「我們該走了。去金字塔吧！邁克羅夫特，你帶路。華生，幫幫葛雷格森好嗎？」

警官臉色蒼白，也無法站穩。兩天來他見到與經歷的一切，已對他造成影響。我把肩膀靠在他腋下，將他的手臂環在我的脖子邊，再撐起他，我們隨即前往金字塔底部前廳的入口。

三蛇王冠依然在福爾摩斯頭頂發光，他抓起《死靈之書》並用油布包住它。他將書夾在手臂下，快步跟上我們。

由眼鏡蛇人率領的蛇人們，也跟了上來。

我們往上攀爬，過程令人焦慮地緩慢。由於我們小隊前頭的邁克羅夫特體力不佳，體型又巨大，連續攀爬階梯讓他感到相當疲憊。我得攙扶葛雷格森，他幾乎無法走動，將體重完全靠在我身上，隊伍後頭的福爾摩斯則是將所有精力與注意力都用在三蛇王冠上。蛇人們頑強地在台階上追趕我們，他們依然渴求復仇，福爾摩斯利用王冠降低他們的怒氣，但並沒有徹底成功。少了福爾摩斯，他們就會全速衝來，也能輕易趕上我們。然而，目前他們只能緩緩前進，踏出艱困的每一步。我能聽到他們從底下傳來的聲響，他們低聲互相指示，中間穿插著對我們發出的威脅。福爾摩斯全力控制王冠，但蛇人們依然逐漸逼近我們，他越來越難打壓他們集體的決心，王冠對他的心智也造成越來越大的壓力。

當我們抵達往上四分之三的位置時，邁克羅夫特突然顫抖著停下腳步。他把雙手放在膝蓋上，像罹患末期肺氣腫的人般氣喘吁吁。

「沒辦法……再走……」他喘息道。

「該死，你當然可以。」我說。「你得繼續走。」

「很難……呼吸……」

「不准現在放棄，我不允許。」

「醫生的……命令……是嗎？」

「對，沒錯。」

我不曉得他是如何再度跨出腳步的，但他辦到了，他搖晃碩大的身軀，把一隻腳跨了出去，於是我們繼續努力往上走。我們在黑暗中什麼都看不見，只有三蛇王冠提供的照明，且蛇人們從後頭傳來的沙沙腳步聲，變得越來越大聲。我開始對抵達金字塔頂端一事感到絕望，這趟路程似乎永無止盡，像是沒有山頂的上坡路。

接著，那一瞬間，三角形門口在前頭出現，我們全都加快腳步，就連邁克羅夫特也是。目的地不遠了，我們幾乎要到了。

我們一個接著一個通過門口，踏進莫里亞蒂挖出的坑洞。福爾摩斯立刻放下《死靈之書》，接著把手伸進方尖碑，抓住門板並用力拖移，但門板文風不動。我把葛雷格森放在坑洞中的泥土地面過去幫他，投入了自己的力氣，但門依然毫無動靜。

蛇人們幾乎要抵達頂端了。眼鏡蛇人位於前頭，當他看到我們在門口掙扎時，眼睛就亮了起來。只剩幾步，他就能逮到我們了。

福爾摩斯把我往後推，自己也從門邊後退。

「顯然不能靠傳統方式關門了。」他說。「我早該知道這點的，這不是普通的門。」

他開始重複念起莫里亞蒂曾說過的咒語，內容一字不漏。

什麼事也沒發生，門板並未移動。

我抓起左輪手槍和彈匣。這就是結局嗎？趁蛇人鑽出金字塔時，朝他們一個一個開槍？好，就這樣吧，我會盡量擊倒他們，好為福爾摩斯兄弟和葛雷格森爭取時間逃跑。

福爾摩斯再度嘗試咒文，不過這次他把 ktharl（開門）這個字，用反義字 tharl 取代。

門板沉重地關上，擋住了眼鏡蛇人訝異且挫敗的臉孔，以及他身後其餘的蛇人。

「安全了。」我說，一面放鬆地喘了口氣。「至少現在沒事，但我們得繼續走。他們只需花一點時間，就能重新把門打開。」

「我不這麼確定。」福爾摩斯說。「門上的銘文寫的是另一種結果。你看，在這裡，這個部分。」他用一根手指掃過拉萊耶文句，並大聲翻譯內容。「『念出傳統銘文，外人才能入內。』這是用來讓地下生物待在原處的門。」

方尖碑中傳出憤怒的嘶嘶聲與嚎叫，門內也傳來拳頭的敲擊聲，但這些聲音逐漸消散，最後剩下蛇人們緩緩往回走的腳步聲，往下回到他們荒涼的地底國度。

於是，一切結束了。

第三十章　修正褻瀆

Rectifying a Desecration

結束了？不，還沒完全結束。

在福爾摩斯的堅持下，我們重新將縞瑪瑙方尖碑掩埋。我很想就此回家，我累垮了，幾乎精疲力盡。邁克羅夫特和葛雷格森也一樣，他們經歷的苦難比福爾摩斯和我還嚴重。不過，絕對不能有人進入金字塔與底下的地底世界，在別人發現方尖碑前，一定得將它掩埋起來，這件事不能延後。

福爾摩斯從教堂司事的小屋中取來了另一對鏟子，他還闖進教堂，私自從法衣室取走了一瓶聖餐酒，我們靠著這瓶酒，讓自己準備好面對任務。對，這項偷竊行為確實是犯罪，或許還算得上是罪孽，但這種不敬舉動，是為了幫助我們修正更可怕的褻瀆行為，因此我們認為這條小罪會得到原諒。

福爾摩斯用他的傳統開鎖工具，解開了我們的鐐銬。接著他、葛雷格森與我拿起鏟子開工，對體力勞動全然不拿手的邁克羅夫特，則扮演了監督者的角色。我們沐浴在蠟燭火光下，就和取來葡萄酒一樣，福爾摩斯也從法衣室弄來了蠟燭，一邊將周圍的土壤剷回坑洞。我們三人之中，葛雷格森做得最賣力，他捲起袖管，像台機器般規律地剷土，他抿起嘴唇的神情，散發出厭惡與決心。對他而言，重新掩埋方尖碑，是將地下發生的一切事情埋葬的方式。

短暫休息時，我問福爾摩斯是如何在池裡掙脫莫里亞蒂的。

「我並未掙脫。」他回答。「我們下沉得很快，我不曉得池子是否有底部，或許沒有，總之，我相信自己已經完蛋了。我只感覺到冰冷的黑暗，莫里亞蒂的臉孔像蒼白的月亮懸在我面前，耳中也傳來壓力，渴求空氣的肺部則感到灼痛。然後……他放手了。」

「放手？」

「你以為我在說什麼？他把手從鍊子上放開了。」

「對，但他是故意的嗎？」

「看起來是如此。突然間，沒有東西將我往下拖，莫里亞蒂則繼續下沉，奈亞拉索特普的觸手依然纏繞著他。」

「這不可能是出自他本身意識的行為。或許他抓不住鐵鍊了，或許是奈亞拉索特普偷走了他最後一絲力氣，使他變得太過虛弱。」

「我真的不這麼想。」福爾摩斯說。「你不在場，你沒有看到我眼中的他。他做出了某種決定，他要放我走。」

「但為何要這樣做？是憐憫？是悔改？還是他起了同情心？感覺不像他。」

「不，這讓我心煩。當時我自然不覺得奇怪，我只想往上游，並在肺部沒氣之前趕緊抵達水面。當下非常緊急，我差點失敗了。」

「這個嘛，我可以替我們三人發聲，大家都慶幸你辦到了。」

「但我無法擺脫一種感覺，認為莫里亞蒂放開我的原因，只是由於他清楚遊戲尚未結束。他要我繼續活下去，這可能代表他並沒有被擊敗。」

我想起當那位學者被拉進水池時，自己在他臉上看到的算計神情，也不禁打起冷顫。

「他死了。」我堅持道。「他不會再打擾我們了，死得好。」

福爾摩斯充滿疑慮的陰鬱神情，加強了我心中的擔憂。

「我相信你是對的，朋友。」他只有這麼說。

我們拿起鏟子，回到當前的工作上。幾小時內，所有泥土就回到了原位，我們重新鋪設石板，將它們一個接著一個擺回原處，再將它們踏平。這時邁克羅夫特派上了用場，因為情況就像是拼拼圖，石板的形狀並不規律，只有一種正確方式，能用它們把所有空間填滿，而邁克羅夫特有種特異天分，能夠辨識物體的正確位置。在他的指引下，我們只折斷了一兩塊指甲，並壓傷了腳趾便迅速完工。

我們從墓穴踏入夜色中時，沙德維爾的聖保羅教堂正響起午夜鐘聲。我們的外觀相當驚人：骯髒又憔悴，衣物破損，肩膀也因疲憊而下垂。從天空落下的冰冷小雨使人感到安慰，雨水無比清爽，且洗淨了一切。

「各位新年快樂。」葛雷格森苦笑著說，「希望一八八一年的開始，比一八八〇年的結尾更好。」

他的幽默感慢慢回來了，雖然只是一點點，但對我而言似乎是個好現象。

「我不曉得該如何解釋剛剛經歷的一切。」邁克羅夫特說。「我幾乎無法相信這些事，爬蟲人，水池中的怪物，生人獻祭。那你呢，夏洛克？你有什麼改變？我以為你是在追求那種『諮詢偵探』的荒唐事業，現在我才知道，你扮演了更異想天開的角色，還接受了超自然的存在。」

「這不是我自願的。」福爾摩斯說，「但如你所見，超自然確實存在。」彷彿為了證明自己的論點，他舉起了三蛇王冠。他的另一隻手，則抱著用油布包裹的《死靈之書》。「再說，比起任何犯罪活動，這種威脅對社會穩定將造成更強烈的傷害。我不能否認自己聽到的呼喚，或許可以稱之為克蘇魯的呼喚，我無法昧著良心，無視這種呼聲。」

「什麼的呼喚？」

「你還有很多事得學呢，邁克羅夫特。還有長達數小時的真相等著你，因為你現在已牽涉其中。你也是，探長。」

「我也是？」葛雷格森說。

「我們四人都是。無論好壞，我們都受到徵召，加入了一場戰爭，我們得祕密進行這場戰爭，大眾則永遠不能知道這件事。因為文明的基礎，建立於認為宇宙對人類的態度良善、也為我們著想的概念之上。想想看，如果人們都知道情況並非如此，會出現哪樣的災難？」

「你認為危機尚未解除？」我說。

「就我所知，只要舊日支配者與古神還活著，危機就永遠不會消失。祂們永遠追求著邪惡目標，無論那代表徹底奴役人類，或是僅透過凡人個體的心靈與靈魂造成破壞。無論祂們想滿足哪種慾望，或企圖做出哪種暴行，都毫不在意後果，對這些神明而言，我們比蒼蠅好不了多少。莎士比亞說得對，祂們就像頑皮男孩，為了好玩而殺死我們[92]。得有人挺身對抗祂們，也得對抗自願執行神明黑暗計畫的人，像是莫里亞蒂。」

「你說的就是自己，還有我們。」

「沒錯，華生。遺憾的是，注定是我們四人。」

我試圖了解福爾摩斯所說的話。他要我們加入一場戰鬥，對抗與地球為敵的勢力，敵人來自外域、太空邊陲與地底冥府等地，這似乎是個無法克服的任務，也是難以忍受的負擔。無論我們四人有多努力，都無法滿足這項任務的需求，即使有獎賞，也微不足道。事實上，這場戰爭唯一肯定的事，就是它將為我們帶來恐懼、瘋狂和死亡。

92　譯注：影射《李爾王》的台詞。

「我無法要求你們任何人加入我。」福爾摩斯繼續說道，彷彿摸清了我的想法。「如果你們拒絕，我也了解，也不會因此輕視你們。但如果你們捫心自問，就會明白我們別無選擇。再說，」他補充道，「如果能有優秀又可靠的朋友，我就不想孤軍奮戰。」

邁克羅夫特、葛雷格森和我交換了眼神。

只有一種結局。

在那座孤寂的教堂墓園中，在悲哀的雨水下，我們互相握手。我們達成了協定，加入這場戰爭。

可惜的是，我們的軍隊很小。

我們的敵人為數眾多且恐怖無比。

我們的奮鬥將會漫長且艱鉅。

一路上會有死傷與各種損失，途中也會留下傷疤，有些是身體上的，大部分則是無形的，但也不失為一種損傷：那是精神與靈魂上的疤痕。

但在當下，當世界慶祝離去的一年與新生的一年時，我感受到一股希望。

或許，在夏洛克．福爾摩斯的帶領下，我們能夠倖存，甚至可能得勝。

尾聲

Epilogue

我帶著複雜的情緒，寫下這些書末段落。我很慶幸能吐露自己隱瞞多年的故事，先前從未向任何人講述過這些事，就連我兩任妻子都不曉得，這讓人鬆了口氣。

但我也滿心沉重，因為我曉得自己還有很多事得做，還有更多事件得記錄，以及更多文字得寫。這項自淨行為尚未結束，一八九五年的事件將成為這套回憶錄下一冊的主題。事件始於南華克（Southwark）的貝特萊姆皇家醫院（Bethlem Royal Hospital），也就是惡名昭彰的「貝德萊姆」（Bedlam）。而在最終的第三冊，我將提到約莫在十五年前，騷擾英格蘭南部海岸的海怪。

在這些書涵蓋的三十年歷史中，福爾摩斯和我一再面臨著不容置疑且無可改變的事實。當我們覺得已擊退對手，並挺身而立時，這股真相總會使我們感到垂頭喪氣，《死靈之書》則將它化為一首押韻對句。當阿布杜．阿爾哈茲瑞德描述夢中某座阿拉伯無名古城時，寫下了這簡短的兩句話，其中包含了我們意圖擊敗的一切，以及意圖擊敗我們的敵人：

不朽亡者永世沉眠，

歷經亙古，死亡亦滅。

New Black 007

克蘇魯事件簿 1

夏洛克・福爾摩斯與沙德維爾暗影

THE CTHULHU CASEBOOKS 1: SHERLOCK HOLMES and the Shadwell Shadows

作者　詹姆斯・洛夫葛羅夫（James Lovegrove）
譯者　李函

堡壘文化有限公司
總編輯　簡欣彥
副總編輯　簡伯儒
責任編輯　簡欣彥
行銷企劃　許凱棣
封面設計　Bianco Tsai
內頁構成　李秀菊

出版　堡壘文化有限公司
發行　遠足文化事業股份有限公司（讀書共和國出版集團）
地址　231新北市新店區民權路108-3號8樓
電話　02-22181417　傳真　02-22188057
Email　service@bookrep.com.tw
郵撥帳號　19504465遠足文化事業股份有限公司
客服專線　0800-221-029
網址　http://www.bookrep.com.tw
法律顧問　華洋法律事務所　蘇文生律師
印製　呈靖彩印有限公司
初版1刷　2022年1月
初版2刷　2023年11月
定價　450元
ISBN　978-626-95266-9-7
978-626-70920-1-9（Pdf）
978-626-70920-3-3（Epub）

國家圖書館出版品預行編目（CIP）資料

克蘇魯事件簿. 1：夏洛克・福爾摩斯與沙德維爾暗影／詹姆斯・洛夫葛羅夫（James Lovegrove）著；李函譯. -- 初版. -- 新北市：遠足文化事業股份有限公司堡壘文化, 2022.02
面；　公分. -- (New black ; 7)
譯自：THE CTHULHU CASEBOOKS. 1, SHERLOCK HOLMES AND THE SHADWELL SHADOWS

ISBN 978-626-95266-9-7（平裝）

874.57　　110019343